清朝奇案丛书

张研／主编　张浩／副主编

飞来祸 震惊朝野《南山集》
陈连营／著

益觉迷 曾静吕留良奇狱
王缨／著

山西出版集团　山西人民出版社

图书在版编目(CIP)数据

飞来祸　益觉迷 / 张研主编. – 太原:山西人民出版社,2001.3(2009.1 重印)

(清朝奇案丛书)

ISBN 978-7-203-03609-8

Ⅰ. 飞… Ⅱ. 张… Ⅲ. 历史故事 – 作品集 – 中国 – 当代 Ⅳ. I247.8

中国版本图书馆 CIP 数据核字(2009)第 000832 号

飞来祸　益觉迷

主　　编	张　研
责任编辑	冯　昭
装帧设计	赵　源
出 版 者	山西出版集团·山西人民出版社
地　　址	太原市建设南路 21 号
邮　　编	030012
发行营销	0351-4922220　4955996　4956039
	0351-4922127　（传真）　4956038（邮购）
E-mail	sxskcb@163.com　发行部
	sxskcb@126.com　总编室
网　　址	www.sxskcb.com
经 销 者	山西出版集团·山西人民出版社
承 印 者	太原市方正印刷有限公司
开　　本	850mm×1168mm　1/32
印　　张	9
字　　数	191 千字
印　　数	3001 – 9000 册
版　　次	2001 年 3 月　第 1 版
印　　次	2009 年 1 月　第 2 次印刷
书　　号	ISBN 978-7-203-03609-8
定　　价	15.00 元

如有印装质量问题请与本社联系调换

目　录

飞来祸——震惊朝野《南山集》

血祭盛世 ……………………………………（3）

祸起《南山集》……………………………（9）
名世的期盼/白发榜眼/赵申乔邀功

最难判的案子 ……………………………（38）
皇位的诱惑/南国风波/从戴名世到方光琛/最后的恩典

戴案探源 …………………………………（100）
又是一桩《明史》案/愤世嫉俗惹祸端/朋党之祸

是非凭谁说 ………………………………（128）
迟到的"平反"/一代名儒/历史的遗憾

益觉迷——曾静吕留良奇狱

案发:投书策反 ································ (147)

诱供:软硬兼施 ································ (157)

搜捕:天罗地网 ································ (170)

京审:天子亲查 ································ (184)

案情:扑朔迷离 ································ (214)

案中案:吕留良文字狱 ·························· (237)

结案:"出奇料理" ······························ (247)

尾声:"断难宽宥" ······························ (269)

陈连营 著

飞来祸

——震惊朝野《南山集》

血祭盛世

康熙时期,正是清王朝走向鼎盛的重要时期。

经过清初数十年的浴血奋战,统一的多民族国家最终形成;经过驱逐沙俄军队的入侵,打击准噶尔部噶尔丹的叛乱活动,安抚喀尔喀蒙古,稳定西藏、青海局势,清王朝对边疆地区的统治得到了巩固和加强;河工的初步完成、经济的恢复发展、宽文网之禁政策下的文化复苏,使清王朝突显承平昌隆的新气象。

然而,就在这清王朝日益昌盛的重要时刻,却发生了一桩极不和谐的大事件。准确地说,是在康熙五十二年(1713)二月,一颗恃才自傲的头颅被残酷地砍了下来,血淋淋地,做了盛世的祭品。从此,他所期以名世的著作被禁毁,他的名字被蒙上了历史的尘垢。

他,就是著名的桐城学派的开山之祖戴名世。

关于戴名世被杀的原因,人们作过种种推测。有的说,戴名世之被杀,问题出在他为南明争正统,触及了清王朝的禁忌;又有人说,戴名世之获罪,就在于他的愤世嫉俗的性格导致了当朝权贵的嫉恨……而官方的罪名则是他"狂吠悖逆"!

本书试图以一个史学工作者应有的严谨态度,通过比较通俗的语言,对近三百年前曾经发生的这桩悲剧事件做一粗略勾画,以期人们对当时的社会有一个比较完整的认识。

康熙五十二年二月初十,公元1713年3月6日上午。北京西市口。

北京的三月,天气依然十分清冷。太阳虽已高高地升起,但却好像没有睡醒一般,懒洋洋地躲在浓浓的云朵儿后面,不愿把宜人的热量送往人间。风也不知躲在哪里睡懒觉,迟迟不肯露面。

灰暗的街道两旁,布满了各色店铺。有米店,有药铺,有山货店,有海鲜馆,有饭馆,有卖日用杂货的百货行。

不少勤劳的店主人,一大早就开了店门,忙着迎接南来北往的各方客人;而懒惰的店家则在忙着开张的准备工作。

突然,街口响起了低沉的锣声,隐约中还可以听到马蹄撞击路面的嘚嘚声,还有逻卒驱赶行人的呵骂声。

不久,就见走过来一队身披号衣、手持长矛的清兵。其中的四个人,手里还举着回避字样的招牌。

清兵的后面,是两队身穿马褂、腰挂弯刀、气势汹汹的骑马侍卫。在两队侍卫中间,前面走着一个身被红衫、手持鬼头大刀、脸上堆满横肉的家伙。他袒露的肌肉块块突出,显出一副凶神恶煞的样子。那雪亮的大刀,寒光闪闪,更使人有心惊胆战之感。

在刽子手后面,是一辆缓缓滚动的笼式囚车。囚车内绑着一位头发斑白蓬乱、脸庞清瘦的老年囚犯,他身后背着的木牌上,用黑笔醒目地写着:"钦决逆犯戴名世"。"戴名世"三字已用朱笔勾画。

囚车的后面是一乘四人暖轿,轿中坐着监斩官。暖轿的后面仍有一些清兵,还有一位手提饭篮、满脸泪水的老年儒生。

一大早,戴名世就预感到自己大限将至。

天不亮,好友杨三炯就来到狱中,送来了好酒好菜和他爱吃的家乡糯米粽子。

两人席地而坐,把酒叙旧。说到当年愤激文字的情景,三炯不禁泪如雨下,哽噎有声。

不久,老狱吏也一反常态,给戴名世送来一壶酒和几个菜,然后默默地离去。

看到杨三炯和老狱吏的异常举动,戴名世似乎也明白了这顿早餐的意义。他不说一句话,默默地喝着酒、吃着菜,好像这顿酒饭特别可口。

酒足饭饱之后,戴名世又开始慢慢地整理自己的物品。当他整理到自己在狱中完成的《四书朱子大全》校订手稿时,他的手有些颤抖,心中不禁一阵酸楚。他迅速地把它递到杨三炯的手中,回头颓然坐在地上不语。

大约又过了一个时辰的光景,管狱的狱吏来了。大概是因为昨天收到了杨三炯打点的银子,他今天也一改往常粗野蛮横的态度,非常客气地对戴名世说:"戴大人,奉上司的命令,今天要送您到另外一个地方去。"说完,也没有让狱卒给他戴那沉甸甸的脚镣。

于是,戴名世静静地走出了令他厌恶和恐惧的牢房,走向送他永远离开的囚车……

大凡老百姓都爱看热闹。无论是娶亲的喜事,还是悲戚的送葬丧事,他们都爱观看一番,议论一番,作为业余生活的一部分。更何况今天处决的是翰林院的大官!这可是多年不见的场面啊。

因而,当行刑的队伍刚来到西市街头,整条街一下子就骚动起来了。尽管逻卒极力阻拦,仍有许多人簇拥而来。不少的店家索性关了店门,加入到看热闹的人流中。

就听嘈杂的人群中,传来一个外地人急切的声音:"请问老兄,这囚车中的犯人是谁?"

一个本地人的声音道:"兄弟,您怎么不知道呢?这可是鼎鼎有名的大才子、翰林院编修戴榜眼戴大人啊!您瞧那牌子上不就写着他的名字吗?"

"那么,却是为了何事?"

"听说戴大人早年曾刻过自己写的一本书,名字好像叫什么《南山集》,其中有诽谤世祖皇帝的坏话,结果就被都察院赵大人告发了。"

另一个本地人接话道："听说前年戴大人参加会试获得第一,在皇上钦试时本来应该拔取状元头筹,不料都察院赵大人的公子也参加殿试,赵家势大钱多,多方活动,结果头筹竟被赵公子所得,戴大人只得了个第二名,自然心里不服,从此两人就结了怨。赵大人怕事情说出去,就把戴大人告发了。"

"老兄说得不对。我听人说,赵大人之所以告戴大人,是因为赵大人是东宫的人,戴大人是皇八爷的人,两相结怨,赵大人就把戴大人告发了。"另一个人颇为不屑地说。

还有一人插话说："我听说原来刑部判戴大人千刀万剐,多亏康熙爷法外施仁,才改了个杀头了事呢!"

这时,就听一个人怒斥道："你们怎么敢胡说八道,朝政是你们能随便议论的吗?难道不怕杀头吗?"

几个人听后咋咋舌,再不敢多说一字。

当行刑的队伍走到街中间一块宽敞的地方时,便停了下来。逻卒开始驱赶人群,布置刑场。侍卫打开囚车,把戴名世拽下来,使他面向皇宫的方向跪下。监斩官也从暖轿中走出来。

一切准备就绪。就见监斩官从袖中掏出一纸,随即念道:"钦犯戴名世,身为圣朝命官,不思皇恩浩荡,信口雌黄,诽谤圣朝,狂悖可恶至极,依律应即行凌迟极刑。惟我圣上,法外施恩,著戴名世从宽免凌迟,即行处斩……"

随即望皇宫方向三叩首,戴名世亦三叩首。

刽子手走向戴名世,举起了寒光闪闪的鬼头大刀,一泓殷红的液体在黄土地上流淌开去。

没有风,没有言语,只有几声乌鸦的凄惨叫声。

随行的杨三炯赶紧把准备好的银子塞给刽子手,随即招呼雇来的几个人手,把戴名世的尸首抬上一辆雇来的车子上,送往戴名世在京的寓所。那里早已准备好了一口棺材。

三天后,戴名世幼弟戴辅世扶棺归里,葬之于老家南山冈上。没有碑铭,亦没有花圈。

关于当时的情景,方苞在给杨三炯写的墓志铭中曾记载道:

> 有司以大逆当名世极刑,圣祖仁皇帝宽法当大辟,而众犹荡恐,刻日行刑,亲戚奴仆皆避匿。君(指杨干木三炯,浙江诸暨人)曰:"孰谓上必使人觇视者?其然固无伤。"独赁栈车与名世同载,捧其首而棺殓焉。用是名动京师。

祸起《南山集》

名世的期盼

公元1653年,正是清王朝入主中原后的第十个年头。尽管统一战争仍在西南边陲以及福建沿海地区如火如荼地进行着,而地处安徽西南部的安庆等地却战尘尽消,早已恢复了战前的平静。

在安庆府桐城县城南二十里许,有个名叫南湾的小村子,村子里住有秀才戴硕一家。戴硕字孔万,号霜岩,别号茶道人,人们习惯称他霜岩先生。戴家过去住在婺源,明代初年迁来桐城,以耕读为生,生活一向比较富裕。戴硕的祖父叫戴孟庵,为明诸生。戴硕的父亲叫戴古山,亦为诸生,明末曾在江西做过几年小官吏,夫人为明员外郎吴应龙的女儿。明清鼎革之后,戴孟庵父子均家居不出,生计日艰,戴硕不得不早早中断学业,担负起养家糊口的重担,成为一名村里的私塾先生。

时值农历三月十八日傍晚,戴硕刚刚从邻村私塾回到家中,匆匆吃了几口晚饭,就想躺下休息。奔波了一整天,他浑身疼痛,实在想睡个安稳觉。

然而戴硕刚刚宽衣躺下,就听女婢春梅慌忙跑来报告说:"老爷快起来,夫人要生产啦!"

听到自己快做父亲了,戴硕心里激动起来,他赶忙披衣下床。不久,随着一声清脆的婴儿啼哭声,夫人生下了一个又白又胖的男孩。夫妇俩高兴得不得了,急忙派人向祖父戴孟庵报喜,孟庵老先生不禁也欢喜了一场。

按照当时的规矩,孩子生下后一月要举行"满月礼",就是生孩子家的主人,在孩子满月日摆几桌酒席,招待前来庆贺的亲朋好友,而亲朋好友们则带些慰问产妇的米面蛋糖,以及送给新生儿的衣料鞋袜之类的物品作为贺礼,大家热闹一场,以示添丁的喜悦之情。有些人家在"满月日",还为新生儿举行隆重的命名仪式。

桐城号称礼仪之区,戴家也是个书香门第,何况是戴氏长门长孙,这一礼仪是忽略不得的。

从四月初,戴硕就开始忙着张罗这件事了。

写红字喜帖,通知亲朋好友,杀猪宰鸡,置办酒席,自不消说。倒是给孩子起个什么名字,着实让戴硕费了不少脑筋。因为名字在当时人们的观念中包含着重要的内容,往往是前辈的美好祝福和期望。

戴硕心想,我桐城明朝时仕于朝者冠盖相望,持节钺为镇抚者更是遍天下,而我戴氏,历代虽读书不辍,却总与功名无缘,至于自己,更难言道,已为人父母,却仍为白身一个,甚至连个县学生的名义也没有争到,实在有愧列祖列宗,倒是这孩子眉清目秀,想必会有所作为,为我戴氏争些荣誉,不如就叫名世吧。戴硕把想法给全家一说,大家都表示同意,戴名世这个名字从此就叫开了。

"满月礼"后,戴硕又开始了东西奔波,戴名世也一天天长大。

转眼间六年过去了,名世也到了上学读书的年龄。

戴硕想,学而优则仕,首先学习,其次才明理入仕,应该让名世入学学习了。然而自己长年奔波在外,无法亲自教导他,就让他加入别的私塾学习吧。

于是,名世入了同族戴老先生执教的私塾里学习经书。

这所私塾规模极小,只有一间房子,学生有七八个,多属戴氏同宗。每天的课程也很短,就是背几段经书,背完即可放学回家。

名世年龄虽小,记忆力却很好,深得戴先生的喜爱。

学习之余,名世爱读家中的藏书,凡经史百家之学无不阅读,尤喜《左传》、《太史公书》诸史籍。

寒暑易逝,一晃就是五年。

在这五年里,戴名世虽因身体虚弱而时常辍学,但学业长进很快。四书五经早已背得滚瓜烂熟,诗词赋策论等也做得不错,在乡里有"秀出者"之誉。

父亲戴硕看在眼里,喜在心头。

然而,随着家庭人口的不断增多,戴家的生活也愈来愈困难。加之名世对私塾中所教只讲形式、空洞无物的八股文非常讨厌。戴名世在十一岁时便中辍了私塾学习,回到了祖父戴古山的身边。

但是,"劳苦困饿,拂乱空乏,人皆笑之"的困难处境,并没有磨灭戴名世对知识追求的兴趣,反而激起了他进一步刻苦学习的决心。

当时,他"一日不读书,辄忽忽如有亡失;但得一书,往复观玩,可以忘寝食。"读书求知成了他的基本追求。

由于"家贫无置书之资",他不得不借书读,"即令借得一二,居无几何,即归之其人",往往因此"更增郁悒"。

正是因为他对知识孜孜不倦的追求,并能够在博览群书、广涉历代典籍的过程中苦思冥想,非有所"发明"而不罢休,其古文水平得到迅速提高,并显示出不同凡俗的才思。

十八岁时,他即化用其曾祖父戴孟庵《响雪亭铭》中"不阴常雨,盛暑犹雪"的题意,撰写成《响雪亭记》一文。该文用娴熟的笔调,道尽故里风光,极言人情世态,成为远近传颂的名文。

也是在这个时期,戴名世开始受到"博学高隐"之士和明朝英烈精神的熏陶。

戴名世的曾祖戴孟庵和祖父戴古山都是明朝遗民,他们自命高风亮节,甘受清贫,拒不出仕清朝,终日闲散山林,眷怀故国而抱残守缺,醉酒吟诗以抒发郁闷之情。这些,此前的戴名世并不会理解。而此后,名世守在祖父身边,时常听其讲明朝英烈之举,不能不受其潜移默化的影响。

同乡有一遗民潘江,字蜀藻,号木崖。他在顺治、康熙年间,"岿然抱独守残,音振于空谷之中;其俯仰慷慨,见之于文章诗歌,既以流传天下"(《潘木崖先生诗序》),是一位富有民族气节的儒者和名噪文坛的著名诗人。他耽耆风雅,尤留意于故明文献,曾辑录《桐城乡贤实录》一卷,著有《木崖集》六十五卷。康熙十八年(1679)举博学鸿词,他以母老为由相拒,终身隐居不仕,可见其反清的政治态度。

潘江非常喜欢戴名世这位热爱读书的青年,不仅时常"惓惓奖励",誉其文深得"司马迁、韩愈之风",并悉发藏书供戴名世阅读研讨,也因此被戴名世视为终生的老师。

也许是受到祖父和老师潘木崖先生的影响,或是因古文与史学有天然的联系,戴名世开始对明代历史,尤其是南明历史,发生了浓厚的兴趣,树立了以己之力写成明代信史的志向。

白发榜眼

自隋唐时代创设科举考试制度,科举就成为读书人获取功名、出人头地的惟一手段,而读书、科举、入仕,也就成了读书人孜孜以求的理想道路。戴名世也不例外。

按照清代科举制度的规定,要参加正式的科举考试,就必须首先通过生员资格的入学考试,即童生试,简称童试,亦称小考、小试,民间俗称考秀才。应考者无论年龄大小,均称童生,或称儒童、文童。它包括县试、府试和院试三个阶段。

童生试虽是一种最低级别的程序考试,也并无实质性的结果,但在人们心目中已具有无可置疑的诱惑。人们往往把它看成是人生荣辱的一次飞跃,看成是教育子孙出人头地的一块界碑。无论如何,对读书人来说,通过童生试可以获得参加功名考试的基本条件,也可以获得乡人的尊敬,故都给予了相当的重视。

戴硕对儿子通过童生试抱有相当的信心,因为名世天性聪颖,又熟读四书五经百家诸书,文章也做得不错,考取秀才定属无疑。然而他哪里知道,名世近年已把兴趣转向史书古文,并不喜好八股文这样的陈腐形式,而且深恶而痛绝之,所以也很少研习此类文体。

康熙十年(1671)二月初一,是桐城县举行县试的日子。

戴硕早早地于年初就到县礼房去替儿子报名,他给儿子填了姓名、籍贯、年岁、三代履历等情况的报名表。随即又亲自给名世开小灶,强化考试训练。

这次考试,由县令亲自主持,共考三场,内容有八股文、试帖诗和经论。名世曾熟读经史,故经论做得最好,得了优等。试帖诗也做得不错,得了良好。惟八股文最差,但综合起来考分也算可以,因而也就通过了县试,获得了参加安庆府试的资格。

四月初,安庆府童生试如期举行,安庆所属安庆县、舒城、桐城等地童生一千多人参加了这次考试。考试的内容仍为八股文、试帖诗和经论三种,戴名世又发挥良好,顺利通过。

然而,连过二关的戴名世,在秀才考试的最后阶段,却连跌跟头。

清代的院试由各省学政主持,府试过关的童生都可参加。学政全名为提督学政,旧称提学道,故院试又称道试。它的报名等手续与县、府试相同,不同的是,它是分期分府进行,过程仅正试和复试两场,内容由学政随意决定,合格者即称生员,叫出案,可以入府县学习,也可直接参加乡试,但必须接受教官的月课或其他形式的考试。

这次考试的失败,给戴名世的打击无疑是沉重的。

戴名世本是个恃才自傲的人,考试失败后,朋友们的冷嘲热讽,使他无地自容,家庭生活的极端贫困,父亲的殷殷期待,使他再无信心去科场拼杀。他实在输不起,不得不暂时放弃给他带来无限烦恼的科举场,开始走他父亲正在走的、以教书卖文养家糊口的生活之路。

当年,他正好二十岁,和他父亲开始授徒时年龄完全一样。

不过,离开科举场对戴名世来说,未尝不是一种解脱。教书之余,他还可以尽情地去从事他钟情的纂修明史的准备工作。

在此后的八年时间里,他先后搜集整理并撰写的史学方面的文章有:《左忠毅公传》、《宝成传》、《范增论》、《老子论》等篇,显出他超人的治史才能。

这八年的光阴,也是戴名世思想形成的重要时期,使他开始对社会生活有了比较深入的认识和理解。

"数家之村,牛栏之角,菜畦之圃"的教书生活,使他每每有"无可以度日"之感,与村学究为伍的身份使他更为不快。然而为了岁得一镪二镪以养家糊口,又不得不为,因而往往"彷徨屏营者久之",在沉思和苦闷中郁积起对生活的不满。

同时,乡间生活也使他有机会适田间,观农家,认识到农民"能冒寒暑,暴露风雨"生活的极端勤苦,对下层劳动人民产生了一定程度的同情。

起先,戴名世即以"意气甚豪也,顾傲睨自喜,视天下事不足为"的"狂简"态度来对待社会,并因此得罪于人,甚至出现了"有妒余者号于市曰:'逐戴生者视余',群儿从之,纷如世"的情况,处在与世俗对立之中。现在,他又满怀"幽忧之思",囿于时势的艰难和个人的困厄,"往往悲歌至于泣下"。

在这八年里,他以"田有"为字,寄托"从老农老圃而师焉,乐道有莘之野,而抱膝南阳之庐,优哉游哉,聊以卒岁"的期望。

在这八年里,他又取"褐夫"为字,以表达自己对"垢污贱简极矣,其所处世至卑,其于世也无伍,富贵利达之无所望,而声势名誉之所不及,庸人孺子皆得傲而侮之而无所忌"处境的极端不满。

也是在这八年里,他写下了《钱神问对》、《穷鬼传》等脍炙人口的短文,对现实社会的黑暗进行了无情的鞭挞,对炎凉的世态进行了深刻的揭露。

康熙十八年(1679)是安徽院试岁考之年。

主持考试的人是山东诸城人刘木斋。此人颇喜欢古文,因而对戴名世的文章很是赏识,便极力督促戴名世参加由他主持的考试。

当时戴名世已二十七岁。由于教书必教八股文的原因,因而他也对八股文进行过研究,便参加了这次考试。

本年考试的题目是《隐者以求其志》一节,正是戴名世喜欢做的题目。结果,戴名世以自己丰富的历史知识素养,挥洒自如,终拔头筹,获得秀才身份,并获入县学学习的资格。

对于这次考试的成功,戴名世很是感激刘木斋,以至他在几年后给刘木斋的信中仍念念不忘刘的知遇之恩：

> 名世生于山林岩石之间，独立无与，徒以年少志大，不肯稍有苟且雷同，所为文字，尤不悦世俗。顷者先生来为督学，不遗鄙陋，拔之于稠人之中，期许甚至。
>
> 今先生之所以赐于名世者可谓至矣。名世之文，先生识之；名世之名，先生振之……

戴名世在晚年自己编订的《时文全集》中也特别地保留了这次考试中他所做的文章，并注释说："存此志知己之感也。"

由此也可以想见，戴名世对这次考试的重视，以及考试成功后的兴奋之情。

然而命运是多舛的。

就在名世再次全力以赴地投入科举考试准备之时，他的父亲戴硕突然病逝于舒城陈家川私塾，家庭的重担一下子落到名世一人身上。他不得不中断在县学的学习，到陈家川从事父亲没有完成的私塾工作。

日子一天天过去，转眼间又过去了四年多，戴名世已是三十二岁的中年人，他实在不甘心自己被埋没在穷乡僻壤之中，因此参加了康熙二十三年（1684）八月在南京举行的乡试。

这次乡试，戴名世虽没有正式考取，但却于次年举行的贡生选拔考试中得遇江南学使李振裕。此人字维饶，进士出身，江西吉水人，酷爱古文，对名世的古文功力深为赏识，特予录取，名世因而获得入国子监学习的资格。

入京资格既得,而行装之资难觅。

本应在来年春天动身,却因资装无着而推至深秋。历时数月,多方告贷,名世总算筹集到适当的经费。而一路困苦备尝,难于言表。他在多年后提到这件事时感慨不已:

《易》曰:"旅即次,怀其资,得童仆贞。"是三者余皆无之。方其始谋出门,多方假贷,经营数月,而后成行,行李略具而已。途中所食皆粗粝,往往阅月不能肉食。舟车之费皆以节啬,犹有资用乏绝之患。其于陆行也,余与奴各赁一骑,执鞭者见余书生则大喜,往往多索其值,一切莫不用命。而骑又多不良,且善警,虽执辔甚谨,犹时时遭颠簸。行洴中尤危险,往往泥涂被体,衣被尽湿。而逆旅主人与执鞭者表里为奸,每于常值外多索钱,狺狺张目视,发尽竖,如其言偿之乃已……厮养、走卒、舆夫皆不暇择,车之杂处,彼亦引吾为曹偶,喧哗叫嚣,其困尤不可一刻安。其行以暑也,鸡未鸣即起,及早凉行数十里,日渐当午,则热气薰蒸,喘息皆欲绝。车马所践踏,尘土飑起扑面,目不能开……嗟乎!古之人濡手足,焦毛发,劳其身以为天下,经营拮据,其勤苦岂特如此而已哉,而余所处不过为一身一家之计,而犹不能遂!

然而,这次备尝艰辛的京师之行,并没有给他带来他所期望的功名利禄。

当时的北京,由于清廷开始实行奖掖文学的政策,特别是康熙每以有文自命,直接倡导文学,并引诱和勉励文学之士为朝廷修史撰书，一时招揽了大批的知识分子，使"京师才彦雾会，各以所长自见"，成为名副其实的文化中心。同时，由于当局的所谓"好士"，只不过是"雷同也而喜其合时，便佞也而喜其适己，狠戾险贼也而以为有用"，这就诱使一些利禄心重的知识分子去"习剽窃之文，工侧媚之貌，奔走形势之途，周旋仆隶之际，以低首柔声，乞哀于公卿之门"，形成了极坏的风气。

戴名世既不愿"曳侯门之裾"，因而只能"独徘徊燕市无所遇"，过着被冷落、孤寂的生活，时有"自伤之叹"。

不过，戴名世这次京师之行也结识了不少好朋友，如徐念祖、刘齐、汪份、刘古塘等太学生，也见到了老朋友方苞、朱书等人。他们在"叹息痛恨科举"的同时，每每"酒酣论时事，吁嗟咄喜，旁若无人"，因而很快就在太学生中得了个"狂士"的雅号。

本来，他们是"务以古人相砥砺"而结合在一起的，由于好论时事朝政，就成了与徐乾学、翁叔元等所把持的宫廷文坛相抗衡的清流派了。一时间，"士之蹇拙自负及务立名义者皆宗之"（方苞《汪武曹墓表》），纷纷相投，围绕在他们的周围。甚至连轰动京师的颜李学派的首领人物季塨，也慕名相访，与戴名世等人切磋经世致用的学说。

这样，戴名世就更招来了公卿士大夫们的仇视和攻击。甚至连"乡之人在京者"，也"多相戒勿道戴生名"。可见，戴名世那时已成为文友爱戴、当局惊惧的人物。

如此人物，又如何能得到官僚们的赏识和重用呢？

按清代惯例，拥有举人出身的监生有资格参与吏部铨选，因而戴名世当年晚些时候获得补正蓝旗教习的资格，然而他拒绝了。随后又获候补知县的资格，与好友萧端木一起被派往顺天府听候使用。

当时主持顺天铨政官为福建人士,此人至愚极污,公开索要规礼。而名世和端木本是清高自傲的人,绝不买账,何况也无资可送,结果一直不得选授。

眼看就要衣食无着,陷入困境。

恰在这时,同乡怀宁人任塾授山东学使,坚邀名世入幕帮忙。为生活和返里川资计,名世便同朋友刘齐、白宝、朱书、史骐生、翁振翼、毕大山、胡赓昌等人一起,做了任塾的幕宾。

幕宾工作虽无名分,倒也清闲,只是陪学使到处巡视各府县学校,协助学使做好考课、案牍等工作。闲暇之余,也可游游山、玩玩水。

康熙二十八年(1689)夏秋之间,名世因与幕中同仁不和,遂辞职返京师。

他在给好友何焯的信中,就表达了当时的愤懑之情:

> 仆好交游,孜孜求之,惟恐不及。然其于当世之故,不无感慨忿恚,而其辞有稍稍过当者。世且以仆为好骂人,仆岂真好骂人哉,而世遂争骂仆以为快!

随后又以文章为例,对世上的所谓名士进行了一番批判,说:

> 今夫文章之陋久矣,妄庸相授,日日已甚。仆尝以为文章者非一家之私事,至今日而不得不引为一家之私事,默守其是而已。彼妄庸人者,如今之所谓名士,开口说书,执笔

属文,天下之人皆其流辈,以故从而称之,虽语以是非之故,皆不省。

返京师之后,无事可做,名世只好寄食于自己当年的恩师李振裕家。随后受聘于太常寺卿、山东日照人李廌家授经度日。期间,得以结识史学大家万斯同、王源、刘献庭等人,诸人此时正从事官修《明史》的编纂工作。

康熙三十二年(1693)春天,名世奔祖父之丧返京师,恰遇朋友孙子未受命主持福建乡试,随与其同行福建,事罢返南京。不久又应好友汪份的邀请,帮助汪份在苏州筛选童子试卷。或许是不甘心自己的才能被埋没,戴名世于康熙三十四年(1695)第三次北上京师。

这次京师之行,同样没有给戴名世带来好的运气。眼见同学诸生多见知公卿得意以去,惟独自己徘徊燕市无所遇,且旅况萧然无以为归计,戴名世愤而写下了《种树说》一文,以抒发自己内心的不满和悲凉心境:

呜呼!余少不自量,窃负当世之志,欲尽庇天下之人,使无失其所养。日月逾迈,年且逾壮,不能养其数口之家,复不能自养而需于种树以养其身,亦自笑其拙也。顾种树又无其资,而客游汗漫不知所底,徒以其迂拙之身浼京华之尘而曳侯门之裾,岂其情哉?

在此情况下,戴名世不得不滞留京师,孜孜不倦地授徒卖文,以筹措南返之资。

康熙三十九年(1700)五月,鸿胪寺少卿兼户部给事中、保德人姜橚奉命督学浙江,邀名世赞理其事,名世遂应聘入姜橚幕中作幕僚。

其时,戴名世已年届五十,尚无子息,历年科场奔波,屡屡受挫,早已心灰意冷,便产生了归隐之念,遂用近年积累让朋友赵良治在家乡南山给他买一所田院,以作归隐之所。

与此同时,戴名世的学生尤云鄂,深感老师学行兼优,而年届五十尚不得志,无法闻名于后世,很是不平,就捡自己所藏老师所做文章百余篇,以《南山集》为书名刊刻于世。

该书所收文章有书、序、记、传、论、说及杂著诸体,有名世的朋友方苞、朱书等人所作的序跋;除反映戴名世的文学主张、史学思想,以及对时政世风的意见外,大量的篇幅记载了明末清初的史实,在同时期的著作中实属少见。

与《南山集》同时刊行的还有戴名世另一篇古文字,叫《孑遗录》。该文专写明崇祯末年桐城豪绅地主率乡勇抵御农民军攻城的史事。它以桐城一事而勾勒了明王朝必然衰亡的历史趋势,因而也是一篇不可多得的历史著作。

尤云鄂此举确实达到了为老师扬名的目的,因为该书独树一帜,在江南各省风行一时,文人士子以能得一睹而后快。然而,尤云鄂此举也同样带来了不可估量的恶果,他使自己尊敬的老师为此而送了命,老师的著作也遭全面禁毁。

这也许是尤云鄂始料不及的。

康熙四十年(1701),戴名世购得归隐之所后,并没有实现归隐南山的愿望,原因之一就是需要养家糊口。

他在后来写的《砚庄记》中曾记载道:

> 余以岁壬午冬,自江宁归居于此。家众凡十余人,皆游手惰窳,不谙种植。岁所收稻,仅是供税粮及家人所食,而余遂不能常居砚庄(指他购置的田宅名),每岁不过二三阅月,即出游于外,奔走流离……

不过,戴名世没有马上归隐南山的另一个重要原因,是他对科场的恋恋之情。

他离开家乡,客居苏州不足一年,康熙四十四年(1705)的乡试便开场了。这位五十三岁的白发老人,毅然负笈北上,去应顺天乡试。

本次乡试在八月初举行,主考官有二人,一个是浙江钱塘人汪霖,另一个则是安徽同乡,名叫姚士藟。考试三场,内容出自四书,第一场的题目是《吾尝终日不食》,第二场的题目是《君子之道譬如行远必自迩》三句,第三场的题目是《禹恶旨酒》一节。

戴名世本对四书五经精熟,又擅长古文,故做起三个题目来颇为得心应手。结果榜文下发后,戴名世中第五十九名举人。同时中举者,还有何隆遇、吴总、吴绍芳、齐芳起四位同乡。

按清代的规矩,乡试、会试均三年举行一次,如乡试为恩科,则次年必行会试,称会试恩科。康熙四十四年的乡试为恩科,故康熙四十五年即为会试年。

初在科场得手的戴名世异常兴奋,信心大增,就想来个一连贯。为此,他在考前的半年时间里,做了充分的准备工作。

然而会试毕竟是全国性的考试,它会集全国几千名举人,其中也不乏优秀的行家里手。不少人还拥有戴名世不具有的关系网,没有关系的人也积极拉关系、找门子。而戴名世素来恃才自傲,不讨人喜欢,更不会走门子、拉关系这一套,这怎么能行?果然,戴名世又一次败北,他不得不又一次怀着失败的痛苦返回南方,继续他那授书卖文的老行当。

或许是晚年的戴名世中科举之毒太深,抑或是他算准了他下次会试必然会成功,总之,戴名世很快就忘了上次会试的失败,又开始了下届会试的准备工作。为充分做好考试的准备,他提前于康熙四十七年(1708)就来到了北京。

也许是苍天不负有心人,戴名世终于在五十七岁时,获得了他一生科举的最后胜利。

康熙四十八年(1709)的会试,由著名的理学家李光地主持。此人字晋卿,号厚庵,进士出身,历任兵部侍郎、直隶学政兼工部侍郎、直隶总督兼吏部尚书、内阁大学士等要职。在学术上,他尊崇程朱理学,曾受康熙帝委托,督编了《朱子全书》六十六卷、《周易折中》二十二卷、《性理神义》十二卷,尤其精通《易经》,常奉召向康熙皇帝讲解易经。

据说,有一次,康熙要他用《易经》占卜战争胜败如何,占卜的卦象是败仗,康熙点头同意,但李光地却说,此乃敌之败而非我之败。结果,事实证明果然如此。

但不管怎么说,李光地推崇宋明理学,喜欢易学,确实和戴名世有所相似。

该年会试的题目,首题《知者乐水》一章,次题《今夫天》二段,三题《孔子之谓集大成》二节,分别源于《孟子》、《大学》等书,涉及对宋代理学的评价问题,都是戴名世喜欢和有研究的题目,所以做起来极为顺手。最重要的是,戴名世的主张恰与李光地的主张不谋而合。

结果,李光地读到戴名世的答卷时,深有知己之感,推崇备至,极力推荐为第一。戴名世最终以第一名中试,在随后举行的殿试中又点榜眼,这实在与李光地的极力推荐有关。

据说,就在戴名世犯案被杀后,李光地在和康熙评价起当时人时,还极力称赞戴名世的学术文章呢。可见知遇之深。

还有人传说,戴名世当时看到自己的名字高居榜首后,曾激动得大哭一场。

最让他激动的是,他的学术文章终于获得了朝廷的承认,从此可以扬名耀祖,告慰父亲的在天之灵,他总算没有辜负当年父亲给他取名世一名时所寄予的厚望。

他的激动或许源于他对自己数十年场屋奔波、艰辛的回忆。从青春少年到白发老翁,一次次失败,一次次奋起,实在不容易啊!

赵申乔邀功

康熙四十八年,戴名世以殿试第二名的身份被授予翰林院编修。

清代的翰林院为清闲衙门,掌管编修国史、记载皇帝言行的起居注,进讲经史以及草拟有关典礼的文件。其长官为掌院学士,以大臣充当。下属职官有侍读学士、侍讲学士、侍读、侍讲、修撰、编修、检讨和庶吉士,统称翰林。由于陪侍皇帝左右,故地位尚称尊贵。

戴名世素来喜欢史学著作,能够到翰林院这个既清闲又尊贵的机构,自然感到心满意足。他暗下决心,一定要殚精竭虑,努力工作,不辜负圣上对自己的知遇之恩。

然而,使戴名世绝对没有料到的是,就在他踌躇满志,春风得意,准备不辜负这百年不遇的盛世,修成一代之真史,以偿自己平生之愿的时候,一场大祸却已悄悄地向他逼近了。

给他带来大灾难的,不是别人,正是与他同科中试状元,并同被授职翰林的赵熊诏的父亲赵申乔。

赵申乔(1644—1720),字慎旃,号松伍,江苏武进人,为赵宋王朝皇室后裔。康熙九年(1670)进士,十一年后授河南商丘知县,又八年后以贤能擢为刑部主事,又三年升员外郎。1701年,因直隶总督李光地的推荐,超擢浙江布政使。行前,康熙特别嘱咐说:

浙江为财赋之地,自张鹏翮去任以后,钱粮多蒙混不清,你应秉公察核,既不亏空钱粮,也不要扰累百姓。布政使为一省表率,尔清廉,属吏自皆守法。

申乔叩首谢恩说:"臣蒙皇上特擢,若不绳勉为好官,请置重典。"

果然,赵申乔上任表现不错。他上任不带幕僚,凡事亲自处理,按惯例所得的火耗钱也一毫不取,节省的办公费二千两白银也悉数充公,号为清官,不一年即得升巡抚之职。

当时湖南发生反清起义,而总督郭琇、巡抚金玺、提督林本植等人,既不制止,也不上报,事发后,赵申乔奉命前往调查,致使郭琇等人被罢官。

随后,赵申乔即留任湖南巡抚(时称偏源巡抚),并和富尔

祸起《南山集》

达一起镇压了这次起义，受到康熙的嘉奖。

康熙四十七年，内阁大学士宋大业奉命祭告南岳恒山，深恨赵申乔没有多赠礼金，回京后即弹劾赵申乔亵渎御书，企图整治赵申乔。结果，宋本人被罢官，而赵申乔被降五级留任。

次年，赵申乔因提督俞益谟克扣兵粮三十五石而上疏弹劾俞益谟，俞益谟则弹劾赵苛刻。康熙命尚书萧永藻前往调查，萧永藻据实上报，结果，俞益谟被罢官，赵申乔则更受康熙信赖。

康熙四十九年（1710），做了七年湖南巡抚的赵申乔升为左都御史。然而上任不到一年就遭受了一个不大不小的挫折。

就在赵申乔升迁左都御史前后，湖广、贵州边界发生了陈四领导的流民起义，事涉湖广、陕西、贵州三省。起义平定后，康熙就此事，要求吏部追查原任陕西、湖广、贵州三省督抚，礼部尚书贝和诺；刑部尚书齐世武、郭世隆；工部尚书陈诜和左都御史赵申乔等人"纵容滋蔓"的责任。

结果，郭世隆被革职，陈诜、齐世武各降五级留任，赵申乔降四级留任，贝和诺降一级调用。

赵申乔刚升任左都御史即遭处分，深怕给一向信任自己的皇上留下坏印象，就极力找机会表现自己。

一天，赵申乔在家无事，便溜达到儿子赵熊诏的书房，想找一本书读读消遣一下。书橱上摆放着的一本熊诏同事戴名世的书，引起了他极大的兴趣，因为他早听儿子说过，戴名世的这本《南山集》是如何如何地在江南流行，他在浙江任上也有耳闻，一直没有机会读它，今天何不拿去读读？于是便顺手把它取了去翻看。

赵申乔不看则已，一看便感到不对味儿。

且不说戴名世对时人时事的尖刻批判,仅其中写史部分就存在着严重的政治性问题,如以弘光、永历等年号代替世祖章皇帝顺治年号,岂不是公然蔑视圣朝六十多年的合法统治吗?

申乔想:本朝自定鼎以来,厉行文禁,事涉鼎革之事防范尤严,毛重倬坊刻制艺序案、黄毓祺复明诗词狱案、冯舒《怀旧集》案、张缙彦诗序案、庄廷鑨《明史》案、闵声吴宗潜《岭云诗》案、黄培诗案、《鹿樵纪闻》案等,历历在案。近年虽屡申宽文字之禁,又有几人敢以身试之?而戴名世胆敢如此,真是太猖狂了!

想到这,赵申乔又为难起来。

自己身为左都御史,职在纠察百官,遇到这类事情应该及时揭发出来。何况最近刚受处分,急需机会向皇上表现一下,揭发此事无疑是个好机会。更何况,此类事以后一旦败露,自己也有窝藏反书之嫌。应该把此事揭露出来。

然而,赵申乔又想,揭发此类事情无疑会得罪士林,留下千古骂名,自己不也是个读书人吗?如何在士林中混?不能把此事揭露出来。

到底是揭发还是不揭发?赵申乔陷入了深深的矛盾之中。然而,经过几天的左右权衡,揭发的思想最终占据了上风。一旦拿定主意,赵申乔开始认真撰写将呈的奏文:

> 特参狂妄不谨之词臣,以肃官方,以昭法纪事。
>
> 钦惟我皇上崇儒右文,敦尚正学,训饬士子,天语周详,培养人才,隆恩曲至,普天下沾濡德化者无不恪循坊检,懔畏章程矣。乃有翰林院编修戴名世,妄窃文名,恃才放荡。前为诸生时,私刻文集,肆口游谈,倒置是非,语多狂悖,逞

一时之私见,为不经之乱道,徒使市井书坊翻刻贸鬻,射利营生。识者嗤为妄人,士林责其乖谬,圣明无微不察,谅具在洞鉴之中。

今名世身膺异数,叨列巍科,犹不追悔前非,焚削书版,似此狂诞之徒,岂容滥厕清华!

臣与名世素无嫌怨,但法纪所关,何敢徇隐不言?为此特疏纠参,仰祈敕部严加议处,以为狂妄不谨之戒,而人心咸知悚惕矣。伏候皇上睿鉴施行!

康熙是在十月十日看到赵申乔的题本的。当时康熙正为太子的事苦恼呢,并无心思认真去看这一堆题本,但赵申乔是自己素来欣赏的能臣,他的题本或许有重要内容,于是便认真阅读起来。

果然不出所料。

申乔所参为翰林院编修戴名世著作"狂悖"之事,可能又是为亡明争正统,此类事自我皇祖以来非常重视,不可不严肃对待。

康熙遂提笔批道:"这所参事情,刑部严察,审明具奏。"

当时的刑部尚书是齐世武和郭世隆。

齐世武原姓佟氏,属汉军旗人,本没有什么理政才干,性情又比较古怪,因而在同僚中也没有什么威信。但此人却有投机的本领,他见都统鄂缮深受太子胤礽的信任,便以和鄂缮母亲同姓为由,和鄂缮拉上了舅甥这样的亲戚关系,进而投入太子党中。当然,胤礽其时也正在招兵买马扩充势力,自然欢迎齐世武投入自己一边。齐世武就因太子庇护,一步步做到督抚、刑部尚书的大官。

郭世隆亦为汉军旗人。他的父亲郭洪臣原为明故将左良玉之子左梦庚的部下,左梦庚降清后,他被分隶汉军镶红旗为佐领。康熙四年(1665),郭世隆世袭佐领一职,康熙二十五年(1686)升到监察御史一职。后因察审盛京刑狱及福建巡抚张仲举、布政使张永茂侵吞亏空案受到康熙的赏识,继于成龙为直隶巡抚。

康熙三十四年(1695)升闽浙总督。任内整顿盐课,调理水师之防,多有成绩。随后又转两广总督、湖广总督之职。四十九年(1710)十月内迁刑部尚书。次年十月,因流民陈四之乱,郭世隆以前任总督,不即察究,纵容滋蔓,受革职留任的处分。

正是由于齐世武、郭世隆二人刚刚受过处分,加之他们本来就讨厌翰林院的那帮文人,所以,他们在接到礼部转来的康熙批文后,表现得特别积极。

他们吩咐属员,一方面派人即刻逮捕戴名世,不致其闻讯逃逸。另一方面则组织人力,检查戴名世的所有著作,搜集其中的"悖逆"之言。

十月十二日,戴名世一早就来到了翰林院的办公处。就在他准备坐下来读书的时候,门外闯进来几名气势汹汹的佩刀衙役,其中一个手里提着一副沉甸甸的木枷。

戴名世觉得奇怪,刚想上前问个究竟,就见一个领头模样的人走过来,对戴名世说:

"奉都堂之命来请大人,委屈大人随小的到衙门走一趟!"

说话之间,另一个衙役立即冲上去摘掉了戴名世头上的顶戴,而手提木枷的衙役很麻利地给他戴好木枷。

戴名世本想申辩几句,衙役们怎容他开口?推推搡搡之下,糊糊涂涂之中,戴名世就被带到了一间又脏又暗的房间里。

这所监狱面积并不大,共有五间房子,中间一间有天窗和前窗,比较明亮,也比较干净,显然是狱卒们的住所兼办公地点。两旁的四间房子面积不小,但既无前窗,更无天窗,里边如黑洞一般。没有桌子,没有床,人们席地坐卧。外门往往天不黑就关,次日天大亮始启,尿屎皆在其中,恶臭难忍,甚者活人与死人同卧。

更可怕的是监狱管理方面的黑暗。

管理监狱的官吏、狱卒都以监狱为利薮,以多收狱囚为能事。稍有牵连,必多方罗织。一旦入狱,则不问获罪轻重,甚至不问是否真的有罪,先锁上你的手脚,投入条件最差的监房(称老监),使你困苦不堪忍受,然后引导你取保出居外面。保金的多少取决于你的家产,一般也只有中产之家才能保得起。

其次是若要求摘掉刑具,移住监外专门为犯罪官员准备的板房也得数十两银子。

最可怜的是贫穷无依的人,他们必须一直戴着枷锁,作为不愿出钱的人的榜样。以至于同在一案,而罪重的居住外面,罪轻者反遭受极度的痛苦。他们心情郁闷,饮食不足,有病无医,最终致死。

打手、刽子手也有生财之路。

每遇刑讯,打手往往先在门外等候,让其同伙去索要钱财,称为"斯罗"。而打的轻重则取决于给钱的多少,轻者微伤,重者致残。

每遇凌迟极刑,刽子手则对犯人或其亲属说:"按我说的做,我行刑时就先刺心脏,使不痛苦而死;否则,就先砍四肢,后刺心脏,使痛苦而死。"

凡遇绞刑,行刑者就会告诉犯人或家属:"按我的要求做,我会让你吊一次即死,不然的话,我就让你吊多次,甚至辅以其他手段,然后再让你死。"

就是遇到砍头,刽子手也会用砍下的头与亲属换钱!

绑人也有讲究,若不贿以金钱,绑时就让你伤筋断臂,甚至成为终身残废。

由此,事涉狱案者不论贫富,都会竭其所有贿赂管狱官吏。

更为可恶的是,刑部书办胥吏也会假此发财。为了发财,他们敢伪造官印,更换判词。他们巧钻法律的空子,以从犯代首犯,以首犯代从犯,从而上下其手。

有某姓兄弟,因把持公仓犯罪立决,案件已经完结了,只待处决。有某胥吏对他们说:

"给我一千两银子,我可以让你们活着。"

两兄弟表示不理解。

胥吏说,"这有何难!只要重抄一份狱词,有关罪行不变,用本案两个没有亲属的从犯换下你们的名字就行了。"

两兄弟仍不明白,就问:"你这样做,只可欺骗被杀的人,怎么能骗得了负责审查的人?如果他们发现名字弄错了再重新判决,我等岂不是花了钱也没有保住命?"

胥吏嘲笑地说:"如果他要求重新判决,我们活不成,他们也会因此罢官。因此他们绝不会为保全两个冤命鬼而丢掉自己的官帽,我们也因此不会死!"

两兄弟虽半信半疑,但听取了胥吏的意见。

结果竟与该胥吏说的完全一致!

当戴名世在狱中受罪的时候,负责审查戴名世著作的一行人获得了重大发现。

在戴名世的《南山集》中,"悖逆"之言随处可见。最严重的有《与余生书》、《与弟子倪生书》、《王学箕传》、《杨维狱传》和《杨刘二王合传》等文。

这些文章,除公然采用南明王朝年号外,还真实地记载了清朝一直忌讳的诸弊政,如剃发易服、屠杀南方抗清军民的暴行等情况。

尤其在《与余生书》一文中,戴名世还为南明争正统,把它与偏居四川的蜀汉政权、退守崖州的南宋政权相提并论。

在《与弟子倪生书》中,戴名世更是公开写道:"本朝当以康熙壬寅(元年)为定鼎之始。世祖虽入关十八年,时三藩未平,明祀未绝,若循蜀汉之例,则顺治不得为正统。"

戴名世的其他著作,如《子遗录》和《宏光乙酉扬州城守纪略》、《宏光朝伪东宫伪后及党祸纪略》等也存在严重的"错误"。

这些,可是大逆不道的事!

十月十五日,刑部对戴名世进行了非正式审讯。地点就在刑部大堂。

刑部大堂是一座面阔三间、起有屋檐的大房子。正间的后面有一张巨大的紫檀木条桌,桌子后面的墙上嵌着一幅红日东升的巨画,上方悬着一面"清正廉明"的大匾额。

公案的左右方各摆一张普通的木桌,是为书记人员抄写供词准备的。

这天,刑部尚书齐世武和郭世隆等一应官员都早早地来到大堂,两旁虎视眈眈的衙役也已站到大堂两旁,手里拿着染成红黑两色的木棒。他们的身后摆放着"肃静"、"回避"等字样的木牌。

屋里光线很暗,也很静,使人有一种恐怖的窒息感。

突然,一声断喝从屋里传出:

"带犯官戴名世上堂!"

原本很大很静的屋子此时只有断喝声嗡嗡作响。

门外的两个衙役慌忙把身披枷锁的戴名世拽至堂上。

这时,齐世武威严地抓起惊堂木一拍,喝道:"堂下可是犯官戴名世?"

"正是下官。"戴名世不慌不忙地回答道。

"戴名世,你可知罪么?"

"回大人,下官不知犯了何罪。"戴名世又是一副不慌不忙的样子。

齐世武见状大怒,猛拍惊堂木喝道:

"大胆狂徒,我却问你,《南山集》和《孑遗录》两本逆书可是你写的?"

"回大人,正是下官所写。"

"何时何人所刻?如实道来,免受皮肉之苦。"

"那是康熙四十年的事了。当时我的学生尤云鄂担心我的文章不为世人所知,便把他收藏的讲章编订成册,用自己的银子刻了。"

"书中方苞、方正玉、尤云鄂、汪灏、王源等人的序言可是他们本人所写?"

"尤云鄂的序是我写的,放他的名字。方苞、朱书的序是他们自己写的。《孑遗录》是方正玉用自己的银子刻的。方正玉、王源、汪灏的序也是他们自己写的。"

"《与余生书》是怎么一回事?"

"下官自幼无知,喜欢读史书,见同里方学士写有《滇黔纪闻》一书,就找来阅读。后来听我学生余湛说,他们那来了个叫犁支的和尚,自称曾为永历宦官,了解永历的事情很多,我就找了去,却没有见到,便写信让余湛把他听到的事情写下寄给我。"

"《滇黔纪闻》是怎么一回事?"

"《滇黔纪闻》是方孝标的一篇文章。里面记有他游历滇黔时见到的风土人情,也记有他听到的有关永历的传说。我见到后很感兴趣,就把其中的一些说法混写在我的几篇文章中,现在看来确有许多混账话,臣罪该万死。"

刑部尚书齐世武等人见此情况,便把了解到的初步情况汇报给了九卿会议。

九卿会议经过一番评估,向康熙提出对戴名世一案的看法:"我朝定鼎燕京,剿除流寇,顺天应人,得天下之正,千古之所未有也。七十载万国朝宗,车书一统,薄海下咸奉正朔。皇上御极以来,隆礼前朝,轶古越今。天下之人民,咸戴生全义育之恩,沦肌浃髓。方孝标丧心狂逆,倡作《滇黔纪闻》,以致戴名世摭饰其间,逆书流布,多属悖乱之语,罔识君亲之大义,国法之所不宥,天理之所不容也。"要求进行彻底的调查和严厉的惩处。

此议经康熙批示后下发给刑部办理。

刑部接到批示后,首先进行了追捕案犯工作。此项工作进行得比较顺利。

追捕案犯实际上集中在北京和南京两地。

与戴案有涉之编修汪灏、庶吉士汪份、编修刘岩等都在北京,方氏子孙中,方孝标次子方登峰时任工部主事,方孝标的孙子方式济时任内阁中书,三子方云旅、孙方世樵也都在北京,故捉拿比较顺利。

在南京,则有为戴刊刻《南山集》之尤云鄂、为戴刊刻《孑遗录》之方正玉兄弟,还有为《南山集》作序之方苞等。刑部差往南京的督办官员在十月下旬即赶到了南京。

在京差到达南京前,为戴名世刊刻文集之尤云鄂和方正玉已从朋友处获悉戴名世因书出事的消息。经过一番考虑,他们双双投案自首。

方苞当时正在家照顾母亲为其治病。

江南江西总督噶礼接到刑部送来拘禁方苞的公文后,即派江宁知县福建人苏壎带人去方家捉人。

据方苞后来记载说,苏壎等人到方家后,见方母有病多悸,并没有采取公开逮捕的方式,而是告诉方母说,皇上有诏,命方苞到京从事校勘书籍工作,不得顷刻滞留,故我们来催方先生即刻动身。

方苞入狱后,苏壎仍很客气,"朝夕入视,或夜归,必就榻上相慰劳"。

总督噶礼欲以此案相邀功,锐意穷尽根株。因而在方苞下狱的第二天,即派人搜查了方苞家的书籍。结果不仅发现有《南山集》刊本,而且还有《南山集》的版片。

搜捕结束后,噶礼亲率江苏署理按察使、安徽布政使马逸姿,督粮道李玉堂等,对被捕诸人进行了审讯。噶礼因方苞与巡抚张伯行友好,本欲在审讯时给方苞一番苦刑,多亏马逸姿私下劝说:"方苞乃邦人之望,即使监司大僚来南京也亲自造访。况朝命捕人,非鞫狱也。今以非刑苦之,设有意外死去,谁负责任。"噶礼听后便打消了整治方苞的念头。

方苞在被解往北京的途中也没有受到非人的刁难。

起解当天,马逸姿率诸司官吏及刑部差员坐江宁县衙,书吏手执名册叫犯人到堂,衙役给每人戴上刑具。马逸姿离开座位,来到方苞面前,亲自给方苞解开绑缚之具,对使者说:"方先生是个儒者,断无逃脱之理,请您多予关照,不要让隶卒刁难他。"

结果,使者对方苞非常客气,每次吃饭都先让方苞,住旅店也亲自给予安排。

方苞入狱后也颇受照顾。审讯时,富宁安等往往采取"闭门会鞫"的方式,刑部郎中张丙厚还特戒禁卒:"某有罪,彼自当之。汝辈如以苛法相操者,吾必使汝身承其痛。"结果,狱卒对方苞亦甚客气,并没有为难他。

狱中年余,方氏阅《礼经》自若,切究《礼记集说》,著成《礼记析疑》一书。据说同系者对此非常不理解,曾投其书于地说:"命在须臾矣,何以为此!"有为他"咨经诹史,旁若无人"的行为讥讽说:"君纵忘此地为圜土,身负死刑,奈旁观姗笑何?"而方氏亦依旧故我!

飞来祸

最难判的案子

皇位的诱惑

其实,戴名世《南山集》案的发生,并不是当时政治生活中的孤立事件,它与当时统治阶级内部围绕皇位继承权而展开的权力斗争有密切关系。

尽管我们还没有戴名世卷入其中的直接根据,但与戴名世关系密切的礼部尚书李振裕、侍读学士何焯和汪灏等一大批汉族官僚被卷入其中却是事实,主持刑部工作的齐世武等人则是皇太子胤礽的积极支持者。《南山集》案的发生并非偶然。

就在《南山集》案发生后的第十五天,即康熙五十年(1711)十月二十七日,康熙在畅春园箭厅召开王公大臣会议,对皇太子胤礽的党羽齐世武等进行公开审讯。

在这次会议上康熙愤怒指出:

"今国家大臣,有为皇太子而援结朋党者。诸大臣皆朕擢用之人,受恩五十年矣,其附皇太子者意将何为也?此事惟鄂缮知之。"

随即唤出都统鄂缮、尚书耿额和齐世武,令其当众解释。

鄂缮叩头于地说:"臣蒙皇上豢养擢用厚恩,若果知此事,岂敢隐讳!"

耿额说:"臣实不知,知之敢不陈奏!"

齐世武说:"臣于各处并不行走,此事诚不知也。"

康熙听后极为愤怒地说:"朕闻之久矣。因访询未得其实,故遣人追问都图说:'今有人首告,供出尔党,尔据实奏闻,不然,将尔族诛!'所以都图已开写陈奏矣。"

遂即出示都图所写奏折,并绑出证人包衣达张伯良,令其在副都统班列中找出结党之人。张伯良不敢言。

康熙唤出副都统悟礼,对张伯良说:"实有其人乎?"

"有此人。"

康熙转过脸去,问诸大臣:"苏满已查边去,杨岱为何没有来?"

吏部尚书富宁安赶紧上前回答说:"因病未来。"

康熙又问:"有杨岱乎?"

"有一年老都统。"

康熙问都统迓图:"尔知鄂缮行事否?"

迓图答:"鄂缮尚在别人面前说感激皇恩,欲行效力,至于其中暧昧事,臣不得知。"

康熙问:"有汝否?"

迓图说:"无臣。"

康熙回过头对鄂缮说:"朕不得实据岂肯屈无辜之人,尔等谓朕年高,邀结党羽,肆行无忌,今在朕前,尔等能行何事,且有何颜面仰视天日?诸臣内不入尔党者甚多,尔等视之宁不愧乎?"

悟礼赶紧辩白说:"臣蒙皇上恩典,授为副都统,又身系宗室,岂肯行此等事?臣居宅与鄂缮宅近,鄂缮曾具酒食延臣是实,并无与伊等结党之处。"

见悟礼如此,齐世武也辩解说:"臣性不取悦于人,素无朋友,见在皇上洞见其中,不知都图为何仇视于臣。此等之事,臣并不知,惟有鄂缮请臣用饭一次,臣亦请鄂缮用饭一次。若果有结党之处,自当族诛!"

康熙反驳道:"尔既说各处俱不行走,为何又供出彼此延请之事?"

齐世武说:"鄂缮之母系佟氏,以舅呼臣,故有彼此延请之事。"

康熙怒骂道:"齐世武乃最无用之人,犬豕不如。伊等将如此龌龊之人援入党内,有何益处?"

"耿额乃索额图家奴,在乌喇时谄媚索额图,馈送礼物,于索额图案内即应诛戮,朕特宥之,今乃负恩造谋结党。伊等所行,皆由于耿额。"

耿额忙指天发誓说:"臣蒙皇上隆恩,苟有此事,即当凌迟!"

康熙继续说道:"索额图之党竟不断绝,俱欲为索额图报复,岂伊等祖父皆索额图之奴仆乎?"

"曩者鄂缮自谓为郭尔罗氏,欲入朕之旗分内,朕不俞允,隐之至今,未一明言,伊并不思朕之恩德,反结朋党妄行,洵不肖人也。"

"凡人有所甚爱之子,亦有所不甚爱之子。奴仆中有亲近用者,亦有不亲近用者。为人子,为人奴仆,岂有不安分而妄行乎?以酒食会友,有何妨碍,此不足言。伊等所行者,不在乎此。"

"夫效力者,在行间用命,方可谓之效命,如都统能操练旗兵,护军统领能训练护军,前锋统领能训练前锋,文臣能洁己办事,此可谓之效力。伊等欲因皇太子而结党者何也?"

"皇太子,朕之子,朕父子之间并无他故,皆伊等在其间生事耳。此辈小人,若不惩治,将为国之乱阶矣。伊等著监禁宗人府。都图不久即到,俟其到时,即行质审。鄂缮、耿额、齐世武、悟礼著锁拿。"

事实上,皇子之间的争储斗争,以及太子与康熙之间的矛盾,从康熙十四年(1675)初立太子时就开始了。

这一年的十二月十三日,只有二十二岁的康熙皇帝亲御太和殿,按照汉旗立嫡立长的传统原则,隆重册立方满周岁的皇二子、嫡长子胤礽为太子,正位东宫,"以重万年之统,以系四海之心"。

随即设立了专门为太子服务的詹事府衙门,配备官员,升内阁侍读学士孔郭岱、翰林院侍读学士陈廷敬并为詹事府满汉詹事。

与此同时,由立太子而产生的皇帝与皇太子间、太子与皇子之间、皇帝与皇子之间的矛盾也就一天天尖锐起来。出于自身利益考虑,朝中大臣们也纷纷投向拥护太子或反对太子的不同阵营。

大学士、侍卫内大臣索额图,是太子生母诚孝仁皇后的叔父,太子的外祖父。由于太子出生当天,诚孝仁皇后就去世了,索额图作为外祖父对胤礽格外疼爱和关怀。胤礽能立为太子,索额图自然非常高兴,成为拥护太子势力的核心人物。

大学士明珠是康熙惠妃的哥哥,皇长子胤禔的舅父,为支持自己的外甥胤禔争夺储位,他联合大学士余国柱、户部尚书佛伦、刑部尚书徐乾学等,与索额图领导的太子党对立。直到康熙二十七年(1688)二月,御史郭琇纠劾明珠、余国柱结党私营罪行,明珠、余国柱被罢斥,这一党争才暂告结束。

康熙三十七年(1698),康熙分别册封成年诸皇子,皇长子胤禔被封多罗直郡王,皇三子胤祉为多罗诚郡王,皇四子胤禛、五子胤祺、七子胤祐和八子胤禩俱为多罗贝勒。受封诸子得与国家政务,并拨给佐领和属官。

这些皇子受封后有权有势,自然容易纠结私党,加剧皇子与太子、皇子与皇子之间的矛盾斗争。其中,太子和太子党成为诸皇子及其党羽的共同打击目标。

为了拔取他们共同的眼中钉,他们对太子,有的造谣诽谤,有的用巫术镇魇,有的甚至预谋采取刺杀手段。康熙与太子胤礽矛盾的激化,而导致的第一次废储,就与诸皇子围攻太子有重要关系。

据记载,太子胤礽被废后,康熙曾颇具悔意地说过这样一段话:

"朕初次中路出师,留皇太子办理朝事,举朝皆称皇太子之善。及朕出师宁夏后,皇太子听信匪人之言,素行遂变。自此朕心眷爱稍衰,置数人于法。因而外人窃议皇太子不孝及所行不善者,遂自此始……胤禔所播扬诸事,其中多属虚诬。"

其次,太子势力的增长也必然侵犯和威胁老皇帝的权威,造成太子和皇帝之间的矛盾。

本来,康熙在精心培养皇太子的过程中,为了使他受到实践的锻炼,便有意让太子参与一些朝政的处理工作。这样一来,太子身边也就逐渐聚集起一批人。

同时,随着皇帝年事日高,朝中官员更加亲近太子,无形中使朝廷出现两个中心,统一的皇权受到了侵犯。这无疑使老皇帝难以容忍。

康熙三十三年(1694)三月,礼部拟奏祭祀奉先殿仪注,太子拜褥与皇帝拜褥一样置槛。康熙极为不满,便令尚书沙穆哈移太子褥于门外,以示区别,而沙穆哈坚持把此事记入档册。结果,沙穆哈为此丢官。

康熙三十六年(1697)九月,康熙无意中发现内务府所属膳房人花喇、额楚、哈哈珠子德任、茶房兀雅头等,经常往太子处跑,心中甚感不快,便以"私在皇太子处行走,甚属悖乱"为名,命将额楚"圈禁家中",其他三人一律处死。

康熙四十二年(1703)五月,康熙以索额图"议论国事,结党妄行"之罪,令宗人府将其拘禁,不久死于幽所。随后又拘索额图诸子,防其"别生事端"。大臣麻尔图、额库礼、温代、邵甘、佟宝等,也以党附索额图之罪被禁锢,同祖子孙在部院作官者一概革退。江潢因家中收有索额图私书,竟被下刑部论死。

据载,当时康熙曾当面指责索额图说:

"尔背后怨尤之言,不可宣说,尔心内甚明。举国俱系受朕深恩之人,若受恩者半,不受恩者半,即俱以尔矣。"

"朕若不先发,尔必先之,朕亦熟思之矣,朕将尔行事指出一端,就可在此正法。"

"去年皇太子在德州住时,尔乘马至皇太子中门始下","尔自视为何等人?"

这些指责显示出:一是索额图与太子关系不正常,二是他们经常抱怨康熙不支持自己。

但康熙处置索额图并没有改变他和太子的紧张关系,反而加剧了其中的矛盾。

康熙四十三年(1704)八月,太子派工科给事中王原参劾李光地举荐之吏部文选司郎中陈汝弼,"专横姿纵,有婪赃情弊"。遂将陈革职议罪。经过几个月的刑讯逼供,刑部以陈有贪赃罪而拟绞刑。多亏王鸿绪以密折形式及时向南巡中的康熙皇帝报告了其中隐情。

康熙回京后即让议政王大臣九卿等复审陈汝弼一案。由于都察院左都御史舒辂、刑部尚书王掞和大理寺卿劳之辨,屈于太子压力,仍拟陈汝弼立绞,证人黄钟拟绞监候。

康熙得知此情后极为生气,说:

"陈汝弼并不招得财,即拟正法,人心岂服?闻此事左都御史舒辂独擅行之……朕将亲鞠之。"

三天后,康熙召议政大臣、大学士、九卿等于畅春园,问议陈汝弼死罪之根据。诸臣回称:陈汝弼虽未招认受财,而证人黄钟口供及其家人口供很明白,因此定其罪。康熙又问证人黄钟。黄钟委屈地说:"一日之中夹讯六次,两足俱折,因含冤亲写供招,并非真有其事。"康熙因此而令九卿再议此案。

十天后,刑部及九卿等再议陈汝弼案,不得不作出决定:查陈汝弼虽未受贿,但有错用黄钟之处,应议处。因其已革职,故无庸议。原审议该案诸官舒辂、王原等著革职,劳之辨等六人各降三级调用,常绶等三人各降三级,傅继祖等五人各降二级以宽留任。

在康熙四十六年(1707)第六次南巡中,康熙与太子的父子关系又一次恶化。因为太子手下范溥等在南方搜罗俊男美女的活动,极大地损害了皇族的形象。

悲剧终于在康熙四十七年(1708)发生了。

当时,康熙正在热河木兰围场从事狩猎活动,随行人员有三万之多。

九月初,就在康熙一行抵达木兰围场之一永安拜昂阿时,他心爱的皇十八子胤祄突然患了重感冒,并危在旦夕,康熙不得不中断狩猎返回热河。

在归途中,忧心忡忡的康熙皇帝又听到有人报告,说太子等人挞辱满洲大臣,甚至亲王。遂令侍卫吴什等传谕随行诸大臣:

> 近日闻诸阿哥常挞辱诸大臣、侍卫,又每寻衅端横加苦毒于诸王贝勒等。国家惟有一主,"诸阿哥擅辱大小官员,伤国家大体,此风断不可出。伊等不遵国宪,横作威势,致

令臣仆无以自存,是欲分朕威柄以恣其行事也"。岂知大权所在,何得分毫假人?即如裕亲王、恭亲王,皆朕亲兄弟也,于朕大臣、侍卫中曾敢笞责何人耶?纵臣仆有获罪者,朕亦断不轻宥,然从未有轻听人言横加僇辱之理。

同时下令说:

> 嗣后诸阿哥如仍不改前辙,许被挞之人面诘其见挞之理,稍有冤抑等情,即赴朕前叩告,朕且欣然听理,断不罪其人也。至于尔等有所闻见,亦应据实上陈。

当天康熙还对太子进行了申斥,说他对兄弟"毫无友爱之意",胤礽听后,竟与父亲激烈争吵起来。

九月初三深夜,有人在黑暗中摸向熟睡中的康熙。康熙被惊起,御营内外顿时大乱,侍卫慌忙前来护驾。然而潜入者已迅速逃离现场。

由于御营戒备森严,外面的人根本不可能潜入皇帝居住的中心地带。

那么,潜入者何人?康熙认为就是太子胤礽,目的是行刺父皇,为其外祖父索额图报仇。

次日,康熙接到爱子胤祄的死讯,他极为悲痛和愤怒,便于布尔哈苏台驻地召诸王大臣、侍卫及文武官员,命皇太子跪下,满含热泪地对众人说:

"今观胤礽不法祖德,不遵朕训,惟肆虐众,暴戾淫乱,难出诸口,朕包容二十年矣。乃其恶愈张,僇辱在廷诸王贝勒官员,专擅威权，鸠聚党羽，窥伺朕躬，起居动作，无不探听。"

"平郡王纳尔素、贝勒海善、公普奇俱被伊殴打，大臣官员以至兵丁鲜不遭其荼毒。"

"诸臣中有言及伊之行事者，伊即仇视其人，横加鞭笞。朕出巡各地，未曾一事扰民，乃胤礽同伊属下人恣行乖戾，无所不至，令朕赧于启齿。又遣使邀截外藩入贡之人，将进御马匹任意攫取，以致蒙古俱不心服。种种恶端，不可枚举。"

"今更滋甚，有将朕诸子不遗噍类之势。"

"更可异者，伊每夜逼近布城，裂缝向内窃视。从前索额图助伊潜谋大事，朕悉知其情，将索额图处死。今胤礽欲为索额图报仇，结成党羽，令朕未卜今日被鸩，明日遇害，昼夜戒慎不宁。似此之人，岂可付以祖宗弘业！"

"朕即位以来，诸事节俭，身御敝褥，足用布袜。胤礽所用，一切远过于朕，伊犹以为不足，恣取国帑，干预政事，必致败坏我国家，戕贼我万民而后已。若以此不孝不仁之人为君，其如祖业何？"

说到伤心处，康熙竟痛哭倒地。缓了缓气后，康熙继续说到：

"太祖、太宗、世祖之缔造勤劳，与朕治平之天下，断不可以付此人。俟回京昭告于天地宗庙，将胤礽废斥。"

遂命将胤礽拘禁，并将其党索额图之子格尔芬、阿尔吉善、二格、苏尔特、哈什大、萨尔邦阿六人处死，杜默臣、阿进泰、苏赫陈、倪雅汉四人发往盛京充军。

为了杜绝皇长子胤禔及其党羽谋夺太子宝座，康熙还明告诸王大臣等：

"朕前命直郡王胤禔善护朕躬,并无欲立胤禔为皇太子之意。胤禔秉性躁急愚顽,岂可立为皇太子。"

同月,康熙还特别告诫诸皇子和满洲文武大臣说:"今胤礽事已完结,诸阿哥中倘有借此邀结人心,树党相倾者,朕断不姑容也。"

然而,太子宝座实在是太有诱惑力了,诸皇子不能不对它存攫取之心。

就在康熙下令拘禁胤礽之时,皇长子胤禔就开始排斥另一个竞争对手胤禩的活动,他对康熙说:

"胤礽所行卑污,大失人心。相面人张明德曾相胤禩后必大贵。今欲诛胤礽,不必出自皇父之手。"

康熙遂命胤禔将张明德捉拿,送交刑部尚书巢可托、左都御史穆和伦审问。但康熙也深知胤禔的用心,曾对诸皇子说:"朕思胤禔为人凶顽愚昧,不知义理,倘果同胤禩聚集党羽,杀害胤礽,其时但知逞其凶恶,岂暇计及于朕躬有碍否耶?似此不谙君臣大义,不念父子至情之人,洵为乱臣贼子,天理国法皆所不容也。"

九月二十七日,鉴于胤禔之太监、护卫等多人"妄探消息,恃强无忌",康熙召诸皇子面加训诫,令各约束属下人"勿令出事,守分而行"。

说到动情处,皇帝竟似哀求地说:"朕伤心不已,尔等宜仰体朕心,务存宽厚,安静守分,勿与诸事,兢兢业业,各慎厥行。"

次日,康熙又于乾清宫训诫诸皇子说:

"春秋之义,人臣无将,将则必诛。大宝岂人可妄行窥伺者耶?胤禩柔奸性成,妄蓄大志,朕所深知。其党羽早相要结,谋害胤礽,今其事皆已败露。著将胤禩锁拿,交与议政处审理。"

皇九子胤禟和十四子胤禵马上为胤禩说情:"八阿哥无此心,臣等愿保之。"当受到康熙申斥时,胤禵竟以死相发誓,康熙大怒,拔出小刀说:"你要死如今就死!"欲杀胤禵。后在众皇子的劝说下才罢手,但仍将胤禵打了二十板,随后将他和胤禟逐出。

十月初,张明德案结,张明德被凌迟处死;胤禩被革去贝勒,为闲散宗室;普奇知情不告被革去爵位。

不几天,皇三子胤祉又告发大阿哥用蒙古喇嘛施咒语于废太子胤礽,欲使其早死。经查属实,三个喇嘛被处死,胤禔被革去王爵,幽禁于本府,撤去其所领佐领,其所分上三旗佐领划归胤禩。

或是受所谓祖母神灵的感应,或是因太子废后诸皇子争斗搞得康熙心神憔悴,他忽然又想念起太子胤礽来。

十一月十四日,康熙于畅春园召集文武大臣,令保奏可为太子的皇子,并保证说:"众意谁属,朕即从之。"不料大家一致推举的人竟是胤禩。他心中甚为懊恼,于是再令大家熟思。他指出:八阿哥不可为太子,原因是他近来犯有罪过,而且他母亲出身卑微。

次日,康熙再次召见文武大臣,说他自禁锢胤礽之后,他日日不能释然于怀。他还宣称皇太后也与他有同感,认为这是一桩憾事。随即释放了胤礽,并让他悔过表示不报复的态度。

事实上,康熙拒绝大臣们的推举并非全然没有道理,当时确实存在一些野心勃勃的大臣和皇亲国戚妄图篡夺皇权,特别是有势力的佟家更是如此。

佟国维不仅是康熙的舅父,而且两度为康熙的岳父。他在告退前还担任领侍卫内大臣及议政大臣。他的儿子隆科多、侄子鄂伦岱、孙子驸马顺安额都极有势力。他们原支持胤禔,胤禔被禁失去当太子资格后,他们转而支持胤禩。据后来调查,大家之所以推举胤禩,正是佟国维在后台活动的结果。

当康熙得知内情后,他曾痛斥佟国维,并申斥佟家成员说:"鄂伦岱、隆科多、顺安额与大阿哥相善,人皆知之。尔等又欲立八阿哥为皇太子,将置朕躬及皇太子诸阿哥于何地耶?"

支持胤禩的另一个领侍卫内大臣是阿灵阿,他是辅臣遏必隆的儿子、康熙的小舅子。因家族原因,他仇视胤礽的支持者索额图,终致支持胤禩图谋储位。

支持胤禩的满洲文职官员首推明珠的二儿子揆叙,时任翰林院掌院学士。他利用自己的政治影响和他从父亲那里继承来的巨额财富,极力为胤禩谋储位效力。《清史稿》本传曾说他与其他一些人"播蜚语,言皇太子诸失德状,杜其复位。"

在内阁中支持胤禩的人首推大学士马齐。他姓富察氏,满洲镶黄旗人。因处理与俄、蒙事务而深受康熙赏识,在文人圈里也深受拥护,汉大臣户部尚书王鸿绪、礼部尚书李振裕都是他政治上的盟友。

正是看到胤禩有如此众多的支持者,康熙担心"朕日后临终时,必有将朕身置乾清宫,而尔等执刃争夺之事也"。康熙在复立太子之前即开始清理胤禩的支持者。

首先拘禁大学士马齐,其弟李荣保被革职枷责,其族人在部院者均革退,世袭之职除去。

随后,令王鸿绪、李振裕、蔡升元、杨瑄以原品退休归居。顺安额被革去额附,交与其祖父佟国维监管。

胤禔的支持者被清理后,胤礽于康熙四十八年(1709)复立为太子。

然而,太子胤礽复立后,他和父皇之间的裂缝依旧存在。

关于胤礽的恶劣性格,朝鲜使者曾写道:

"每逢皇帝与太子一道去热河,胤礽均沉于酒色,不改旧习。他派人到十三个省的富庶地区,勒索地方官员,要求贡献美女。地方官对其欲求稍有难以满足之处,便立即遭逢诽谤诬陷而被罢官。"

太子党势力也死灰复燃,其代表人物就是步军统领托合齐。

这个托合齐出身卑微,原是胤禔的妻舅安亲王玛尔浑的家臣,后转为内务府包衣,最高的官职也只是广善库的司库,为太子胤礽心腹凌普的下属,并受知于凌普。加之,他是康熙定嫔之兄、皇十二子胤裪之舅,因而也受康熙的重任。他于康熙四十一年(1702)继刚刚去世的凯音布出任步军统领,成为总掌京师警卫和治安的负责人。

托合齐在朝中以文武双全著称,但品行却与当年的索额图毫无二致,专横跋扈,腐败堕落,贪得无厌。

由于托合齐是太子的心腹,又接近皇帝,自然为趋炎附势者所追逐,某些为营私而谋求政治庇护的人甚至不惜认托合齐为"干爷爷"。

据说托合齐有一个姓蒋的干孙子,原是不学无术的苏州富翁,就因为托合齐向主考官施加了压力,居然考中进士并名列第九。

托合齐还肆行敲诈。为达此目的,他甚至让手下与地方不法分子勾结,或诬无辜者为盗贼以勒索金钱,或直接掠夺钱财。

康熙四十七年(1708),托合齐因向一李姓富有官员勒索白银十二万两而被李姓官员告发,同时有刑科给事中王懿、户科给事中高遐昌先后参劾他"欺罔不法,贪恶殃民",建议削减其权势,而康熙不仅未处罪,而且还为之辩护。

据王鸿绪密折载,本来对托合齐的指控极易被证实,然而户部和刑部的满族尚书希福纳、巢可托"皆素日皈依提督者(指托合齐)",而"吏、兵二部满堂心畏",因而这些人在审案过程中"亦不肯轻发一言"。案件终致不了了之。

康熙四十九年(1710),一位官员因得罪托合齐的同伙——满刑部尚书齐世武,被齐世武捏以罪名准备处死。而汉族刑部尚书张廷枢因拒绝与其合作,结果被罢官,理由是"偏执"。

太子党的猖獗,无疑会严重损害封建皇权统治,康熙与太子胤礽之间的关系再度恶化。

康熙五十年(1711)十月十六日,康熙以原皇八子胤禩的支持者——大学士马齐之弟马武为内府总管。几天后,又以托合齐有病为由将其解除职务,步军统领一职转与表兄弟兼姻兄弟(同时为胤禩的支持者)隆科多。太子势力对京师和皇宫的军事控制权被剥夺。

不久,即有上文提到的康熙在畅春园审讯并拘禁太子党鄂缮、耿额、齐世武和悟礼等人的产生。

康熙五十一年(1712)四月十二日,九卿审结户部书办沈天生等串通本部员外郎伊尔赛等包揽湖滩河朔事例、额外多索银两一事,拟处二人绞监候。该案中受贿之原任刑部尚书齐世武和原任步军统领托合齐等应分别议处。结果,齐世武、耿额、托合齐拟绞监候,侍郎李仲极以包庇纵容罪革职,尚书穆和伦、塔进泰、噶敏均受降级处分。

太子党势力至此开始消沉。

南国风波

几乎与戴名世《南山集》案发生的同时,南国大地也在上演着一幕震惊朝野的闹剧。

康熙五十年十月初九日,是辛卯科江南乡试放榜的日子。

清晨一大早,参加乡试的江南各地秀才们便涌向张贴榜文的贡院门前,观看决定自己命运的榜文,祈求自己能成为其中的幸运者,其复杂心情不可言喻。

然而当看到榜时,他们惊呆了。

榜上名字除少许几个真才实学者外,多为扬州盐商子弟的姓名。

秀才们顿时愤怒起来,纷纷怒骂考官在考试中通同作弊、录取不公的行为。

消息很快传到各地,激起士子们的更大愤怒。

在扬州,落选的秀才们盛怒之下,拆掉了过去为主考官、都察院副都御史左必蕃的祠堂,后来听说是副主考、翰林院编修赵晋受贿舞弊,才停止哄闹左必蕃的活动。

在苏州,参加考试的秀才们更生气,近千名考生仅录取十三人,而且其中五人还是通过行贿登榜的,这简直是对苏州士人的污辱!非得大闹一场不可!

九月二十四日，苏州全城士子数百人聚集玄妙观。众推廪生丁尔戬为首，从观中抬出五路财神像，浩浩荡荡地来到府学院内，将财神像供奉在明伦堂上。随后纷纷发言声讨考试中的舞弊行为。有的还赋诗作对，编制歌谣，讥讽科考弊情。

有个秀才写的对联是："左丘明双目无珠，赵子龙一身是胆。"影射主考官左必蕃对科场中的舞弊行为视而不见、充耳不闻，而副主考官赵晋胆大妄为，公然收取贿赂，出卖举子功名。

另一个秀才愤怒之下，用纸把贡院的匾额糊上，改写成"卖完"二字，以嘲笑考试中的作弊行为。

江南爆发的这一来势汹涌的学潮，不久就由当地的官员们以奏折或题本的形式报告了康熙皇帝。

充当坐探的苏州织造李煦在奏折中写道：

> 窃臣于九月二十四日回到苏州，见苏州阖城士子以新中举子多属贿买，将财神抬入府学明伦堂上，喧哗不服，皆怨正考官左必蕃不识文字，怨副主考赵晋大胆贿卖。造有诗词对联，与黄莺儿歌谣，四处遍贴。

同时把士子们张贴的诗词对联以及歌谣一同抄呈。

康熙看过奏折非常生气，在李煦的折子上批道："纷纷议论，京中早已闻知，可羞至极矣！"

主持乡试的正考官左必蕃至此也不敢隐瞒真相。他上疏称：

> 臣膺简命，典试江南，兢兢以搜拔人才为务。撤闱后，

闻舆论喧传,有句容县知县王日俞所荐之吴泌、山阴县知县方名所荐之程光奎,皆不通文理之人,臣不胜骇愕,或系传递代做文字,或与房官打通关节,亦未可定。祈将新中举人吴泌、程光奎或提至京复试,或发督抚严讯,以正国法而肃科场。至臣不能查出,罪亦难辞。

同时,江苏巡抚张伯行等人也向康熙作了汇报。

鉴于江南乡试情弊严重,社会反映强烈,康熙感到很有必要认真查处。

为了谨慎起见,他首先令礼部商量,拿出初步意见。而礼部讨论后建议:"应行文该督抚,将举人吴泌等速行解京,到日请旨复试,如果文史不通,即将情弊严审,究出定拟。"

康熙对此不以为然,认为江南乡试风波远不是复试几个举人就能解决问题的,只有认真惩处其中的舞弊行为,才能取信于江南士人,平息那里的骚乱。

于是,他明发谕旨,派一向以清严著称,现任武英殿大学士、户部尚书张鹏翮和漕运总督赫寿为钦差大臣,速赴江南,与两江总督噶礼、江苏巡抚张伯行、安徽巡抚梁世勋一同,"在扬州地方彻底详察,严加审明具奏。左必蕃、赵晋俱著解任,发往质审"。

张鹏翮,字运青,号宽宇、信阳子。四川遂宁人,清代著名的治河官员之一。他于康熙九年(1670)中进士后入仕,历官刑部主事、礼部郎中、苏州知府、兖州知府、河东盐运使、通政司参议等职。

康熙二十七年(1688),张鹏翮曾随索额图使团前往色楞格与俄国官员商谈边界纠纷,后因噶尔丹所阻返京,写成《奉使俄罗斯行程录》一书,详记出使情况。

这之后,历任浙江巡抚、兵部侍郎兼江南学政、左都御史、刑部尚书和江南江西总督等职,其间多次充任考官和受派处理重大案件,深受康熙皇帝的赏识。

康熙三十九年(1700)以后任河道总督八年,在前任于成龙的基础上对河务进行大力改革,卓有成效,成为清代著名的治河专家之一。此后返京担任刑部尚书、户部尚书、吏部尚书兼武英殿大学士等职,数典乡、会试,巡视河工,也深受雍正皇帝的重用。

赫寿为满洲正黄旗人,姓舒穆禄氏。初由笔帖式授内阁中书,迁内阁侍读、工科给事中、刑科给事中,兼管广善库。后历官内阁侍读学士、内阁学士、太仆寺卿、礼部右侍郎兼内阁行走,充经筵讲官,迁户部左侍郎、吏部左侍郎等职,曾任驻西藏协办大臣。康熙四十九年(1710)底任漕运总督。江南科场案后代噶礼为江南江西总督兼江苏巡抚,后迁理藩院尚书,深受康熙的重用。

张鹏翮和赫寿两人接康熙命令后,不敢怠慢,立即出发开赴扬州。

他们一行于十一月二十七日到达扬州,遂在此设立行辕,着手审理乡试案。

两江总督噶礼和江苏巡抚张伯行也分别从江宁和苏州赶来陪审,两江地方官也都奉命聚集扬州听审。

第一次审讯于十二月上旬举行,审讯的对象是众矢之的副主考赵晋等人受贿情况。

最初赵晋等人并不承认有受贿行为。张鹏翮和赫寿不得不改审吴泌、程光奎等舞弊举子。

经过几番严厉的拷问,吴泌、程光奎坦白了作弊的经过。吴泌原为安徽歙县县学生,因担心考不中举人,就在乡试前托求好朋友余继祖为他贿买举人,议定酬金白银八千两,先将金一百两和银二百两交给前安徽巡抚叶九思的门生员炳,请他代为转求。

员炳遂于八月初进见叶九思,称自己有个表弟叫吴泌,今年参加乡试,请老师在考试时设法关照提拔,并说明酬谢银数。叶九思说:"银两却是不必,只可拿个记号来,我方便时给房考打个招呼。"

第二天,员炳去见余继祖,定下关节为"其实有"三个字,约好放在第一破题中。

几天后,员炳把这个关节送给叶九思。叶九思知道将充任同考官的泾县知县陈天立是副主考赵晋的亲戚,便请陈将关节转交赵晋,并称吴泌是自己的好朋友,请关照取中,酬银五百两。

开始考试后,吴泌的卷子分在同考官句容知县王曰俞的房内。陈天立便找到王曰俞,说是受副主考赵晋的嘱托,请王关照吴的卷子,并告以"其实有"三字关节。王曰俞便凭关节找到吴的卷子,予以上荐,赵晋便把吴泌的名字列入了正榜。

吴泌并供认:考试后,自己送给安徽巡抚叶九思白银五千两,并托人转给副主考赵晋黄金三百两。

扬州考生程光奎,考前就和副主考赵晋相识,并和山阴县知县方名为好朋友。这次听说方名将出任乡试同考官,便请方名将他事先准备好的文章带入场内。考试开始后,程便参考着原准备的文章答好题。恰好他的卷子分在方名房中,方名便举荐了程光奎,赵晋遂将程取中。

事后程光奎除了替方名偿还了八百两银子的债务外,还托人送给副主考赵晋黄金三百两。

在事实面前,赵晋难以抵赖,承认有收贿行为,共收黄金三百两。阅卷官王曰俞、方名也承认了将在卷子中做记号的吴泌、程光奎等荐为举人。三人遂被革去功名,收监看管。

与此同时,对苏州舞弊士子的审理则更为顺利。

张鹏翮等根据闹事生员们的指称,将众论以为不公的新科举人马士龙、邵一珩、席玕、金圣基、徐宗轼五人提到行辕,出题考试。经阅读文卷发现,席玕文理不通,且与科场原卷字形不符。在严厉审问下,席玕承认考试时曾夹带小抄,遂将其锁禁。其他四人没有发现大的问题,暂押江都县看管。

案子审理虽初战告捷,但仍有一个疑点需要弄清楚,就是考生吴泌和程光奎都说送给副主考赵晋三百两黄金,那么赵应该是收了六百两黄金,可他只承认收了三百两,另外三百两呢?

不久,张鹏翮、赫寿等就三百两黄金的去向问题再次提审吴泌、程光奎。

开始,两个举子支支吾吾,并不回答问题。在张伯行等人的追问下,他们说金子是托叶九思的家人李奇转送的。

审讯李奇的情况却很紧张,结局也相当尴尬。

一开始,张鹏翮就呵问李奇:"你替吴泌、程光奎行贿考官,将赃金交给何人?"

"交给副主考赵晋了。"

"赵主考只收到三百两,剩余的三百两难道是你自己私吞了?"赫寿厉声驳问道。

"赶快说,是不是你自己私吞了?"噶礼神情紧张地看着李奇呵问道。

张伯行见状,赶忙插话说;"李奇你不必惊慌,只要老实讲明真相,把三百两黄金的下落交代明白,自会从轻发落。"

张鹏翮也说道:"有本钦差为你做主,你自管照实讲来。"

李奇听后战战兢兢,看了看噶礼说:"另外三百两金子,赵主考让我交给安徽布政使马逸姿的家人轩三,说是留给总督大人的。"

这一说不要紧,在场的人都吃了一惊。

总督噶礼听后脸色红紫,拍案怒吼道:

"大胆刁民!竟敢当堂诬陷封疆大吏,快拉出去乱棍打死!"

张伯行见状,急忙阻止道:

"犯人口供尚未录完,岂能轻易棒死!大人心无芥蒂,何必怕人诬陷?况且钦差在上,自有定夺。"

噶礼听张的一番语,更为恼怒地说:

"刁民信口雌黄,搅扰公堂,岂能容他,快快把这刁民拉出去狠打一顿!"

张伯行也把脸拉下说:

"有本抚臣在此,哪个敢打!"

两钦差见状很是作难:大堂之上,督抚相争,一个要把案子审到底,一个要把案中证人李奇乱棍打死,成何体统?

两位钦差商量后宣布:李奇诬陷朝廷重臣,着严加看管,本日审理到此结束。

与此同时,案情也愈来愈复杂化。

先是夹讯轩三,轩三死活不承认曾收到过李奇送来的金子。没有口供怎么处理?

其次是审问轩三过程中,李奇的老家江宁县有民人姚振宗,向县衙揭发说,在李奇家见过很多金子。知县苏壎即率人到李奇家去搜查,果真搜出黄金三百两。苏知县遂将金子和出首之人同解送扬州钦差行辕。

这件事却是很蹊跷。

民人姚振宗怎么会看到李奇家有许多金子?知县苏壎搜查李奇家时"先责问其妻杜氏",后搜出金子,也很奇怪。

这明显是当地官员曲意保全总督噶礼而想出的点子。因为搜出李奇家的金子,即说明李奇侵吞了另外三百两黄金,与总督大人无关。

据方苞《结感录》载:"制府委某官及侯(苏壎)捕某胥,阴令某官置金某胥空舍中,随发之以自解。"对此把戏,受委曲的李奇自然不答应。官方记录说:"当审鞫之际,颇多放肆之语,谓众人合谋,将金子诬陷于彼,以脱安抚藩司,蔓延无辜。"

对此曲意之举,巡抚张伯行也深感不满,坚持要把案子问到底。

两钦差只好派人对张伯行进行劝说:

"总督乃朝廷封疆大吏,触犯国法理应重处,但噶礼这个人可是皇上宠信的满臣,事情闹大了怕皇上面子过不去,我们也不好交差。区区三百两金子的事,就此了结吧!"

然而,张伯行仍不妥协,坚持审下去的主张:

"钦差大人一向是清正廉明的贤臣,素有执法如山的声誉,切不可因私人感情袒护罪犯,回避权贵,使天下无正义可伸,上负天子爱才之心,下屈壮士报国之志。息事宁人的态度我绝不赞成。"

案子因此就僵在了那里。

据李煦报告:

> 目下议论纷纷,皆云审事各大人意见不合。称江苏抚臣张伯行心怀多疑,必欲将金子问在轩三身上。督臣噶礼、安徽抚臣梁世勋谓以前李奇供金子交与轩三,今又在李奇家,问他妻子取出,似属妄扳。各执一见,竟不和同。钦差户部尚书张鹏翮,亦未有定见。而督臣噶礼将于十七日赴淮安,因另有公事,同漕臣赫寿商议,不在扬州会审。

江苏巡抚张伯行,眼看这场科场大案即将不了了之,愤而于康熙五十一年二月上疏弹劾噶礼,揭露其种种劣迹。内称:

> 督臣噶礼自履任后,所辖两省文武属官,逢迎趋附者,虽污迹昭著,亦可藏污纳垢;守正不阿者,虽廉声素著,难免吹毛索疵。此久在睿照之中,无庸臣再为渎赘。最可异者,今年乡试,盛传总督通同监临提调揽卖举人。迨后取中不公,正考官左必蕃疏中有"或发督臣严审"语。又风闻总督要银五十万两,保全伊等无事。及扬州会审,既得副主考赵晋与程光奎交通关节实情,旋得安徽布政使马逸姿书役家人为吴泌行贿供词。督臣震怒,辄令夹胫钳口。臣谓此或是实话,当细加研究,若动气不许说,将许其说假耶?督臣

自有制科以来,从未闻贿赂公行、滥觞名器如是科之甚者!督臣驻扎省城,素矜明察,岂得诿为不知?曾向尚书张鹏翮云:"今科举人,一大半是买的。人说都是副主考卖的。"似已知之甚详且确,而不即据实入告,则督臣必有不敢明言之隐,其弊不独在副主考矣。

奉旨彻底详察,而必不肯详察;奉旨严加审明,而必不欲审明。其前之通同监临提调揽卖举人,后之要银五十万两保全无事,非无稽之舆论矣。

况监生乡试,例由学臣录科送试,以防顶替。乃程光奎以两淮巨商顶冒苏州府籍,径由督臣大收,送入乡场,其营私坏法更彰明较著矣。以通同作弊之人,同为奉旨察审之人,真情何由得出?故自督臣震怒之后,要犯未提一名,确供未得一句。

尚书张鹏翮因其子张懋诚现任怀宁县知县,系安徽所属,总督得挟制之,恐遭陷害,亦瞻顾掣肘。督臣竟忍负皇上隆恩,擅作威福,卖官卖法,复卖举人,可谓恶贯满盈,贪残暴横,难逃圣明洞鉴,岂容久流毒害?只缘权势赫奕,莫敢撄其锋以贾祸,仰祈敕令解任,一并发审,伴舞弊之人告所凭藉,录审之官亦无瞻顾,庶真情得出,国法得申矣。

与此同时,噶礼获得张伯行参他的内情后,也来个恶人先告状,以七大罪状弹劾张伯行。内称:

伯行前冬泊船上海,阻臣出洋,恨臣不从,迁怒船埠张

元隆,陷以通贼,牵连监毙,罪一;

上海知县许士贞诬良为盗,伯行因与同窗好友,始终袒护,淹禁无辜,久不省释,罪二;

臣严饬所属力行保甲,稽查匪类,伯行与陈鹏年扬言臣查富户,竟寝不行,以致盗贼充斥。镇江府同知施世骠缉获盗首,伯行阴嘱陈鹏年不行究赃,致毙在狱;反参施世骠诬良,其纵盗殃民,罪三也;

苏松通减大受所属被盗七案,皆捏称大受因公出境,冀免处分,其徇私作弊,罪四也;

苏松粮船迟误,奉旨明白回奏,伯行饰词欺诳,罪五也;

刑部行提戴名世案内作《南山集》序之进士方苞,向系伯行好友,竟不差一官一役提拿;且《南山集》刻版,方苞收藏书肆,印行三千余部,伯行岂得讳曰不知?乃并不追问,其背恩党恶,罪六也;

命盗案件,苏松等处最繁。伯行专以卖书著书为事,性多猜忌,心更糊涂,涸行翻驳,不能清理;兼之滥准词状,拖累株连,屡奉严谕申饬,恬不知改,其违旨病民,罪七也;

更可怪者,科场作弊,奉旨会审,臣开口一问案犯,伯行辄谓不该如此大声,又谓不该如此审问。臣恐较论失体,因而缄口结舌,几及四旬。乃伯行遂阴谋诬陷,以私卖举人得银五十万两污臣名节,臣实难与俱生。果有丝毫情弊,当即伏斧锁;如伯行不能指出一说事过付见证,则逞讦诬陷,亦难逃国法也。

这就是督抚互参案的开始。

案中人张伯行,字孝先,号敬庵、恕斋,河南仪封人。康熙二十四年(1685)进士,授内阁中书。十年后丁父忧回家数年,治学授业。

康熙九年(1670),河道总督张鹏翮以他具有修河才能举擢山东济宁道员。任内多有成绩,迁江苏按察使。

康熙四十六年(1707),康熙第六次南巡至南京,对张伯行居官清正的作风十分赏识,特升其为福建巡抚。任内减免灾赋,平抑物价,振兴教育,深受当地人的拥护。

康熙四十九年(1710)初,张伯行调巡江苏。又以赈灾救饥为要务,为澄清吏治作了种种努力,引起总督噶礼的不满。因有互参案的发生,案后奉诏入南书房,署仓场侍郎,曾监督顺天等地赈灾。后为户部右侍郎,管钱法仓场。雍正后任礼部尚书。死后谥清恪,从祀文庙。

张伯行一生著述颇丰,有治河著作《居济一得》和文章集《正谊堂全集》传世。他是清代著名的清官和理学家,著有《性理正宗》四十卷,反映了他的哲学思想。

案中噶礼为满洲正红旗人,姓栋鄂氏,清初名将和和礼曾孙。据说他的母亲曾为康熙乳母,很得康熙赏识。由荫生任吏部主事,升郎中。

康熙三十五年(1696),康熙亲征准噶尔噶尔丹反叛势力,噶礼在于成龙属下督运中路军粮。因功授盛京户部侍郎,次年即升为通政使、副都御史、内阁学士。

三年后升山西巡抚。任内虽有勤敏干练之誉,也有贪婪无厌、纵吏虐民之称。他与赵申乔的小儿子赵凤诏等人狼狈为奸,搜刮钱财。几年后,朝野因平遥令王绥赴京控告,竞相弹劾,但朝廷按察的结果,却指斥为诬陷,多人被罢官,而噶礼则内迁户部左侍郎。

康熙四十八年(1709)升江南江西总督,成为两江地区的军政长官。但他仍横行霸道。张伯行与他互参后,他被革职。两年后,他母亲控告他与侄子合谋,投药害母。刑部以他身为大臣,任意贪黩,又谋杀亲母,拟凌迟处死。康熙令他自尽。这是后话。

那么,张伯行纠参噶礼是否完全出于公心?是否有个人因素的存在?恐怕有那么一点。

事实上,这场督抚互参案的发生,正是江南官场矛盾的一个重要体现。

事情还得从陈鹏年说起。

这陈鹏年字北溟,号沧州,湖南湘潭县人,是清代一个很有名气的学者和诗人,著有《沧州诗集》三十九卷、《道荣堂诗集》十卷和《文集》六卷。

不仅如此,陈鹏年在清代官僚队伍中还是个少有的清官,是个从不谄媚,亦不贪污的廉吏。

陈鹏年于康熙三十年(1691)考取进士后,曾任江苏山阴等地知县,以忠诚笃实、勤俭朴素、办事廉洁获"陈青天"之称。后因在山东赈灾中的突出表现,被康熙赏识,提升他做江宁知府。

康熙四十四年(1705)初,康熙第五次南巡。

时任江南江西总督的是满洲镶蓝旗人阿山,姓伊拉哩氏,由吏部笔帖式起家,历任刑部主事、户部员外郎、翰林院侍讲学士、光禄寺卿太常寺卿、通政使、左副都御史、户部侍郎等职,曾充多伦会盟的颁赏官。康熙三十五年(1696)出征准噶尔后获康熙赏识,升盛京礼部侍郎、翰林院掌院学士、日讲起居注官。康熙三十九年升江南江西总督。

为了筹办皇帝南巡费用,并欲借此大捞一把,阿山召集各属官商议,提出给百姓派捐的办法。大家都表示同意,惟独陈鹏年表示反对。他说:

"根据谕令规定,皇上出巡费用全部由国库支出,不准动用地方财物。现在如行摊派,为皇上知道,我们都吃罪不起。"

结果阿山因此亏欠不少银两,时刻想整治这个不服管教的陈鹏年。

康熙的车驾要经过龙潭去江宁,阿山便派陈鹏年去督修为皇帝歇脚的龙潭行宫。因没有经费,陈鹏年便只简单收拾了一下。从陈手里没有得到礼金的侍卫、太监等人,也对陈鹏年不满,便想借机加害他。他们在行宫皇帝坐垫的竹席上撒蚯蚓类,企图以此引起皇帝对陈鹏年的不满。

果然,康熙看到后心里很觉不快。随行的太子见如此模样,视为大不敬,勃然生怒,欲杀掉陈鹏年。

据说,康熙到江宁后住在织造曹寅府上。一天,康熙见曹寅的儿子在院中玩,随便问了句,"尔知江宁有好官乎?"

"知有陈鹏年。"小孩不假思索地回答。

孩子的回答使康熙深感震动,陈鹏年为何有如此影响?莫非曹寅与他同党故意如此哄骗于我?康熙不解。

恰好退休在家的原大学士张英,从安徽老家赶来看望皇上,康熙就问张英:"江南哪个是廉吏?"

"当然是陈鹏年。"张英答道。

"陈鹏年居官如何?"

"吏畏威而不怨,民怀德而不玩,士式教而不欺,廉其未也。"康熙听后才消了气,并对太子说:"你师傅还夸他呢,怎么能杀他呢?"

阿山一计不成,又生一计。

当时康熙想在京口检阅江南水师,需要在江边修筑一座石头的检阅台。阿山等到检阅的前一天,把任务给了陈鹏年。心想,江流湍急,施工困难,你陈鹏年再有能耐,也不可能按时完工。若耽误了检阅,皇上怪罪下来,有你好看的。

然而陈鹏年确是能干,他亲率士民搬运土石,一直苦干到次日清晨,终于完成了检阅台的修筑工程,检阅顺利进行。

同年六月,气急败坏的阿山终于上疏弹劾陈鹏年擅收盐商、当铺年规,贪污龙江关税银,且无故捉拿关役等。陈鹏年被解职投入江宁监狱。结果,经河道总督张鹏翮审核,所控各项均非事实。

随后,阿山又耍阴谋,借陈鹏年将南市楼原妓院旧址改建乡约讲堂,并挂"天语丁宁"匾额,告陈大不敬。狱成,刑部拟陈鹏年论斩。

多亏康熙帝深知陈的为人,下诏将陈鹏年改职,从宽免死,并把他调离阿山手下,召入武英殿修书。

康熙四十六年(1707),阿山因河工失策被革职。康熙认为陈鹏年是一员不可多得的廉吏,把他留在京师修书对地方治理是一大损失,便派他做了苏州知府。

陈鹏年在任苏州知府的一年里,积极改除奢侈陋俗,清理冤假错案,抗灾治疫,使地方大有起色。随署江苏布政使。

就在陈鹏年准备做更大一番事业的时候,遇到了臭名昭著的山西巡抚噶礼来任江南江西总督。

噶礼本与阿山同党,又同是个飞扬跋扈、贪赃枉法的败类,因而对陈鹏年这样的人恨之又恨,总想找借口整整他。

据说,初次见面,噶礼就给陈鹏年来了个下马威。

当时陈鹏年按规矩给噶礼行叩头礼,而噶礼总不说让陈起来的话,陈鹏年于是就自己站了起来。不料噶礼见陈自己站起身来,勃然大怒,斥责道:

"你就是陈某人啊!人言你倔强,你可知你的性命就掌握在我手里。我想让你死,你就得死,就好像用手扪虱子一样容易。"

出乎噶礼意料的是,陈鹏年并没有被镇住,他很从容地答道:

"您说得不对。本府若上欺朝廷,下毒百姓,自有国法惩治;如果我奉公守法,皇上不会杀我,老百姓也不会怨我。我虽区区一小官,想杀便杀,以此来耍威风,也不是那么容易!"

说完,陈鹏年阔步而出,倒把噶礼气得七窍生烟、咬牙切齿。

同年,福建巡抚张伯行调任江苏巡抚。张伯行做事一向清正廉洁,和陈鹏年志趣相投,因而对陈鹏年非常器重,遇事总爱和陈商量,且多采纳他的意见。

与此相反,张伯行对上司噶礼的专横跋扈、贪赃枉法行为深为厌恶,不久就有了摩擦和矛盾。

噶礼知道张伯行和陈鹏年关系密切,就更加憎恨陈鹏年。

康熙四十九年(1710),噶礼抓住当时流行的亏空问题做文章,上章弹劾原江苏布政使宜思恭亏欠库银,粮道官贾朴贪污建关和开河银两,而现任布政使陈鹏年核报不实。康熙派张鹏翮前去审查。

由于亏空是个历史问题,经查基本属实,结果,宜思恭被判拟绞,陈鹏年被议革职,充军黑龙江。康熙洞悉其中的矛盾,没有批准原判决,改宜思恭充军,陈鹏年再次回京修书。

但是,噶礼并不就此罢手,他还要找机会报复陈鹏年。

噶礼想,陈鹏年是个诗人,容易借诗发泄牢骚,流露哀怨和不满,自己何不从中找点把柄呢?于是,他和师爷们开始在陈的诗卷中搜查"违碍"文字。

功夫不负有心人。噶礼最终找到一首七言诗,名叫《重游虎丘》,其中的句子似有"违碍":

> 雪艇松龛阅岁时,廿年踪迹鸟鱼知。
> 春风再扫生公石,落照仍衔短薄祠。
> 雨后万松全逻匼,云中双塔半迷离。
> 夕佳亭上凭栏处,红叶空山绕梦思。
> 尘鞅删除半晌间,青鞋布袜也看山。
> 离宫路出云霄上,法驾春留紫翠间。
> 代谢已怜金气尽,再来偏笑石头顽。
> 楝花风后游人歇,一任鸥盟数往还。

根据噶礼的理解,"代谢已怜金气尽"即是诬蔑大清气数将尽,因为"金"是大清原来的名字;"一任鸥盟数往还"中的"鸥盟"二字,乃阴通台湾郑氏集团的证据,所以上奏弹劾陈鹏年"心蓄异志,语涉大逆"。同时将陈先行锁拿入狱。

这次,噶礼又打错了算盘。

且不说康熙向来讨厌大臣们各树朋党、窃弄权柄、相互倾轧的风气,就噶礼的指控来说,显系无中生有,不过是借诗祸排斥异己,任意歪曲诗意,也使康熙难堪。

所以,康熙明确表态:"诗人讽咏,各有寄托,岂可有意罗织以入人命。"对噶礼的指控置之不理。

后来,康熙在谈到陈鹏年的问题时曾说:

"陈鹏年稍有声誉,学问也优,噶礼欲害之也久矣。张伯行听信陈鹏年之言,是以噶礼与之不和,曾将陈鹏年虎丘诗二首奏称内有悖谬语,朕阅其诗,并无干碍。朕纂辑群书甚多,诗中所用典故朕皆知之,即末句鸥盟二句,不过托意渔樵。陈鹏年诗尚在,非无据者。今与尔等共看,可知朕心之公矣。"

这算是对陈诗狱的最后平反。

督抚互参事件发生后,康熙深感棘手。

他曾对九卿说:

"噶礼、张伯行互参一案,噶礼有办事之才,用心缉拿盗贼,然其操守则不可保;张伯行为人老成,操守廉洁,然盗劫伊衙门附近人家,尚不能查拿。噶礼曾参原任知府陈鹏年,陈鹏年居官虽善,乃一胆大强悍之人,噶礼、张伯行互相不睦者,皆陈鹏年怂恿所致。

据张伯行参奏云,噶礼得银五十万两,未必全实,亦未必全虚。即噶礼所参张伯行之事,亦必有两三款是实。

至海盗一案,命江南、浙江、福建三省督抚前往,皆畏怯推诿,惟噶礼至尽山花鸟,缉拿贼盗,因此各省督抚甚怨噶礼。

此案察审实难。若命满大臣审,则以为徇庇满洲;若命汉大臣审,则以为徇庇汉人。至张伯行题参疏内,连及张鹏翮者,意欲审理此事时使张鹏翮回避,故朕仍令张鹏翮前往,从公审理。"

随即令噶礼、张伯行双双解任,以减少对审案的干扰。督抚印务分别由江西巡抚郎廷极和浙江巡抚王度昭暂为署理。

然而,对噶礼、张伯行的解职,立即引起两方势力的不满。

二月十八、十九日,江宁、镇江、扬州等地发生了为挽留噶礼的罢市活动,并到织造衙门请李煦上奏具题。

二十二日,当总督印被送往江西之时,一伙人堵了城门不容出城,并把印信夺送安徽巡抚梁世勋公馆,梁托疾不出。随后送往织造衙门,经李煦劝说后散去。直到第二天,印务才送出城。

随后,街上也贴满了歌颂张伯行德政的标语,也有不少人到各衙门投递保留张伯行的呈文。

据江宁织造曹寅的密报:

> 保留总督及保留巡抚者,各衙门俱有呈纸,为总督者大半,为巡抚者少半;其乡绅及地方有名者,两边俱着名保留;兵为总督者多,秀才为巡抚者多。或是偏向,或是粉饰,或是地方公相借保留完其情面,或是属官各报答上司之情。纷纷不一,目下寂无言说矣。

此时,钦差办案大臣张鹏翮、赫寿也真正感到了此案的难度。

他们知道,他们审理的案件现在已不仅仅是科场舞弊问题,而已发展成为江南官僚集团内部的一场大争斗,封疆大吏督抚之间积存已久的矛盾已爆发出来。他们都是皇上赏识的人,胜败之势必影响朝野,对他们自身的利害也有重大影响,不可轻举妄动。

于是,他们便采取拖延的办法,以观事态的发展。

他们把案内各犯分开单审,也不对质,也不让噶礼和张伯行两人相见,只让他们分开写口供。据时人说:

"张鹏翮闭门静坐,隔一二日唤三案内一二人问数语,又复闭门,不见动静。"

及至四月,科场案已审理半年,各地听审官员也在南京呆了半年,各地政务堆积也亦半年;张鹏翮等不得不将与此案关系不大的官员打发回任。

与此同时,案情也有了新的波澜。

四月十五日,泾阳知县陈天立听说句容县知县王曰俞已经揭发陈的犯罪事实,当夜即于狱中自缢身亡,造成重要当事人死无对证局面。

事发后,张鹏翮、赫寿命令安徽巡抚梁世勋确查陈天立之死有无灭口情弊。

显然,这一事件又是一个阴谋,陈天立显系被逼自杀,因为陈一死,死无对证,就没法处理噶礼等人。

两位钦差似乎也愿意让陈天立自杀。陈于十二日曾自杀过,被看守救下。然而当看守把这事告诉两位钦差时,两位钦差竟说陈是佯装自杀,不用管他。结果,陈天立在十五日就自杀而亡了。

拖延总不是解决问题的办法。案子审到这个时候,总得有个交代吧？皇上也在不断地督促呢！

然而如何了结此案？两钦差颇费脑筋。

总督噶礼虽受贿显然，但他是皇上宠信的满人，在江南也有一股势力，万一拟罪参奏后不能把他搬掉，岂不是给自己找没趣吗？

可是，案情细节皇上是清清楚楚，自然隐瞒不得。怎么办？

经过几番权衡，两钦差决定对科场案内舞弊行为的考官举子分别酌情发落，对督抚二人先各打五十大板，以试探皇上的反应。

五月十五日，张鹏翮和赫寿按定好的调子，拟定了江南科场案有关人员的罪罚，具体奏报康熙帝。具体是：

贿买举人吴泌与原安徽巡抚叶九思的家人李奇，拟定绞罪，监候秋后处决；

夹带举人程光奎和受贿之副主考赵晋，同考方名、王曰俞以及安徽布政使马逸姿家人轩三等，均拟同妻子流徙三千里充军；

正主考左必蕃所参虽实，但该科举人革退多人，身为主考照例应予革职；

苏州被参五名举人，席玕审系夹带，革去举人，杖责；其余四人革举人，仍准与会试。

至督抚互参一案，两人所指各款，均查无实据。但张伯行生性多疑，无端参劾总督，导致督抚互参，引起舆论大哗。因此，拟张伯行革职问罪，噶礼降一级留任。

康熙读后极为不满。他就科场一案的处理谈到：

"赵晋干犯国宪，私受贿赂，暗通关节，行止不端，举国无不知者，张鹏翮等并未将伊拿问严审；左必蕃昏愚已甚，被赵晋欺弄。此等人仅以革职军流草草完结可乎？"

就张、赫对互参案的处理，康熙斥其为"掩饰和解，瞻徇定议"，"草率完结"。

与此同时，对科场案的审断在南方引起极大反响。尤其是张伯行将被革职的消息使江南士子极为愤怒，纷纷掀起声援活动。就连江宁织造曹寅也认为判决不公。他曾在上皇帝的奏折中说："钦差对主考、房考始终不曾严审，亦未得所通字眼及受贿之口供，先是延缓审理，试图开脱主考、房考之罪，只因现在外间舆论纷纷，临期凑合商量，以'揆此'拟此罪。"

曹寅接着说：

"如果主考、房考贿卖事真，其罪即不止如此之轻，若无贿卖情弊，非罪又不应如此之重；至于安徽巡抚马逸姿的家人轩三，如果贪缘贿卖，亦应重处，若无贪缘情弊，即是无罪，怎能一概混拟，糊涂了事？还有苏州举人席玕，既然与程光奎均为夹带，为何一个流放，一个枷责，事同而罪异？"

最可异者，督巡互参一案，审无实情，却降革不一。

曹寅最后说：

"如此大案，审整半年，并未审出真情，以'揆此'二字结案。此番张鹏翮在江南声名受损，人人说他糊涂徇私。"

苏州织造李煦报告扬州人的反应时说：

"扬州人皆说：'大人若早严审房官、主考，那卖举人的关节，来踪去迹自然水落石出，有何难审，要费这许多日子功夫？总因心性偏执，瞻此顾彼，游移不决，以致拖延到目下方完，究竟卖举人的情弊不曾全然明白。'"

康熙在曹寅等人的折子上也批道：

"众论瞒不得,京中亦纷纷议论,以为笑谭审事也。不是这样审的理,但江南合省都甚没趣了。"

为了平息民愤,也为了显示自己的英明公道,康熙决定将此案重新审理,并于六月五日批示:

"此案发回,著大学士、九卿等详看,会议具奏。"

大学士和九卿会议,提出仍由张鹏翮和赫寿来重审此案的意见。

然而,康熙对张鹏翮和赫寿审案已失信心,于当月十八日下了一道圣旨:

"此案不可仍交与张鹏翮等审理。著户部尚书穆和伦、工部尚书张廷枢前去,再行严加审明具奏。穆和伦等不必来请训旨,即带满汉司官速行。"

这穆和伦和张廷枢本是老于世故的京官,对江南官场中的矛盾是清清楚楚。他们也明白,如果真正核查实情,不仅会得罪噶礼,还会结怨两位前任钦差;如果草草了结,江南的民怨无法平息,皇上也不会答应,因而是个吃力不讨好的苦差事。所以,当他们接到让他们重审江南科场案的圣旨时,自然叫苦不迭。

但叫苦归叫苦,皇上的命令不能不服从,总得想个办法才好。

于是,两人在路上就开始盘算如何敷衍皇上,并决定,他们要在案卷上下点功夫,弥补原卷的破绽;对原判基本维持,但要有所修改。

七月十八日,穆和伦和张廷枢二人到达扬州。他们先是扎进案卷堆里,闭门不出,故布迷阵。随后便故作姿态,开始大张旗鼓地公开审案。

一连十几天，一批批人犯、干证被带到钦差行辕，被分别传讯审问。

以前，张鹏翮只究查举人吴泌和程光奎两人，其他举人如席玕、马士龙、徐宗轼等并未认真审讯，即使拔取他们的本房考官，亦未提审，留下漏洞。

现在，穆和伦和张廷枢除夹讯举人席玕、马士龙、徐宗轼外，对拔取他们的房考官溧阳知县邬柳、石埭县知县李颂，也分别提到审讯，并与正主考左必蕃、副主考赵晋三面对质。

见新钦差如此认真审理案件，扬州百姓开始议论说，现钦差能将从前未提审的人犯也予审理，又将案内干连无涉之人取口供后释放，这均胜于前任，只不知最后怎样结案，他们表示将拭目以待。

经过一番煞有介事的审讯后，两位新钦差拟出了他们的结案意见：

原安徽巡抚叶九思病死，泾县知县陈天立自杀，毋庸议；

主考官左必蕃失察科场舞弊，应革职查办；

副主考赵晋，阅卷官王曰俞、方名受贿出卖功名，均立斩立决；

程光奎、吴泌、席玕等贿买考官，骗取功名，分别拟治绞罪；

参与科场舞弊，从中穿针引线的余继祖、员炳、李奇等也拟定绞罪；

总督噶礼本与舞弊案无关，张伯行所劾皆虚，但噶礼对科场案审理不力，应予切责；巡抚张伯行无中生有，诬劾朝廷重臣，并且噶礼所劾张伯行事有几款属实，应予革职处分。

穆和伦和张廷枢拟定的这个方案确实很高明：它严惩了作

弊的官员、举子，自然能平息一些落榜秀才们的愤怒，对噶礼有所责备，对张伯行的革职处分也就不至于受到很多人反对。如此，前钦差满意，江南士子也泄了愤，噶礼更感激，只是苦了一个廉洁的巡抚张伯行，他也奈何不了什么。

写过结案题本，两位钦差便匆匆返京，向康熙皇帝汇报去了。

事实上，康熙皇帝一直在注视着南方的动态。通过李煦和曹寅的秘密汇报，他了解穆和伦和张廷枢的办案情况，也及时地了解到穆和伦和张廷枢的结案意见。对此，他并不满意。

恰在这时，巡抚张伯行送来了言词激烈的抗议题，内称：

> 科场舞弊案只惩从犯，不惩首恶，难抚江南人心；朝廷王法不治封疆大吏，此风若长，大清朝刑律将名存实亡。伯行革职事小，朝廷安危事大，不得不进最后一言，科场弊端必须究查，噶礼受贿必须严惩，望万岁再派贤臣，维护纲纪。

康熙读过张伯行的奏章，似乎受到了很大震动，他也确实感慨良多。

张伯行说的确实不错，科场之弊是应该彻底整治一下。近年确实有不少胆大妄为之徒，置国法于不顾，扰乱科场纪律，造成了极坏的影响，甚至影响到社会的稳定，不能让其继续坏下去。

对噶礼和张伯行互参一案的处理，不仅仅是他们两个人的问题，事实上关系着大清王朝是要清官或是要贪官的问题，所以不能等闲视之。

而前后派出的四位钦差,总是宥于自身利益的考虑,扬强抑弱,不能很好地处理其中的关系,深使他失望。

于是,康熙果断地决定:速将本案全部案卷、奏章调来京师,所有人犯也递解来京,由在京九卿复审裁决。

然而,吏部等衙门经过一番核查后认为:

> 张伯行所参噶礼各款,既经穆和伦等审明皆虚,张伯行畏缩不能出洋,反诬陷张元隆通盗,不审不结,拖毙多人,不能严拿贼盗,迟延命案,又妄行参奏,有玷大臣之职,应如所题革职。至噶礼所参张伯行各款,既经穆和伦等审明,俱系从前旧案,不于彼时参奏,亦应议处。但所参张伯行不能出洋等处皆实,应如所题免议。

康熙阅后深感遗憾。他不无感慨地说:

"张伯行居官清正,天下之人无不尽知,允称廉吏,但才不如守,果系无能。噶礼虽才具有余,办事敏练,而性喜生事,并未闻有清正之名。伊等互参之案,皆起于私隙,听信人言所致,诚为可耻。

朕临莅天下五十余年,遍谙诸事,于满洲、蒙古、汉军、汉人毫无异礼,一以公正处之。且噶礼屡具折参张伯行,朕以张伯行操守为天下第一,断不可参,手批不准,谕旨见在噶礼处。此所议,是非颠倒,著九卿、詹事科道会同矢公据实再议具奏。"

同时,康熙还对大学士等人说:

"阅朕此旨,是则是,非则非,面奏时即认真具奏,朕不但不加责,而且甚喜。汉大臣不可又以皇上圣明,承顺覆旨。

朕听政五十余载，凡满汉大臣，皆当知朕之居心。满汉俱系朕之臣子，朕视同一体，并不分别。无知之辈，且谓朕为何不护庇噶礼。朕乃天下之主，凡事惟顺理而行，岂可止护庇满洲。"

次日，康熙还特别召见九卿科道等官，并教育他们说：

"从古治天下者莫要于至公。朕御极五十余年，凡内外大小之事，皆以公心处之。观近日外官，满洲所参，大抵多汉人；汉人所参，大抵多满军，皆非从公起见。朕悉据理处之，并无偏向。

张伯行居官清廉，人所共知，其家亦殷，朕巡河工时，彼适为按察使，知之甚悉，但才具略短耳。噶礼办事历练，至其操守，朕不能言，若无张伯行，则江南地方必受其朘削一半矣。语云：文官不爱钱，武官不惜命，然后天下乂安。又云：清官不累民。朕为天下主，自幼学问，研究性理等书，如此等清官，朕不为保全，则读书数十年何益？而凡为清官者，亦何所倚恃以自安乎？

尔等诸臣，皆能体朕保全清官之意，使为正人者无所疑怯，则人俱欣悦，海宇长享清平之福矣。

满洲大臣毋谓朕偏向汉人，朕至公无私之心，天下共见，断不肯让美于古人，自幼所学者此，以所学见诸行事者即此也。"

康熙的谈话，无疑是给噶礼、张伯行互参案作了定性，也为处理噶礼、张伯行两人提供了依据。

十月十二日，吏部等衙门向康熙提出了处理噶礼、张伯行的意见：

"解任江南江西总督噶礼、江苏巡抚张伯行，俱系封疆大臣，不思和衷协恭，互相讦参，殊玷大臣之职，应将噶礼、张伯行俱革职。但地方必得清正之员，方不贻累百姓。张伯行应否革职留任，伏候圣裁。"

康熙立即批示：

"噶礼著革职，张伯行著革职留任。"

历时一年，闹得沸沸扬扬的江南科场案的审理工作，在康熙的直接干预下，最终结束。

据说，该案的最终处理情况传到南方后，受到了广泛的欢迎。江苏一士子甚至写帖于门首称："天子圣明，还我天下第一清官。"

从戴名世到方光琛

康熙五十年（1711）十一月，与戴名世狱案有关的人员陆续被押解入京，对戴案的审理随之全面展开。

对戴案的审理，由吏部和刑部两个部门联合负责。时吏部尚书为满人富宁安和桑额，刑部满、汉两尚书齐世武和郭世隆刚因依附皇太子被解职，代以原礼部侍郎哈山和吴一蜚。负责此案审理工作的主要是富宁安。

这个富宁安却不是个一般人。他姓富察氏，满洲镶蓝旗人，大学士阿兰泰之子。其从祖为尼喀纳，以平定吴三桂叛乱有功，得骑都尉世职，死后无子，以富宁安袭骑都尉世职。

富宁安原为宫中侍卫，任佐领。后迁骁骑参领，管京军火器营。康熙四十一年（1702）升为镶红旗满洲副都统，三年后升正黄旗汉军都统，又三年为都察院左都御史，并兼仓场侍郎。康熙四十七年（1708）迁礼部尚书，兼管仓场，深受康熙的赏识。康熙曾赞扬他说："朕观部院官员，办事优而又极谨慎如富宁安者，未可多得，能始终不易则善矣。"

康熙四十八年(1709)三月,富宁安调为吏部尚书。康熙特告廷臣说:"富宁安从武员擢用,人皆称其操守兼善,是以授为吏部尚书。今部院中欲求为清官甚难,当于初为笔帖时,即念日后擢用可为国家大臣,自立品行也。"

康熙五十四年(1715)后,因新疆策妄阿拉布坦之乱,富宁安受命率侍卫等前往总统调度,先后任西安、巴里坤等地驻防将军,曾获大学士、一等侯等职爵。此为后话。

审讯仍在刑部大堂进行。

坐堂的有吏部尚书富宁安和桑额,刑部尚书哈山和吴一蜚,还有吏部四侍郎孙柱、胡会恩、傅绅和李旭升,刑部侍郎艾芳会、觉罗法喇、牛祐纳等人,还有两部属吏员外郎、主事、笔帖式等一应人员,济济一堂,气氛严肃。

首先提审主犯戴名世,富宁安问道:"戴名世,本官问你,你的《南山集》和《孑遗录》是谁人所刻,如实讲来!"

"《南山集》是学生尤云鄂所刻,《孑遗录》是同里方正玉所刻。"

"汪灏、方苞、方正玉、朱书、王源等人的序可是他们所写?"

"汪灏、方苞、方正玉、朱书、王源的序是他们自己作的,尤云鄂的序是我写的,放他的名字。"

"编修刘岩可曾作序?"

"刘岩未有作序。"

"你给余生写的信是怎么一回事?"

"余生就是我的学生余湛,现为舒城生员。信内写到的方学士即同里方孝标,他作的《滇黔纪闻》内,载永历年号,我见此书即混写了悖乱之语,罪该万死。"

随后对方孝标《滇黔纪闻》有关人员也进行了提审。

方孝标儿子方登峰供:"我自幼过继给方兆及为子。我生父方孝标作的《滇黔纪闻》一书我以前并不知道,直到戴名世被参后我始获知。我问我侄方世樵家中可有《钝斋文选》版,世樵说有,我便让他给家里寄信让把它烧掉。罪该万死。"

方登峰侄方世樵供:"我听我叔父方登峰让我寄信家中烧掉《钝斋文选》版,我便写了信。那《滇黔纪闻》就是《钝斋文选》内两篇书稿,别的我实不知。"

方正玉供:"《孑遗录》是我付银子刻的,书中的序也确实为我所作,没什么可辩解的。"

由于《南山集》因尤云鄂所起,因而刑部审讯尤云鄂时采用了套讯。

据尤云鄂供称:"我先生戴名世的书,是我付银子刻的,序文是我先生写的,放的是我的名字。罪该万死。"云云。

富宁安对方苞的审讯则文明得多。

据方苞所说,当时皇上震怒,特命富宁安与司寇(指刑部尚书)杂治。"富廉直,威稜慴众,每决大议,同官噤不得发声。余始至,闭门会鞫,命毋纳诸司"。

方苞供称"我不合与戴名世作序收版,罪该万死"等语。审讯结束后,吏、刑二部联合拟出对戴名世一案的判决处理:

> 查戴名世书内,欲将本朝年号削除,写入永历大逆等语,据此戴名世照律应凌迟处死,伊弟戴平世斩决,其祖父父子兄弟、异性伯叔兄弟之子,俱解部立斩。其母女妻妾姊妹、子之妻妾、伯叔父兄弟之子,给功臣为奴。

方孝标身受国恩,尊崇弘光、隆武、永历年号,大逆已极,依律凌迟。今已身故,应剉骨,财产入官。伊子方登峰、方云旅、方世樵照律斩决。孝标族人不论已否孝服尽,除已嫁之女外,一应放黑龙江。

汪灏、方苞应绞立决,方正玉、尤云鄂妻子放宁古塔。刘岩金妻流三千里,至配所责四十。原任尚书韩菼等三十七人,俱系时文,毋庸议。余生等六人至拿到日再结。王源、朱书已经病故,毋庸议。《南山集》版烧毁。行文各省将方孝标、戴名世所造之书查出烧毁。

这个意见送到康熙手中时,康熙并没有立即批准对案犯的定罪,只同意行文各省查毁戴名世和方孝标的书籍。

由于康熙坚持让吏、刑部对戴名世案进行更深入的调查,吏、刑二部不得不对戴案又进行了一番复审和补充调查。

康熙五十一年(1712)正月,刑部等衙门提出了经过修改后的判决意见:

察审戴名世所著《南山集》、《孑遗录》内,有大逆等语,应即行凌迟。已故方孝标所著《滇黔纪闻》内,亦有大逆等语,应剉其尸骸。戴名世、方孝标之祖父子孙兄弟及伯叔父兄弟子,年十六岁以上者,俱查出解部,即行立斩。其母女妻妾姊妹、子之妻妾、十五岁以下子孙、伯叔父兄弟之子,亦俱查出给功臣家为奴。

方孝标归顺吴逆,身受伪官,追其投诚,又蒙恩免罪,仍不改悖逆之心,书大逆之言。令该抚将方孝标同族人不论服之已尽未尽,逐一严查,有职衔者尽皆革退。除已嫁女外,子女一并即解到部,发与乌喇、宁古塔、伯都纳等处安插。

汪灏、方苞为戴名世悖逆书作序,俱应立斩。方正玉、尤云鄂闻拿自首,应将伊等妻子一并发宁古塔安插。编修刘岩,虽不曾作序,然不将书出首,亦应革职,仝妻流三千里。

这次,康熙看到刑部奏折之后,对《南山集》和《滇黔纪闻》中所谓的"悖逆"之处仍不十分在意,但对牵涉到的方氏族人,却非常重视,朱批道:

此事著问九卿具奏。案内方姓人,俱系恶乱之辈,方光琛投顺吴三桂,曾为伪相。方孝标亦曾为吴三桂大吏。伊等族人,不可留本处也。

三个月后,刑部等衙门复议戴名世等一案,康熙又对大学士等说:

案内拟绞之汪灏,在内廷纂修年久,已经革职,著从宽免死,但令家人入旗。方登峰之父,曾为吴逆伪学士,吴三桂之叛,系伊从中怂恿。伪朱三太子一案,亦有其名,今又犯法妄行。方氏族人,若留在本处则为乱阶矣。将伊等或入八旗,或即正法,始为允当。此事所关甚大,本交内阁收贮,另行启奏。

康熙的批示，无疑是把对戴名世一案的审理重点引向了方孝标族人，从而把《南山集》案与"三藩"事件联系起来。戴名世引方孝标书中说法，就有了与叛逆同谋之罪，因而问题也就具有明显的政治性。

确实，吴三桂叛乱一直使康熙皇帝难以忘怀，它是康熙亲政以后遇到的最严重的政治事件。

清初，为了巩固清朝对西南边陲和东南沿海地区的统治，清廷特以降清明将吴三桂为平西王，镇守云贵两省，以降清之平南王尚可喜镇守广东，以降清之耿仲明之子耿继茂为靖南王镇守福建，是为清初"三藩"。

随南方形势逐渐稳定，"三藩"势力急剧发展，其与清中央政府之间的矛盾也在激化着。他们把持地方用人大权，垄断财源，扩充军队，俨然为独立之国。这是颇具雄心大志的康熙皇帝所不能容忍的。

就在康熙即位初，清廷已开始削弱"三藩"权势，限制其不法行为。如收缴大将军印，裁减兵员，严禁欺行霸市、与民争利，解除吴三桂总督云贵两省事务的职位等措施。康熙亲政后，也时刻以"三藩"为念，把它与河务、漕运看做是自己理政的三件大事。

康熙十二年（1673），平南王尚可喜年届七十，上疏请求带部分下属归老辽东，并以其子尚之信袭王爵，带官兵家口继续镇守广东。结果，清廷作出了撤离全藩的决定。

尚藩撤离，马上就震动了吴、耿二藩。

为了试探朝廷态度，也为解除朝廷对他们的怀疑，吴三桂和耿继茂也于同年七月先后提出了撤藩的申请。

飞来祸

由于吴三桂当时手握重兵，清廷内部对是否撤吴三桂一藩存在分歧，反对者主要是担心吴三桂会因此发动叛乱。

但康熙认为："三桂等蓄谋久，不早除之，将养痈成患。今日撤亦反，不撤亦反，不若先发。"断然决定撤藩。

吴三桂见永镇云南的幻想破灭，便决心以武力反抗清廷。遂于康熙十二年十一月二十一日，召集部众诛杀云南巡抚朱国治等人，自称天下都招讨兵马大元帅，蓄发易衣冠，标榜兴复明室，起兵反清。

吴三桂发难之后，来势迅猛，滇、黔、湘、蜀、陕纷纷响应，"东南西北，在在鼎沸"。康熙后来回忆当时情形时也说："朕以三藩俱握兵柄，恐日久滋蔓，驯致不测，故决意撤回，不图吴三桂背恩反叛，天下骚动，伪檄一传，四方响应。"

康熙所说"四方响应"，一点不假。

吴三桂反叛后，除川、湘、陕三省相继反叛外，福建、广东、广西等省亦反，江西省也"所在背叛，忠义全无"，"绅衿兵民人等，或附和啸聚抗拒官兵，或运送粮米助张贼势，或布散伪札煽诱良民，或窝藏奸细潜通消息，轻负国恩，相率从逆，以致寇氛益炽兵力多分。"

后方也人心浮动。

康熙十二年底，吴三桂反叛消息传来，京师一夕火警数起；更有杨起龙假称朱三太子，串通旗下家奴、汉人，酝酿起义。

康熙十四年（1675）春，八旗禁旅大量南下，北方空虚，察哈尔蒙古和硕亲王布尔尼乘机发动了叛乱。

所幸经过八年的浴血奋战，清王朝最终取得了平叛战争的胜利，但也付出了惨重的代价。

"三藩"起兵后,先后占领六省,烽火遍及十三省,几乎是大半个中国,经济凋敝,满目疮痍,迟缓了社会经济的恢复发展。

为平定叛乱,清朝动用了全国一半的兵力,当时守卫京城和宫禁的禁旅八旗俱被调往南征,"宿卫尽空",以致察哈尔布尔尼叛乱,清廷不得不用八旗家奴去平叛。

八年平叛,糜饷颇巨。仅康熙二十年(1681)末,户部代偿军士积欠,就用"五百六十万金有奇"。由于财政拮据,清廷不得不广开财源,采取"捐粟纳官"等措施。

这些,能不给康熙留下刻骨铭心的印象吗!

至于康熙提到的方光琛,为安徽歙县人,确曾参与吴三桂反叛,当过吴三桂政权的宰相。吴三桂病死后,他又辅佐吴三桂的孙子吴世瑶继续与清廷为敌。他有子侄九人,全部被吴三桂授予要职,最著名的即其子方学诗、方学礼。吴三桂叛乱被平定后,方光琛父子被清军俘获,磔于军前,惟方学诗潜逃,追拿在案。

因此,人们认为康熙强调方孝标的罪状,是误把方学士方孝标当成了在逃的方学诗。因为刑部奏疏引用《与余生书》原文,对方孝标只称方学士,不具姓名,译成满文,"诗"和"士"为同一字,康熙阅满文疏,于是引出了方学士即方学诗,故有方孝标即方光琛族人之说。

这种说法似乎不确。因为刑部此前的奏疏,见于实录者,都已明说是方孝标,戴名世的供词也已说明方学士即是方孝标,故不可能有因翻译而致误混的情况。

至于为什么康熙把桐城方氏与歙县方氏混说一起,我们没有可靠的证明。或因两姓均属安徽,康熙并不清楚两地相距较远,故有是说;或因其他原因,康熙有意为之,以达重罚方孝标后人的目的,也未可知。

至于朱三太子一事,同样给康熙留下了深刻的印象。

当年,李自成农民军攻克北京后,曾俘获崇祯皇帝遗留的三个儿子:太子朱慈烺、定王朱慈灿和永王朱慈焕。

李自成农民军失败退出北京时,朱慈烺逃往外祖父周奎家,被周奎献与清廷,清廷随以假冒将其杀害。定王朱慈灿不知所终。

永王朱慈焕则随农民军一白姓将军到河南,以耕田为生。后白姓将军见形势紧急,便自行逃去。朱慈焕自己则从河南流落到其祖籍安徽凤阳,被一王姓乡绅认出收留,并且让他改名王士元,冒充自己的孩子入私塾学习。

王乡绅死后,慈焕因生计无着曾一度落发为僧,后流落浙江,被一胡姓乡绅招为女婿,并娶有一妾,生有六子三女。

清朝进入康熙年代后,南明诸政权相继灭亡,但满汉民族矛盾并未消失。反清人士便转而打出"朱三太子"的旗号从事反清斗争。

根据《清圣祖实录》等资料记载,康熙朝破获的与朱三太子有关的案件就有多起。例如:

康熙十二年(1673)十二月,杨起隆以"朱三太子"的名义在北京纠众反清,并建广德年号。起义失败后,起隆潜逃。

康熙十六年(1677)三月二十日夜,福建漳州人蔡寅以"朱三太子"旗号,率"白头军"数万人起事。随后活动于南靖、长泰、同安等地山谷间。

同年六月,河南拓城也发生有诈称朱明皇子起义的事件。

康熙十八年(1679)八月,受命平定"三藩"之乱的清定远平寇大将军、安亲王岳乐,在湖南武冈州枫木岭抓获传说中的"明太子",随即将其解送京师杀害。

康熙十九年(1680),陕西汉中、兴安一带有一自称朱三太子的人,秘密从事反清活动。清廷虽极力查访,最终也未能将此人捕获。

康熙三十八年(1699),康熙南巡经过南京,亲谒明孝陵,并特别指示大学士等:"访察明代后裔,授以职衔,俾其世守祀事。"

康熙四十四年(1705),又一起以朱三太子为旗号的起义活动在江浙地区发生。

江苏太仓人张念一、张念二兄弟和浙江人一念和尚,以朱三太子旗号起兵反清,分别活动于江苏太仓和浙江嵊县、慈溪、上虞等地,给清廷以极大的震动。

事件发生后,清廷在进行武装镇压的同时,加紧了搜捕朱三太子的活动。

当时朱慈焕正在宁波一个朋友张月怀家教书,并化名张老先生。由于地方官追查甚紧,他曾改名何诚。

康熙四十五年(1706),朱慈焕被地方官发觉,其第二、五、六三子和孙子被捕,两个妻子、三个女儿和一个儿媳自缢死。朱慈焕及其长子朱尧、四子朱壬逃往山东,在张岱霖家中教书为生,称王老先生。

康熙四十七年(1708)三月,起义军首领张念一兄弟等被俘。康熙特派户部侍郎穆丹前往会审定罪,并指示说:"此贼结队横行已两三年,不比寻常小盗"。"务须决断,毋得柔弱","张念一所供朱三太子及其子等作速追拿"。

由于张念一招认了朱慈焕的行踪,该年四月初,朱慈焕父子在山东汶上县被捕。

四月十二日,康熙得知朱三太子被抓获,甚为高兴,遂命山东巡抚赵世显将其解往浙江,交穆丹处审问,并说:"朱三者,乃明代宗室,今已七十六岁。伊父子游行教书,寄食人家,若尽拿容留伊等之人,恐株连太多,可传谕穆丹知之。"

朱氏父子被解回浙江后,穆丹即会同闽浙总督梁鼎、两江总督邵穆布、浙江巡抚王然、江苏巡抚于准等,对朱氏父子进行了一连串的审问,但并没有发现谋反问题。

据朱慈焕供称:"自四十四年起在各处逃匿,外边人所行不法事,也有些知道的,但我从没有非分之想","因劝不住他们,所以躲到山东,苟延岁月而已"。

穆丹等人随即将审讯报告给康熙,请其御断。

康熙下旨说:"朱某虽无谋反之事,未尝无谋反之心,应拟大辟","将朱某带至京师,问明正法!"

十月初,与张念一起义干连之朱三即王士元,和儿子朱𪸩、朱壬、朱在、朱坤,孙朱钰宝等被解至京师。朱三供称系崇祯第四子(即朱慈焕),但九卿以明崇祯帝第四子已于崇祯十七年(1644)前身故,又传唤明代老年太监辨认,俱不认识,遂以"明系假冒"为由,将朱氏父子处死。

这次杀朱慈焕,和当年杀太子朱慈烺何其相似!

康熙对戴名世一案虽较为关注,但他此时主要被皇子之间的明争暗斗所困扰。

在内廷,皇太子胤礽于康熙四十七年被废除后,各皇子便加紧了争夺皇储的活动。他们内则勾结亲贵,窥探宫廷意向;外则招纳门客,关通府州县,植党暗争,借公行私,使康熙晚年陷入极大苦恼之中。在此情况下,康熙于四十八年三月重新恢复胤礽的太子地位。

康熙复立胤礽为皇太子,原以为借此可以抑制诸皇子争夺储位的斗争,也借此可以缓和他和胤礽之间紧张的父子关系。但围绕储位的党争并没有因复立太子而平息,胤礽复立后也"狂疾未除","行事乖戾"。康熙虽报以父子骨肉恩爱之情,也终未使胤礽觉醒。胤礽甚至变本加厉地从事党争活动。这使康熙大失所望,不得不于康熙五十年(1711)十月开始清理太子党人,步军统领托合齐,都统鄂缮,尚书耿额、齐世武,副都统悟礼等被锁拿监禁,甚至被处死。

当时朝鲜使臣就此事报告本国说:

"皇太子经变之后,皇帝操切甚严,使之不得须臾离侧,而诸弟皆在外边游,故恨自己之拘检,猜诸弟之闲逸,怨恨之言及于身躬。而皇帝出往热河,则太子沉酗酒色,常习未悛,分遣私人于十三省富饶之处勒征货贿,责贡美姝,小不如意,诉谗递罢。皇帝虽知其非,不得已勉从。而近则上自内阁,下至部院,随事请托,必循其私而后已。"

"闻太子性甚悖戾,每言古今天下岂有四十年老子乎?其性行可知。"

"太子无状,多受贿赂,且诸王互相树党,康熙若死,则国事可知。"

在此情况下,康熙于五十一年(1712)十月再次将胤礽太子位废除。他在给诸王大臣的谕令中说,胤礽"自释放之日,乖戾之心即行显露。数年以来,狂易之疾仍然未除,是非莫辨,大失人心。朕久隐忍,不即发露者,因向有望其悛改之言耳。今观其行事,即每日教训断非能改者。朕年已六旬,知后日无几,况天下乃太祖、太宗、世祖所创之业,传至朕躬,非朕所创立,恃先圣垂贻景福,守成五十余载,朝乾夕惕,耗尽心血,竭蹶从事,尚不能详尽,如此狂易成疾,不得众心之人,岂可付托乎,故将胤礽仍行废黜禁锢"。

同日,康熙还传谕大臣等说:

"胤礽秉性凶残,与恶劣小人结党。胤礽因朕为父,虽无异心,但小人辈惧日后被诛,倘于朕躬有不测之事,则关系朕一世声名。"

"嗣后众等各当绝念,倾心向主,共享太平。后若有奏请皇太子已经改过从善,应当释放者,朕即诛之。"

但争储斗争并没有因此中止。

康熙五十二年(1713)二月,左都御史赵申乔请复立皇太子。康熙就此特告诸大臣:"太子之为国本,朕岂不知?立非其人,关系匪浅。""立皇太子事,未可轻定,特召集尔众大臣明示朕意。赵申乔所奏折,著发还。"

各皇子也跃跃欲试。

皇九子胤禟曾对亲信何图说:"人才难得,你该为我留心。""我初生时,有些奇处,妃娘娘曾梦日入怀,又梦见北斗神降。虽然如此,我心甚淡。""胤禩才德双全,我弟兄内皆不如,将来必大贵。"

皇四子胤禛亦不甘落后,暗中积蓄力量,准备日后一搏。其门人戴铎曾致书胤禛说:"当此紧要之时,当广结人心,不容一刻放松。倘高才捷足者先主子而得之,我主子之才智德学素俱高人万倍,人之妒念一生,毒念即起,至势难中立之秋,悔无及矣!"

在地方上,满汉官员之间的矛盾,文官与武官之间的矛盾,拥护太子者与反对太子者之间的矛盾,都严重地存在着。特别是江南官场中的矛盾,伴随科场案的产生而日益激化,终于在康熙五十一年二月,演变成空前鼎沸的总督巡抚互参案。

据当时人肖奭《永宪录》记载,在噶礼反弹张伯行,揭发张伯行与《南山集》案有关,是戴名世、方苞同党的同时,太子胤礽为帮助噶礼反击张伯行,还特地将《南山集》中有关"悖逆"之语摘出,进呈康熙皇帝,以促使康熙对戴案加以重视。

如此,《南山集》案与当时的朋党之争就扭绞在了一起,变得更加复杂化。

好在康熙对张伯行被牵涉《南山集》案一事处理得还比较果断。他一方面切责噶礼"性喜生事,未闻有清正之名",一方面命方苞由张伯行遣员解部,《南山集》刻版由江宁起出,余均免议,明确表示张伯行与《南山集》案无关。

随后,康熙又权衡再三,终于对督抚互参案作出裁决:太子党江南江西总督噶礼革职,巡抚张伯行革职留任。

最后的恩典

如何了断戴名世《南山集》案?康熙的心中也充满了矛盾。

一方面,他对戴名世在《南山集》中表达出来的狂妄异端思想深感愤慨。这个狂妄之徒竟无视我皇清的严刑峻法,公然否定我皇祖十八年的正统地位,为亡明争正统,为反清贼子唱赞歌。更甚者,他竟用尖酸刻毒的语言,冷嘲热讽我盛世中存在的某些不足,实在可恶至极,应该予以严惩,以为行为不谨者戒。

另一方面,康熙也颇有顾虑。首先,戴名世之罪毕竟是十多年前的事,这次案发,又与朝内外党争密切相关,绝不能使它成为小人们排斥异己的工具。

再者,这一案件关涉当朝官员和知名人士太多,如张伯行、尚书韩菼、侍郎赵士麟、庶吉士汪份、编修汪灝、刘岩等三百多人,甚至大学士李光地也出面求情。如果大兴株连,社会影响太大,不仅毁了自己多年培养的一批人才,也与自己标榜的宽文字之禁,以及苦心经营而赢得的稳定局面不相协调。

第三,明年就是自己的花甲之年,岂能用殷红的鲜血染红这一次人生的大喜日子?

应该只惩首犯,不计其他,从而也可以向臣子显示自己的宽大仁慈,岂不更好!

康熙五十二年(1713)二月七日,一年一度的春审开始,大学士等以刑部等衙门审拟戴名世私造《南山集》照大逆例凌迟一案请旨,康熙批道:

"戴名世从宽免凌迟,著即处斩。方登峰、方云旅、方世樵俱从宽免死,并伊妻子充发黑龙江。此案内干连人犯,俱从宽免治罪,著入旗。"

据此判决,戴名世于三天后被斩于北京西市口。由于当时家人奴仆均惧祸逃避,尸体由好友杨三炯收殓入棺,后由其弟辅世送回桐城老家,葬于南山冈。奸在家人并没有受到惩处。

方孝标免予剉骨,其子侄孙方登峰、方云旅、方世樵等并妻子充发黑龙江卜魁。

作序之王源,朱书早已故去,毋议,交往牵连之韩菼、赵士麟亦已死,无须议。

刻书之尤云鄂、方正玉有自首表现,俱免死,徙其家。

作序之汪灏、决案前即由康熙以"在内廷纂修年久,已经革职,著从宽免死,但令家口入旗",获特赦。

案内汪份,字武曹,江苏长洲(苏州)人,康熙四十三年(1704)进士,改翰林院庶吉士。戴名世案发,他仍为庶吉士,牵连入狱,后免罪授编修、充广西乡试副考官,康熙六十年(1721)死。

汪份为文词气雄迈,与陶元淳、何焯齐名,也是戴名世、方苞的好朋友。曾订《四书大全》、唐宋八大家文、《河防考》、《遄喜斋集》等。

戴案所涉韩菼,字元少,号慕庐,江苏长洲(苏州)人,康熙十二年(1673)中状元,授翰林院修撰,参与编撰《平定三逆方略》和《古文渊鉴》等书,曾总裁《大清一统志》。历官内阁学士、礼部侍郎兼翰林院掌院学士、礼部尚书等职。生性好直言,屡遭政敌弹劾,请求告退又不获准,遂酗酒自戕,于康熙四十三年去世,著有《有怀堂集》。

因为戴名世《孑遗录》作序而受牵连的王源,字崑绳,号或庵,北京人。其父王世德明末世袭御前侍卫,清初移居扬州、宝应一带。

飞来祸

王源少时即负文名,康熙二十四年(1685)被徐元文邀去以布衣参加纂修明史。三十一年(1692)在北京以教授富家子弟谋生,次年应试中举。由于无心出仕,故以后再不参加考试,一直靠作幕僚或授徒为生,先后游学于陕西、北京、天津、南昌和苏州等地。后与哲学家李塨相识,并成为颜元的弟子。四十九年(1710)病逝于江苏淮安。

王源一生留意于政治、经济、山川地理、军事战略等诸般学问。有军事学著作《兵法要略》二十二卷、《舆图指掌》、治国安邦之作《平书》三卷、《读易通言》、《或庵评春秋》三卷,及文集《居业堂文集》二十卷等书。

因与戴名世有书信往来而遭牵连的何焯,字润千、屺瞻、茶仙,号义门,江苏苏州人,为清代著名的学者、藏书家和书法家。康熙二十四年赴京入国子监。曾多次参加乡试而不中,不得不靠授徒为生,先后受聘于徐乾学和翁叔元等达官贵人之家,因出言直率而分道。四十二年,经好友直隶巡抚李光地推荐,康熙召他入值南书房,并特赐举人功名,并参加当年会试。虽会试落第,又被特准殿试,得中二甲第三名进士,选为翰林院庶吉士。不久奉命为皇八子胤禩的老师,兼武英殿纂修。

康熙四十五年(1706),何焯奉皇四子胤禛(后为雍正皇帝)之命,校勘并注释《困学纪闻》,不久奔父丧返里。直到五十二年(1713),再被李光地荐赴京,参与编修《周易折中》,审定《朱子全书》和《月令辑要》两书。五十五年(1716)受皇子争储位之累入狱月余,被夺一切官衔,总纂《分类字锦》。雍正元年(1723)去世,赠翰林院侍读学士。有校勘学名著《义门读书记》和《义门先生集》传世。

因为《南山集》作序并收藏版片被捕之方苞,字凤九,一字灵皋,晚年自号望溪,故学者称为望溪先生。他是戴名世同里好朋友。康熙三十八年(1699),他曾获江南乡试第一。康熙四十五年会试中试,因母病未参加殿试即返南京。戴案发生后他即被捕。又因与方孝标同族,故涉案较深。但因他笃于经学,精于古文,名气很大而免受重罚。

康熙五十二年二月,戴案了结,方苞被判入旗为奴。有一天,康熙帝对大学士李光地感叹说:"汪霦死,无能古文者。"李光地马上答道:"惟戴名世案内方苞能。"康熙又问还有谁,李光地以戴名世对。当时在场官员无不为李光地捏一把汗。但康熙并没有因此发怒,而是在同年三月下旨:"戴名世案内方苞学问,天下莫不闻,下武英殿总管和素。"召入南书房,命撰《湖南洞苗归化碑文》、《黄钟为万事根本论》和《时和年丰庆祝赋》。据说康熙读后嘉赏再三,说:"此即翰林中老辈兼旬就之,不能过也。"后入值蒙养斋,编校乐、律、历、算诸书。康熙六十一年(1722)充武英殿修书总裁。

雍正即位,赦归原籍,寻擢内阁学士兼礼部侍郎,充《一统志》馆总裁,校订《春秋日讲》。

乾隆即位,方苞仍受重用。先后充庶吉士教习,入值南书房。乾隆十四年(1749)卒于里,死后被写入《满汉名臣传》。实非少年时与之齐名的好友戴名世所能料到的。

案内余生名余湛,字石民,幼时受学于戴名世。因《与余生书》被捕入狱。入狱后"事戴礼甚恭。犹日购宋儒之书,危坐寻览"。康熙五十一年四月因病死于狱中。余湛生前与方苞友善,死后方苞曾为之写有《余石民哀辞》。内称:

> 履道坦兮危机伏,人祸延兮鬼伯促。
> 母遥思兮望子归,子瘗死兮母不知。
> 虽身泥兮痛无涯,天生夫人也而使至于斯!

此文抒发了方苞的郁闷心情和对余湛之死的哀悼。

因藏有戴名世文集不首告,并与戴氏往来而牵连入戴案的刘岩,原名刘枝桂,字大山,江苏江浦人。康熙二十五年(1686)以诸生入太学学习,曾名震京师。孝惠章皇后死,朝廷令行三年孝,学监怂恿其上书反对,故作《太学生伏阙上书论》,士大夫争相传诵,刘岩因此被太学除名。

大学士张玉书深为其惋惜,劝他改名应试,于康熙三十八年中顺天乡试,四年后成进士,改翰林院庶吉士,授编修。

戴名世案结案时,他本应免罪入旗,却因判案官员有意整治而被戍武溪。为此,他曾写有《武溪深》一诗来抒发自己的郁闷之情:

> 武溪深,武溪犹未深。已办革裹尸,何用嗟溺沈?拜床及载蒽,波澜涌千寻。入水不畏陷,所畏惟人心。

不久,刘岩奉旨还京,入隶旗下,三年后病逝。雍正元年其妻女等始获赦归原籍。著有《拙修斋稿》、《大山诗》、《石桥诗集》和《匪莪堂集》等。

因方孝标《滇黔纪闻》而遭祸之方登峰,贡生出身,官工部主事。善诗,著有《依园诗略》、《星砚斋存稿》、《垢砚吟》、《葆素斋集》和《如是斋集》等。后死于戍所黑龙江卜魁。

方式济字屋源，康熙四十八年进士，官内阁中书。戴案了结，他和父亲方登峰及全家戍黑龙江极边之卜魁，曾考核当地古迹，写成《龙沙纪略》一书，对当地地理沿革考订尤详。后亦死于卜魁。亦善诗，诗格廉悍，矫矫不群。著有《五经一得》、《陆塘初稿》和《出关诗》等。其子方观承乾隆时曾官至直隶总督。

戴案探源

又是一桩《明史》案

历时二载,震动朝野的戴名世《南山集》案终于了结了。

戴名世终于永远地留在了家乡,再没有人世间令人生畏的诸事烦恼,也再不会有四处奔波的劳顿之苦。

家乡的南山冈从此多了一座小土丘,矮矮的,孤零零的,没有寄托哀思的花环,没有留名永远的碑铭,甚至没有绿草荣木,惟有凛冽的寒风在哭泣……

戴名世何以蹈陷重狱？后人有诸多解释。

但是，最根本的原因，仍然是修撰明史。

戴名世自幼聪明，又好读书，除四书五经外，他广涉百家之文，精于古文辞，才思横溢，多有创新。

他认为八股文并非学问，因为它不能辨明"道术之邪正"，而古文史书有"先王大经大法"，能"正人心而维持名教"，因而对历史情有独钟。

他极慕司马迁、欧阳修以一己之力"穷古今之变，成一家之言"，修成《史记》、《五代史》鸿篇巨制的丰功伟绩，亦欲追前贤之遗，修成一代真史。他在《与王云涛书》中说：

> 田有（戴名世字）少好左氏，太史公书，亦欲有所撰著。

《赠刘言洁序》则云：

> 自来子没后，群史繁秽，意中时时欲勒成一书，继以纲目之后。而有明一代之史，世无能命笔者，更经一再传，则终沦散放失，莫可稽考。当仿依太史公书，纲罗论次，既成，则以藏之名山，传之其人，平生之志，如此而已。

《与刘大山书》中这样记述：

> 当今文章之事贱如粪壤，而仆无他嗜好，独好此不厌，生平尤留心先朝文献。二十年来，搜求遗编，讨论掌故，胸中觉有百卷书，滔滔汩汩，怪怪奇奇，欲触喉而出。而仆以

为此古今大事，不敢聊且为之，欲将入名山中，洗涤心神，餐吸沆瀣，息虑屏气，久之乃敢发凡起例，次第命笔。

戴名世不仅为明代三百年无真史而感叹，更为明季史事行将湮没而愤慨，他在《与余生书》中说：

近日方宽文禁，而天下所以避忌讳者万端，其或菰芦山泽之间，有仅仅志其梗概，所谓存什一于千百，而其书未出，又无好事者为之掇拾，流传不久，而已荡为清风，化为冷灰。至于老将退卒，故家旧臣，遗民父老，相继渐没，而文献无徵，凋残零落，使一时成败得失，与夫孤忠效死，乱贼误国，流离播迁之情况，无以示于后世，岂不可叹也哉？

终明之世，三百年无史，金匮石室之藏，终恐沦散放失，而世所流布诸书，缺略不详，毁誉失实。嗟呼！世无子长、孟坚，不可聊且命笔。鄙人无状，窃有志焉，而书籍无从广购，又困于饥寒，衣食日不暇给，怯此事终已废弃，是则有明全盛之书且不得见其成，而又何况于夜郎、筇、筰、昆明、洱海奔窜流之，区区之轶事乎？

前日翰林院购遗书于各州郡，书稍稍集，但自神宗晚节，事涉边疆者，民间汰去不以上，而史馆所指名以购者，其外颇更有潜德幽光，稗官碑志，记载出于史馆之所不及知者，皆不得以上，则亦无以成一代之全史，甚矣其难也！

余夙昔之志，于明史有深痛焉，辄好问当世事，而身所与士大夫接甚少，士大夫亦无有以此为念者，又足迹未尝至四方，以故见闻颇寡，然而此志未尝不时时存也。

正因为如此,戴名世在漫游各地时便十分注意广泛收集轶闻遗编,遍访遗老隐士,尤其特别注意南明史事的收集、考订和编撰。

对方孝标所著《滇黔纪闻》一书,戴名世就很感兴趣。

方孝标本名方玄成,字孝标,别字楼冈,安徽桐城人。顺治六年(1649)进士。其父为明左谕德兼侍读学士方拱乾,曾被李自成农民军俘获,入清为少詹事。其弟方亨咸、方膏茂均为进士。

方孝标中进士后深得顺治赏识,累官翰林院编修、内阁文院侍讲学士,两任会试同考官。顺治十一年(1654)被顺治亲自挑选入侍宫中备顾问,次年又破例以学士身份充经筵讲官。据说,顺治总以字称其名,可见恩宠有加。

然而一场官司的发生,断送了方孝标如日中天的前途。

顺治十四年(1657),江南诸省举行三年一度的乡试,方孝标的五弟方章钺与试中举。榜发后人们认为录取不公,纷纷表示抗议。他们哭文庙,殴打考官,搞得沸沸扬扬。

事发后,工部给事中阴应节上章弹劾主考官方犹等人:

> 江南主考官方犹等弊窦多端,榜发后士子忿其不平,哭文庙,殴帘官(考场官员),物议沸腾。其彰著者如取中之方章钺,系少詹事方拱乾五子,悬成、亨咸、膏茂之弟,与犹联宗有素,乃乘机滋弊,冒滥贤书。请皇上立赐提究严讯,以正国宪,重大典。

当年,顺治皇帝刚刚处理完顺天乡试作弊案,听说南京乡试

又发生作弊情况,大为恼火,立即作出批示:

> 方犹等经朕面谕,尚敢如此,殊属可恶。方犹、钱开宗并同考官俱著革职,并中试举人方章钺,刑部差员役速拿来京,严行审详。本人所参事情及闱中一切弊窦,著(两江总督)郎廷佐速行严查明白,将人犯等拿解刑部!

据说,顺治之所以大发肝火,还与他当时正见到的两部传奇《万金记》和《钧天乐》有关。

这两部传奇都以科举考试为题材,深刻揭露了封建科场中的种种黑暗。如《万金记》"以方字去一点为'万','钱'字去一半为'金',指二主考官,备极行贿通贿状"。

《钧天乐》则写才子沈白、杨云与纨绔子弟魏无知、程不识、贾斯文同场应试,主考官何图是贾斯文父亲的学生,故取贾斯文为状元,程魏二人则以贿赂考官的方式分别为榜眼、探花,两位才子反而落第而归,悲愤死去。

顺治命令下发后,有关州县地方官惟恐有失,即派衙役"敦促上道",甚至有给复试举子披枷戴锁的。中试举子程度渊深恐杀身之祸,竟于途中潜逃!

次年三月,由顺治亲自主持,并在瀛台举行的江南中举举子复试,同样与刑讯无异。

当时,"试官罗列侦视,堂下列武士。银铛而外,黄铜之夹棍,腰市之刀,悉森布焉"。"每举人一名,命护军二员持刀夹两旁……与试者悉惴惴其栗,几不能下笔"。就在这种情形下,江南文豪吴兆骞竟交了白卷!

复试罢,吴鸣珂等七十五人仍准为举人,参加会试;史继佚等四十二名也准为举人,罚停会试两次;方域等十四人革去举人;方章钺等八人拘押入狱。

然而,刑部反复刑讯拷问,都没有发现有通贿徇情的证据,只好据实上奏。

顺治听后极为不满,指责刑部"明系故为耽延,希令遇有机缘以图展脱",并勒令"拟罪具奏"。

刑部无奈,只好参照顺天乡试的处理,拟主考方犹斩,副主考钱开宗绞,同考官叶楚槚等杖责并戍尚阳堡,方章钺等举子革去名号。

然而顺治仍不满意,认为刑官有意轻判。于是,他亲自裁决如下:方犹、钱开宗就地处决,妻子家产入官;同考官叶楚槚等相关官员十八人处绞,家产抄没入官;方章钺等九名举子各责四十大板,家产入官,与父母兄弟妻子一并流放辽东宁古塔。

于是,方孝标与父亲方拱乾等全家来到了宁古塔。二年后,康熙登基大赦,方氏全家始回归故里桐城。

康熙十二年(1673),方孝标已五十七岁,闲居家中已十多年,就想到云南、贵州去游历一番。恰有亲戚在贵阳做知县,就去了那里。

方孝标到贵州不久,正逢吴三桂叛乱,遂被贵州巡抚曹申吉拘留,让其参与吴的叛乱活动。孝标知其事不可为,就佯装疯癫,趁机逃出贵州。后遇清大将军裕亲王,裕亲王欲留幕中,孝标推辞说:"老母年八十余,日夜望儿归,今得以不辱之身归见老母足矣。"裕亲王不好勉强。

方孝标到家后,将他在贵州等地听到的民间传说,尤其是永历帝在滇黔情况、南明忠臣义士、遗民遗事等掌故,以及大西农民军抗清史事,整理归纳成篇,称为《滇黔纪闻》,收入自己的文集《钝斋文集》中刊行。

戴名世既与方孝标同县,又矢志于明史的修撰,所以很快就见到了详实记载南明史事的《滇黔纪闻》(大约在康熙十五年前后)。

戴名世读到方孝标的《滇黔纪闻》后,非常重视,认为它考订精详,很有参考价值,并在自己的著作中采用了该书不少材料。

后来,他在舒城教书时的学生余湛,遇到一个名叫犁支的和尚。犁支和尚原是南明永历朝的宦官,南明失败后遁入佛门,对永历时期的事情非常熟悉。余湛知道老师收集这类材料,便把犁支谈到的永历朝情况记下来寄给了老师戴名世。

戴名世接到余湛送来的材料,非常高兴,便用它和《滇黔纪闻》相对照,发现二者颇有可互为佐证的地方,但也有相出入的地方,很有必要和他亲自谈谈,询问些其他情况。

然而,当戴名世匆匆赶到舒城后,却发现犁支早已走了。戴名世很是失望,回家后便给余湛写了一封信,告诉他再遇犁支时,请务必让他和自己面谈一次。这就是后来招来大祸的《与余生书》,写于康熙二十二年(1683)。

那么,《南山集》罪在何处?

罪在它记载了许多清朝忌讳的事,罪在它藐视清初的统治,为南明争正统,眷恋故明。

在《南山集》百余篇文章中,事涉明清之际的人和事的文章就有近七十篇,其中有关南明永历时人物的传记有三十三篇之多。关涉禁忌之处则更多。

如在《与弟子倪生书》中谈他对编史体例的看法时说,清朝应以康熙元年为开端,因为此前虽进关十八年,但明"三藩"未灭,明祀未绝,因而清顺治年间尚不能算正统。所以,他在写有关南明人物的传记中,均以南明各朝如弘光、隆武、永历等年号为正朔。

他在《与余生书》中不仅直书弘光、隆武等南明政权年号,而且将南明三王与蜀汉刘备政权及南宋末帝赵昺相提并论,说:

> 昔者宋之亡也,区区海岛一隅,如弹丸黑子,不踰时而又已灭亡,而史犹得以备书其事。今以弘光之帝南京,隆武之帝闽越,永历之帝两粤,帝滇黔,地方数千里,首尾十七八年,揆以《春秋》之义,岂遽不如昭烈之在蜀,帝昺之在崖州,而其事渐以灭没?

在《宏光朝伪东官伪后及党祸纪略》和《宏光乙酉扬州城守纪略》两文中,除真实记载南明军民抗清史实外,公开以宏光(同弘光)年号为标题。

更有甚者,戴名世还在其文章中借古喻今,为清初的反清复明事业张目。如《范增论》说:

> 秦汉以后,天下之变故多矣。盖有其国既失,其宗庙既毁,而篡于乱贼之手者,而其风流余习未斩于世,天下之人犹有不忍忘之心,于是纷纷而起,辄归其名号于先朝之后。

> 其为名也正，其为义也顺，是故不逾时而天下平。此亦自然之势也……

在《八月庚申及齐师战于乾时我师败绩》一文中，他的这种思想表现得更为明确：

> 昔者，王莽乘西汉之衰，不用尺兵寸铁而移汉祚，翟义起兵讨之，未成而身死。唐武氏之祸，唐几亡矣，李敬业起兵讨之，未成而身死。此二人者，自以国家旧臣，义不忍靦颜俯首而立于怨家之朝，身虽已残，家虽已破，甘心屠刮而不悔，而其风烈犹有以耸动英雄豪杰之心，故汉唐既败而复兴。呜呼！此二人者可谓知大义矣。

紧接着，戴名世又提出了他对春秋之义的看法：

> 今夫春秋之义莫大于复仇，仇莫大于国之夺于人而君父死于人也。故吾力能报焉而有以洗死者之耻，上也；其次，力不能报而报之，不克而死；最下则忘之；又最下则事之矣。吾尝读春秋，未尝不叹息痛恨于鲁庄公也。
>
> 后之臣子，有遭其国亡其君死而忘其仇而事其仇，且其国之亡也，彼实有以致之亡，君之死也，彼实有以致之死。然则彼亦与于逆乱者耳，又安知所谓仇耶！

在所写各人物传记中，也同样有这种思想。
在《王学箕传》中，戴名世借助因反对剃发易服的明诸生王

学箕之口,为反清义士辩护:

> 以汉高祖之功,而鲁二生犹不肯行。光武中兴,严子陵犹抗节不屈。况明统三百年之久,岂可无一义士,四海之大,乃不许有一顽民哉!
>
> 昔王莽篡汉,陈咸犹用汉家祖腊。刘裕移晋,陶潜惟书羲熙甲子。志存忠义,不论受爵之有无,愤协神人,遑云量力之大小哉!

在该传中,戴名世还愤怒揭露了清初推行剃发易服过程中的暴行:

> 当是时,新令剃发,变衣冠,不从者死,家产没入官,妻子为奴。
>
> 明之士民,死于饥馑,死于盗贼,死于水火,后又死于恢复,几无孑遗焉,又多以不剃发死……

在为明末洱海道副使杨畏知,永昌通判刘廷杰、推官王运开和王运宏兄弟所作的《杨刘二王合传》中,戴名世除直书南明弘光帝、隆武帝等史实外,还特别揭露了清廷对被俘永历帝之残忍屠杀和永历在滇受人拥戴情况:

> 吾闻永历帝之崩也,其骨毁且弃之于墟中,滇人相向悲泣,乃相率提筐于墟中拾取之。军中见之,感其意,各给以金钱,顷之钱满筐,遂以葬其骨……

《画网中先生传》则是记一个拒绝剃发易服而死,不愿留名于世的义士的故事。其中记载多触讳忌:

> 顺治二年,既定江东南,而明唐王即皇帝位于福,其泉国公郑芝龙阴受大清督师洪承畴旨,弃关撤守备,七闽皆没。而新令剃发更衣冠,不从者死,于是士民以违令死者不可胜数。

在明末遗民《朱铭德传》中,名世甚至记载了清康熙初年"庄廷钺《明史》案"的情况:

> 康熙初年,乌程朱氏有明史之役,引述旧闻,语有触忌讳,坐死者数个人……

在《吴江两节妇传》中,戴氏首先记载了两节妇丈夫拒不剃发而死难的情况,随后对清初降官进行了讽刺和批判:

> 吾尝读《顺治实录》,知大兵之初入关也,淄川人孙之獬即上表归诚,且言其家妇女俱已效国装。之獬在明时官列九卿,而江淮之间一介之士,里巷之氓,以不肯效国装死者,头颅僵仆,相望于道而不悔也。呜呼!彼孙氏之妇女,视许氏之女何如哉!

《弘光朝伪东宫伪后及党祸纪略》除以弘光为正统外,还记载了清朝忌讳的崇祯太子被清杀害的史实:

> 初，贼之以太子出也，不知何以得脱于贼，徒步至前嘉定伯周奎家，奎，烈后父，太子外祖也。是时太子姊长公主养于奎家，相见掩面哭，奎举家拜伏称臣。已而奎怯祸，言于官曰："太子不知真伪，今在奎家，奎不敢匿也。"因遍召旧臣识之，或谓为真，或言为伪。谓为真者皆死，太子绞杀于狱中，朝中皆言其谋出大学士谢升。

事情发生在顺治元年（1644）冬天。

从农民军手中逃匿民间的太子朱慈烺，贫无所依，眼见局势已经平静，便找到寄养姐姐的外祖父周奎家，周奎以君臣礼相迎接。然而才过两天，周奎怕自己受株连，就把太子交给了清廷。

这下子，清廷可为难了。

太子是绝不可留下来的。因为他进关时打的旗号就是为明崇祯帝报仇，后来又宣称自己的江山得之于流寇李自成，如果让其活着，岂不会给人占别人江山不还的口实吗？说不定还会成为明朝遗民从事抗清的一面旗帜呢！

公开杀太子也不行。如此一来，岂不是自己把自己的假面具撕破了？

只有一个好办法：太子是假的。

然而偏有不少认识太子的人出来作证明，说太子是真的。

清廷又生一计：让最具权威的崇祯宠妃袁贵妃出来说太子是假的。

这次，清政府获得了最有力的证据。

结果，真太子以假冒太子之罪被绞杀，出来证明太子为真的人，一个也没有活下来。

其实,太子并不假,那位袁贵妃才是假的。

崇祯帝惟一的袁贵妃早在李自成攻占北京时就死了。有当时人笔记为证。清廷官方也有记载:"顺治元年五月己酉,以礼葬明崇祯帝后及妃袁氏。"

然而,就在太子被杀后,清廷又传谕内外:

> 有以真太子来告者,太子必加恩养,其来告之人亦给优赏。

哪还有太子可告?

如此煞费苦心的一大秘密,竟被这不识趣的戴老夫子给抖了出来!

如此说来,赵申乔所说"肆口游谈,倒置是非,语多狂悖,呈一时之私见,为不径之乱道"之语并非虚言。

有人从法制的角度分析说,《南山集》案是一个冤案。他们的理由有三点:

其一是定罪量刑没有根据。因为《大清律》所指的"谋反"是指"不利于国,谋危社稷";"大逆"是指"不利于君,谓谋毁宗庙、山陵及宫阙"。《南山集》根本与此无关。

其二是案件主体不存在犯罪条件。因为《南山集》刻于十年前,而戴名世目前不仅无反清文章,更直接地投身到服务清朝统治的行列中,因而也就不可能存在"大逆"的动机和行为。

第三是没有造成后果。因为戴名世涉及南明史实和使用其年号,完全出自修撰明史的需要,等等。

应该说,这些说法都有一定的道理。

但是,历史上出现的文字狱,又有哪一桩有明确的判罪根据?哪一桩不是当局把它附会到"大逆不道"的一类行为呢?康熙二年(1633)发生的庄廷鑨《明史》案,不就是因为书中直书清先世的名字,不书写清之年号,直书了清朝兴起和明清战争的真实情况吗?结果庄氏及其有关人员七十人被杀,数百人受牵连,而其罪名亦为大逆!

再者说来,如果我们从清统治者的立场出发,来看待戴名世书中的说法,我们会不会有否定清廷的"合法"统治、"诬蔑"当局的感觉呢?

愤世嫉俗惹祸端

戴名世《南山集》确实有致祸之源。

但,有致祸之源未必一定就会生祸。

从大局看,戴名世狱案产生的年代,正是清王朝走向繁荣的年代。当时,除围绕皇位继承问题产生的统治阶级内部矛盾外,民族矛盾和阶级矛盾相对沉寂,社会局势相对稳定,经济日渐繁荣,盛世的曙光已经出现。

在学术文化界,由于清初爆发函可《变记》案和庄氏《明史》案等文字狱案而形成的沉寂局面,也在逐渐改变。康熙奉行所谓的"开明与宽容"政策,明确规定:

> 凡旧刻文卷,有国讳勿禁;其清、明、夷、虏等字,则在史馆奉上谕无避忌者。

无论这种"开明"政策是否虚伪,当时确实出现了不少有这种所谓"政治问题"的书籍,然而并没有形成文字狱。

清代考据史学鼻祖、有名的明代遗民顾炎武,他的诗文集就是在康熙年间出版的,其中的"违碍"之处也不少。

他不仅记载了庄氏《明史》案,记载了自己如何以死相拒参加官修《明史》,他还以"北去三百舸,舸舸好红颜"之类的诗句来揭露清初满洲贵族南下时的暴行,不都是"违碍"的词句吗?

清初思想家王夫之的思想更激进。他在《读通鉴论》中谈天下之防,首先强调的就是"华夷之防",并认为作为异类的"夷","歼之不为不仁,夺之不为不义,诱之不为不信"。

这简直就是号召汉族人起来造满人的反!然而也没有受到惩治。

计六奇的《南季北略》和《明季南略》就成书于康熙十年(1671);温睿临的《南疆逸史》则成书于康熙四十年(1701),恰好与《南山集》刊出为同一年。

再说由《南山集》案诱发的《滇黔纪闻》案中的《滇黔纪闻》也成书于康熙十五年(1676)以前,如果没有戴案,或许不会出事。

看来,《南山集》案的发生,还不仅仅是它具有致祸的内容。

一生愤世嫉俗或许是戴名世身陷重狱的又一个重要原因。

同里好友方苞在给朋友左待所写的《送左未生南归序》中曾说道:

> 余每戒潜虚(指戴名世)当弃声利,与未生归老浮山,而潜虚不能用。

戴名世这位同里好友方苞,或许早就预料到,戴名世这种性格的人终必会惹祸,因而劝他早早离开官场这个是非之地。

然而戴名世自己并没有意识到自己的个性不为当时社会所容,没有意识到官场的风云莫测,更没有意识到无情的宦海会将他淹没。

或许是因为当年父亲对他的寄托太沉重。

或许是因为家庭负担太沉重,他不能不选择入仕之路来养亲糊口。

或许是因为他自己对名利太迷恋。

或许是因为他太不甘心自己的才能被埋没。

或许是因为……

无论如何,戴名世没有脱离开官场这个是非之地,也没有逃脱一步步向他逼近的灭顶之灾。

戴名世自幼聪明,又熟读四书五经史诗百家之文,有神童之誉。他成人后更是美名远扬。

时人方苞评价说:

"余自有知识,所见闻当世之士,学成而并于古人者,无有也;其才之可拔以进于古人者,仅得数人,而莫先于褐夫(戴名世字)。"他的史学才能也深受后人推崇。晚清才人梁启超曾说:

"以吾所见,其组织力不让章实斋(学诚,清代著名史学家),而情感力或当非实斋所逮。有清一代史学作者如林,吾所俯首,惟此二人而已。"

"《孑遗录》以桐城一县被贼始末为骨干,而晚明流寇全部形势,乃至明之所以亡者具见焉,而又未曾离桐城而有技溢之辞,可谓极史学技术之能,无怪其毅然明史自任而窃比迁,固也。"

戴名世名气虽然很大,却备尝人世艰辛。他在多篇文章中有所表达:

> 余生抱难成之志,负不羁之才,处穷极之遭,当败坏之世,而无数顷之田,一亩之宫,以托其身,乃且以授经客游乞食于异方。岁得一镪两镪,不足具甘脆以养亲,而母子兄弟累月逾时音间隔绝,私自生伤……(《与弟书》)

> 今且世事愈变,文章更无所售,虽狡谲谀佞之徒皆易术以去,而余抱区区无用之学,举世不知之技,以浮沉于游士幕客之间,所谓操隋侯之珠而以弹雀者也。(《北行日记序》)

> 垢污贱简极矣。其所处也至卑,其于世也无伍,富贵利达之无所望,而声势名誉之所不及,庸人孺子皆得傲而侮之而无所忌。(《褐夫字说》)

真是穷极而始知人情之悲凉。

戴名世在《北行日记序》中还对此深为感叹:

> 士大夫中虽号为深交,平日以文章道义相砥砺,一时出而连城数百里,世俗所称美仕,然亦罕有念及憔悴穷愁之故人,以一函来问,即余亦未尝一往谒也。

而余文章之名故在四方,所至必有主人延掌书记,或遣子弟受业,然大抵皆出于耳食,计日雇赁而已,未有行度外之事而给余养亲隐居读书之费者。而倡优便嬖之徒居其门下者,辄倾囷倒廪以与之而无所惜。

戴名世更羡慕古代家穷客游学子的经历,他们有王公贵人的资助,可以专心致力于自己的学术文章。他感叹道:

古人之家贫客游,往往有王公大人供其资用,气极意于学。而扬子云微时,文章得达天子,遂以布衣召见。子云自奏,少不得学,而心如沉博艳丽之文,愿休脱直事之縢,得肆心广意以自克就。于是天子诏尚书赐笔墨钱六万,使观书于石渠。呜呼!后之学者,其所遭之变,所遇之时,不同于古之人者多矣,然则余且抱无涯之志而莫之遂也。(《赠刘言洁序》)

科场上的屡屡失意,生活的动荡不安,极端贫困,又造就了他愤世嫉俗的品格,使他能够从"盛世"的表面下看到被掩盖的社会黑暗。

确实,那个时代,经过康熙几十年的苦心经营,各族人民的反抗斗争被残酷镇压,社会日趋稳定,明末以来极度凋敝的社会经济得到恢复和发展;抗俄战争的胜利,准噶尔部叛乱的被平定,统一的多民族国家的基础得到了巩固,"盛世"的局面日渐形成。

但是,康熙时代毕竟是中国封建社会的末世,表面的繁荣掩盖不住根深蒂固的政治腐败和社会黑暗。对此,戴名世进行了深刻揭露和无情批判。

在《钱神问对》一文中,戴名世以钱神为寓,对贪官污吏的丑恶大张挞伐。

……自汝出而轻重其制,铢两其名,方圆其象,流传民间惑乱民志万端,俱起于是,庸夫之目以汝为重轻,奸人之手以汝为上下,或执鞭乞哀,流汗相属,不然,设心计,走坑险,蒙死侥幸,损人益己,互相攘夺,或至犯科作奸,椎牛发冢,聚为博弈,出为盗贼。至于官之得失,政以贿成,敲骨吸髓,转相吞噬,而天下之死于汝手者,不可胜数也。挺土刻木以为人,而强自冠带。羊狠狼贪之徒,而恣侵暴刳穷孤,而汝之助虐者,不可胜数也。

且又摄其缄縢,固其扃鐍,兀然匿于小人暴客之室中,酿争而藏垢,避正而趋邪,使夫义士仁人瞿瞿然茕茕然不能出气,修德益穷,有文益困,而汝独纷纷然奔走天下,颠倒豪杰,败坏世俗,徒以其臭薰蒸海内,气之所感,积为迷惑之疾,见之者慕,闻之者思,得之者喜,失之者悲,节无不平,贪客接踵,而充塞仁义,障蔽日月,使天下怅怅然无所之,而惟汝之是从。

此文骂的是"钱神",恨的却是贪官污吏。

在《赠王序纶之任婺源序》一文中,戴氏写道:

今也,一介之士,乘传捧符而来,无其道而居其位,乃且晏然肆于民上而行其恣睢之意,盖子女王帛,其尽于刀笔筐篋之间不知其几矣。然而宿胥巨猾之手之所上下,邑中里豪之袒之所左右,与夫过宾羁客之徒之所请谒烦滥,侈靡之费之所耗散,不啻去其十四五矣。至于大吏之居其上者,睨而甘之,则又倾囷倒廪挈筐探囊以去而莫之敢违,盖已与民两受其敝,而天下盖以多故,不可胜理……呜呼! 吏治之衰久矣。自大吏以至小官,转而相食,不以为非,而民之憔悴凋敝,且不知其所止!

这简直就是一幅大小官吏、差役幕僚、土豪劣绅沆瀣一气,鱼肉百姓的清晰图画。

科举制度是戴名世极力批判的又一内容,认为它不过是当权者诱致士人的名利之饵,更可怕的是它陷知识分子于利禄之途而不能自拔。他在《赠刘继庄还洞庭序》中说:

自科举之制兴,而天下人之不废书不读久矣,以未尝读书之人而付以天下之事,其不至决裂者,盖未之有也。

在《河墅记》中写道:

夫科目之贵久矣,天下之士莫不奔走而艳羡之,中于膏肓,入于肺腑,群然求出于是,而未必有适于天下之用。其失者未必其皆不才,其得者未必其皆才也。

在《李太常案牍序》中,戴氏对清科举制度本身进行了否定：

> 今夫督学使者三年而一易其人，行部考校不过文义之优劣，而不暇及于其它。夫文义者，教士之一节，而有大于文义者置之不问，是何本末倒置也。呜呼！是岂圣人明刑弼教之义哉？

他的好朋友赵骖期屡试不中，想再次北上应试，拿不定主意，就去和戴名世商量，而当时戴名世也是深受考试失意之苦，便讲了两个寓言故事，对考试之弊进行一番辛辣的挖苦。

他说，海中有个黑人国，那里的居民皮肤骨头都是漆黑的，又无衣服以蔽其体。然而当他们看到穿着衣服的白皮肤人来到时，却以为丑陋，甚至有人闭目不视，藏在水中。

山东的山泽之中多瘿瘤疾病，病瘤层层相叠，堆于脖子之下，甚至拖至腰肚之间。然而他们不以此为丑，而感叹别人的形体不美。

随后，他评论说：

"今夫赋质美则不能不见挫于恶，挟技高则不能复得意于卑……凤凰翔于千仞，而顾下与鸡鹜乎争食，岂可得哉？"

可惜的是，这个深恶科举之试，以凤凰自居，不肯与鸡鹜争食的戴名世，自己却对场屋之试好此不厌，几乎是追逐了一生。

撰修明史是清初学术界的一桩大事，然而由于诸多原因，迟迟没有结果。对此，戴名世也多有指责：

> 吾窃怪夫后世之为史者，规制之不立，法律之茫然，举

步促缩,触事跪卼,是亦犹之寻丈之木,尺寸之石,而不知所位置,五人十人之聚,而驾驭乖方,喧哗扰乱而不可禁止,又安望其为巨室而用大众乎哉!

吾又怪后世之为史者,素不闻有博通诸史之学也,素未知有笔削之法也,分编共纂,人人而可以为之,一人去又一人来,往往一书未成而已经数十百人之手,旷日逾时,而卒底于无成……此亦观乎上之所重而已矣。上之所重在经学,则天下之通经者出,上之所重在史学,则天下之良史者出,而又何患于史之难作与作史之难其人哉!(《史论》)

戴名世愤世嫉俗,恃才傲物的性格,使他受到了不少人的仇视。

戴名世在《赠萧端木序》中曾说:

余居乡以文章得罪朋友,有妒余者号于市曰:"逐戴生者视余"。群儿从之纷如也。久之,衡文者贡余于京师,乡之人在京师者多相戒勿道戴生名。

在《徐贻孙遗稿序》中,戴名世也曾提到他和方苞、刘齐、徐念祖等人在国子监学习时的表现:

此数人者,持论断断,务以古人相砥砺,一时太学诸生皆号此数人为狂士。

康熙二十八年(1689),戴名世在给何焯的信中,曾抒发自己不被人理解的苦闷心情：

> 仆好交游，孳孳求之，惟恐不及。然其于当世之故不无感慨忿懑，而其辞类有稍稍过当者。世且以仆为好骂人，仆岂真好骂人哉，而世遂争骂仆以为快……

然而就在这封信中，戴名世一再声称自己不好骂人之后，即对世上所谓的名士进行了一番挖苦。

戴名世的孤傲，还表现在他对达官贵人的轻视上。

康熙三十六年（1697），吏部侍郎赵士麟有文集将刊行，求序于戴名世，后不及待戴文，便请人以戴的名义写了序，放入集中刊出。戴极为不满，便写信对赵的行为进行挖苦，并要求将该序抽去：

> 今以不诚之人而事足下，以不诚之文而序足下之文，宜为足下之所斥勿收，而足下顾使人为之，则非足下始所取于田有之心矣。区区之诚，尚欲自述，而代作之文，惟足下削而去之。

这就是戴名世的性格，孤傲、倔犟，甚至还很尖刻。

好友方苞或许就是看到他这种性格必不容于世人，才屡屡规劝他放弃声利，归老游山吧。

许多人认为，赵申乔之所以举报戴名世"私刻文集"，"倒置是非，语多狂悖"，目的在于报私怨。因为会试时戴名世名列第一,又素负重名,按惯例状元非他莫属。然而殿试揭晓,头名却被赵申乔的儿子、才名远不及戴名世的赵熊诏所得,戴名世抑居第二名,因而当时就有赵申乔仗势于其中做手脚之说。赵申乔恐人揭其私,先发制人,借以钳制人口,他在参疏中声明"与名世素无嫌怨",实有"此地无银三百两"之嫌,等等。

赵熊诏考取状元或许确与其父有关。因为赵申乔向为康熙赏识,康熙在圈定考试名次时必然有感情因素在内。

但若说赵申乔从中做了手脚,似乎也不确。因为当时赵申乔仍在湖南巡抚任上,且屡屡陷入官僚矛盾的漩涡之中,他似乎不敢去京中公开为其儿子拉关系。

不管怎么说,当权的士大夫要惩治戴名世的初衷应该是存在的。

戴名世天性高傲,对达官贵人与欺世盗名的无耻文人向来不满,并时加挞伐。他常常"酒酣论时事,吁嗟咄嘻,旁若无人",和"宰辅大臣相见,一揖之外无他语"。故意使显贵们难堪的做法,无疑会使他成为当权士大夫的眼中钉。

虽然说,戴名世自康熙四十八年(1709)进入翰林院,完成了从不屑世事到步入仕途的转折,但他狂妄不羁的性格却难以改变。这或许也是戴名世后来遭遇大祸的原因之一吧。

朋党之祸

朋党,作为封建社会官僚政治的一种必然派生物,存在于封建社会的各个历史时期。它虽然没有明确的组织形态,但却在师生、故吏、同年、乡族等亲情关系推动下,基于共同的或相似的政治利益,以一人或数人为核心,形成比较稳定的特殊利益集团或政治群体。其成员在政治生活中往往采取相同或相似的立场和态度,相互支持,互相攀援,以维护共同的利益。

朋党的恶性发展,必然危害君主独裁统治,即为集团利益而揽权结势,"诬陷良善,驱除异己,蔽塞主聪,混淆国是"。

清初,鉴于明末党祸之酷,防范尤严。顺治帝曾严禁大小官员"私交私宴",并禁止士人"结社定盟,把持衙门,关说公事"。康熙也以为"大臣者以少交游、不生事为善",而且多次警告大小臣工不得结为党援,否则,"朕将穷极根株,悉坐以交结朋党之罪"。

但是,康熙朝仍以党风炽烈著称,有"三五成群,互相交结"的记载。

如山东籍官僚,"大小相固结,彼此荐引,凡是涉于己私之事,不顾国家,往往造为舆论,彼倡此和,务使有济于私而后已"。

素以"朴诚忠实"著称的旗人,至此也风气大变,"各自结党"。康熙曾说:"此中惟尚书索诺和并没党类,亦不往来大臣之家,愿悫安分,此外孰无党类!"

满汉官僚,即使同属一族,也存在着众多派系,"从之则已,拂之则妄议谤讪"。

康熙帝在一上谕中描述当时的朋党情形说:

> 近见内外各官,间有彼此倾轧,伐异党同,私怨交寻,牵连报复,或己所衔恨,而反嘱人纠参,阴为主使。或意所欲言,而不直指其事,巧陷术中,虽业已解职投闲,仍复吹求不

止,株连逮于子弟,颠覆及于身家,甚且市井奸民,亦得借端凌侮,蔑纪伤化,不可胜言。

这种局面的形成,既有明末士人"流风余韵"的影响,更与康熙诸皇子为争夺太子宝座而纷纷援党结势有关。随着争储斗争的日益激烈,朋党之风也就蔓延开来。

朋党之祸就像一把双刃剑,既损害封建专制政权的稳固,也会毁掉当事者个人。历代党祸莫不如此。

戴名世事件之形成大狱,铸成大祸,终致人头落地,或许朋党之争就是其中一个重要原因。

因为《南山集》案发生的前后,正是储位之争最激烈的时刻,当时的封建大僚几乎都卷入了这场宫廷斗争中,皇太子胤礽地位之遭废、再立及再废,正是这场斗争激烈化的重要体现。一向风头独占的戴名世很可能也置身其中。

在这场争权夺利斗争中,皇八子胤禩是最著名的竞争者。

在储位之争中,胤禩原本有两大不利因素,一是他的母亲出身内务府所属辛者库包衣之女,地位卑贱;二是他一直没有子嗣。然而胤禩有诸皇子少有的文化素养,博学多识,这是父皇康熙所赏识的。

尽管困难重重,但储皇帝地位的巨大诱惑使他依然全力以赴争夺储位,特别在皇太子党首索额图被囚死以后,他更是信心百倍,也更加努力。其一是利用他的老师何焯在汉族士大夫中发展势力,其二是利用他和大学士马齐、翰林院掌院学士揆叙的关系在满洲贵族中发展势力。

结果,满洲贵族中有很多人投在他的旗下。除马齐和揆叙外,他的兄弟皇九子胤禟、皇十四子胤禵,领侍卫内大臣鄂伦岱、阿灵阿、鄂飞,驸马顺安颜等都支持他,甚至老国舅佟国维也极力为其呐喊助威。

在汉族士大夫中,胤禩也赢得了广泛的支持。

户部尚书王鸿绪、礼部尚书李振裕等是胤禩的积极支持者。著名学者、江苏人潘耒也和胤禩关系密切,胤禩曾因老师何焯的关系给潘耒帮过忙,潘耒自然对这位"贤王"感激不尽。

翰林院是汉族士人集中的衙门。在掌院学士揆叙的影响下,不少人也倾向于皇八子胤禩。如编修汪灏、刘岩、王式丹,以及庶吉士汪份等。康熙于戴名世案发生后开始清理翰林院汉人,也许与此有关。

这年十一月二十八日,康熙令大学士等传问九卿:"编修杨绪为人何如?"九卿答以"行为不端"。康熙遂令:"杨绪著革职,驿解回籍,交与地方官严禁在家,勿令擅出行走,更生事端。"同时指出:"翰林官员内,尚有如此等人,亦著九卿举出。"结果,侍讲钱名世,修撰王式丹,编修贾国维、贾兆凤四人以"行止不端,声名不好"被革职。

由于戴名世的恩师李振裕,好朋友何焯、汪灏、汪份、刘岩等都与皇八子胤禩关系密切,胤禩又极力招揽汉族知识分子,戴名世也很可能是胤禩的支持者,起码倾向于皇八子胤禩。

如果真是这样的话,戴名世受到皇太子党的整治就成为必然的了。

因为揭发戴名世的赵申乔显系太子胤礽的支持者或同情者,他曾于胤礽二度被废后力举复立胤礽。初审戴名世的齐世武为太子党,他因支持胤礽的阴谋活动于康熙五十年(1711)十月底被革职。太子胤礽也曾亲自摘录《南山集》中的"悖逆"文字进呈康熙。

　　凡此种种,说明戴名世案的发生,确实与当时的储位之争有一定的关系。

飞来祸

是非凭谁说

迟到的"平反"

康熙六十一年(1722)十一月十三日,康熙皇帝驾崩,雍亲王胤禛在国舅隆科多等人的支持下得继大位。是为雍正皇帝。

十二月十八日,雍正特诏大赦戴名世《南山集》案有关人员,方苞等族属均获出旗籍,惟方孝标子方登峰未获赦归。戴案至此终结。

有人认为,雍正之所以有此举,是因为他当雍亲王时就洞悉此案情形,并认为其中有关南明之称"非臣子所宜言,实无悖逆之语",故即位之初就颁诏予以大赦。

也有人认为,雍正之所以大赦戴案有关人员,是因为他非常赏识方苞的才学。因为雍正曾说:"朕以方苞故,赦其合族,苞功德不细。"

二说恐未必准确。

事实上,雍正大赦戴名世案有关人员也是形势所迫。

戴名世一案历时近两年,牵连数百人,虽经康熙最后"法外施恩"只杀戴名世一人,但与此案相涉的不少人受到革职、入旗的惩处,这不能不使这批人心存不满,因而也不利于统治阶级内部的巩固。

再者,雍正是在诸皇子群相纷争的形势下获得皇位继承权的,即位之初即有"篡夺"之说风行,因而统治极不稳固。为了巩固自己的统治地位,他一方面对威胁其帝位的诸兄弟及其党羽采取残酷的打击政策,另一方面则对其他人进行广泛的笼络,包括升官、恩赐,以争取他们对自己的支持。大赦戴案有关人员即有此寓意。

又是十几年过去了。历史进入了乾隆年代。

乾隆时代,清王朝已建立百年,复明思想愈益淡化,其统治愈加巩固,对明清之际的事实自然不必过于忌讳。

乾隆四年(1739),诏修《明史》成。

又数年,乾隆复特谕:甲申(1644)以后有福王弘光年号,丙申(1646)以后存唐王隆武年号,戊子以后(1648)有桂王永历年号。诏改修《明史》。

这种做法,恰与当年方孝标、戴名世书写"三藩"年号的做法相合!

与此同时,乾隆还为奖励臣节而对明清之际的人物进行褒忠贬奸活动。

乾隆四十年(1775),乾隆正式发表上谕,称这些"殉难明臣"是维护正统的忠臣,应该重新评价,给予谥号。并提到如下几种人需要恢复名誉:

其一是死于明清萨尔浒战役及努尔哈赤攻占辽沈地区时的明朝官员。如杜松、刘綎、王宣、赵梦麟、潘宗颜、麻岩、马林、贺世贤、袁应泰、张铨等人。乾隆认为,他们虽逆天抗颜,似不可取,"然迹其冒镝撄锋,竭忠效命,未尝不为嘉悯"。

其二是死于清军入关以前历次战役之明朝官员。如熊廷弼、袁崇焕、赵率教、满桂、王廷臣、曹变蛟、邱民仰、卢象升、刘之纶等人。

其三是死于清入关后为捍卫南明政权而献身的明朝官员,著名者有史可法、余应桂、钱肃乐、张名振、刘宗周、张煌言、黄道周、何腾蛟、堵胤锡、瞿式耜等人。

乾隆尤其敬佩史可法、刘宗周和黄道周等人的大无畏气概,称赞说:"史可法之支撑残局,力矢孤忠,终蹈一死以殉。又如刘宗周、黄道周等之立朝謇谔,抵触佥壬,及遭际时艰,临危受命,均足称一代完人。"

其四是守城战死与被俘处死之人,不甘国破在家自杀之人,抛妻离子为明朝复国而颠沛流离之人,至死不肯仕清之人。"凡明季尽节诸臣,即能为国抒忠,优奖实同一视"。

几个月后,乾隆又下令将明初死于"靖难之役"的建文帝诸臣列入褒奖范围。

结果,有三千六百多名明代殉难官员获得专门的谥号,或"忠烈"、"忠节"、"节愍"、"烈愍"等通用谥号,天启崇祯年间已给谥号者也予保留。获谥号明臣还得于原籍设牌位入祀忠义祠,由翰林院撰写谥文一篇,允许其后代立碑。

与赠谥号相配合,乾隆还命令保存明末官僚士人的文集等文献。

乾隆认为,保留这些文献,就在于"使天下万世晓然于明朝所以亡,本朝之所以兴",作为后人的"殷鉴",因而"惟当改易违碍字句,无庸销毁"。特别是罹于魏忠贤之患的杨涟、左光斗、赵南星等人的著作,"即有一二语伤触本朝,本属各为其主,实不忍并从焚弃,致令湮没不彰"。

乾隆特别尊崇南明史可法的气节,非常想读他曾写给清摄政王多尔衮的信,找到后一读再读,不忍释手,并深惜"可法之孤忠"。他认为其中并无不逊之词,不过是"明臣尊明之义耳,予以为不必讳,亦不可讳"。故将其全文刊刻。乾隆还特为史可法像题诗说:

> 纪文已识一篇笃,予谥仍留两芳名。
> 凡此无非励臣节,监兹不可慎君纲。
> 像斯觏矣牍斯抚,月与霁而风与光。
> 并命复书书卷内,千秋忠绩表维扬。

乾隆四十六年(1781),乾隆还下令编辑《明臣奏议》一书。他解释这样做的原因是,明亡"殷鉴不远,尤当引为炯戒,则诸人奏疏,不可不亟为辑录也"。"即有违碍字句,只需略为节润,仍将全文,不可删改。此事关系明季所以亡,我朝之所以兴。敬怠之分,天人之际,不可不深思远虑,触目警心"。

乾隆还录用曾与清朝为敌之熊廷弼、袁崇焕后人为官。结果,袁崇焕五世孙袁炳被编入汉军正白旗,其子富明阿官至吉林将军,其孙寿山官至黑龙江将军。

褒扬忠臣的同时,乾隆还极力贬斥降清明臣,即所谓的"贰臣"。

乾隆从封建道德出发,认为这些降清的明朝官员,"遭际时艰,不能为其主临危受命,辄复畏死悻生,觍颜降附,岂得复谓之完人?"因而下令国史馆编《贰臣传》,将在明和清两朝做官之"大节有亏"人员收录其中,以为"万世子孙树纲常"。

《贰臣传》分甲乙二编,收明清之际人物一百二十余人。甲编收对清朝赤胆忠心、积有功勋之人;乙编收降清后毫无建树之人。有在明朝为低级官员,降清后忠贞效力得以高升之李永芳等人,其时李永芳四世孙李侍尧深受乾隆宠信,历官两广、陕甘、闽浙总督,也"不能为之讳"。有在明朝为高官,降清更受重用且立有大功勋之洪承畴等人;有在两朝均为高官,却系两朝奸臣之冯铨等人;有在两朝做官,又暗中诋毁清朝之钱谦益等人,这类人"不过欲借此掩其失节之羞,尤为可鄙可耻"。有既降李自成农民军、复降清之龚鼎孳等人。降清的著名人物如祖大寿、孔有德、耿仲明、尚可喜等人也被列入《贰臣传》。

开国元勋范文程,在明朝并没有做官,且为自愿投附努尔哈赤父子,立有大功勋,但乾隆评说道:"范文程系明季诸生,臣事我朝,致事通显,虽非如洪承畴等身事两朝可比,然与纯儒品节不无遗议。"

降清还是抗清,曾是清初衡量人们政治立场的大是大非,不少学者从春秋大义出发,对降清行为进行了挞伐,对抗清之举进行了颂扬,并为此付出了血的代价。这其中就有戴名世。

　　而今,乾隆惟以忠君为准绳,对明清之际人物的行为作出了重新评价,褒忠贬奸,还历史以真实,虽目的不同,却是殊途同归。

　　这也许算是对戴名世等人的平反吧!

一代名儒

　　戴名世死了,他死在封建专制制度的屠刀下。但是,他作为清代著名古文学家的历史地位却是不可动摇的。

　　张宗祥在所著《清代文学》中说:"好为妙远不测之文,以开后来方(苞)姚(鼐)一派者,则有若桐城戴名世褐夫……第观其文,生动高妙,高出方刘,桐城文章,实奉为开山之祖。"

　　方铭、吕美生在《论桐城派》中说戴名世"文辞清明简要,笔墨生动,无疑对桐城派的形成产生了重要影响"。

　　戴名世在批评明末清初文坛颓风败习的基础上,提出了许多精辟见解,值得后人注意。"率其自然"是他古文理论的核心。

　　所谓"率其自然",就是"出于心之自然",表现"性情之真",就是以自然之文表达自然之情,直抒胸臆,情至文生,不雕饰,不摹拟,淡泊平质。

　　他把"率其自然"视为左丘明、庄子、司马迁、班固以来古文写作的一条规律。他认为"率其自然"就是说文章要平质。

平质并不是质木无文,而是平直之中有波澜,质朴之中见文采。"率其自然"并不是要废法、废辞,而是要反对死法,反对以辞累道。他在强调道为主导的同时,主张道、法、辞的统一。他在《己卯行书小题序》中说:

> 道也,法也,辞也,三者有一之不备焉而不可谓之文也。
> 向背往来,起伏呼应,顿挫跌宕,非有意为之,所云文成而法立者,此行文之法也,法之无定者。

在《丁亚房书序》中他认为:

> 文章者,无一定之格也;立一格而后为文,其文不足言也。
> 史家之法,其为一人列传,则其人须眉馨欬如生;及其又为一人列传,其须眉馨欬又别矣……文章之波澜意度,各有自然。

率其自然,也并不废学。"纵横百家而能成一家之文"。(《与何屺瞻书》)

"文章者,莫贵于独知",只有具备"独知",才能体现我之为我,不致人云亦云。

文章要在淡泊平质中见美见奇,就要有"精"、"气"、"神"。

"精",是思想、语言的锻炼陶冶。虽出于自然,不重雕琢,却又经过锤炼而离凡脱俗。

"气",指文章气势,"神"指作者的思想品格、心胸气度,可以称之谓文章之魂魄。

他的这种思想在《程偕柳稿序》中也有所表达：

> 文之为道，须有魂焉以行乎其中；文而无魂焉，不可作也。
>
> 文章生死之几，在于有魂无魂之间；而执魂之一言以观世俗之文，则虽洋洋大篇，足以哗市而取宠，皆僵且腐者而已，而岂可以谓之文乎！

文章只在言语文字、行墨蹊径上讲求，则不过是文字的堆砌，没有生命力，也就没有"神"与"魂"。

文章在平质中见奇，就是要作者以朴素自然的语言来表现自己深刻的思想、高尚的品格、广阔的心胸、刚毅的气质。

如此，文章就能气势充足，"无穷如天地，不竭如江河"，"充塞乎两间而盖冒乎万有"，形成雄健博大的风格，有如登山望远、临海观涛的文学境界。

戴名世强调写文章要"立诚有物"。

"有物"就是文章要有充实的内容，不说空话。而"物"之具体所指："有所为而为之"，是为经世致用之学；"不得已而为之"，乃世道人心之感，如骨鲠在喉，不得不吐。体现在文章中，"有物"就是"近类而切事，发挥而旁通"，就是"天道具，人事备，物理昭"。

要做到"有物"，就必须"立诚"，即直写真情实感，不做空洞无物、虚情假意的"菁华烂漫之章，工丽可喜之作"。

戴名世关于诗的主张也有精辟处。

"志者，诗之本也"。戴名世强调诗歌应该"倡情冶思"，"出于心之自然"，切忌为了声名利禄而有意地写诗，因为有意写诗，必然流于无病呻吟，矫揉造作，摹拟剽窃，俗而无物。他在《吴他小诗序》中表达了自己的诗歌主张：

> 余游四方，往往闻农夫佃民倡情冶思之所歌谣，虽其辞为方言鄙语，而亦时有意义之存，其体不出于比兴赋三者，乃知诗者，出于心之自然者也。

戴名世"立诚有物"、"率其自然"的文学主张，在其散文中得到了具体体现。

有人认为，戴名世文章"才气汪洋浩瀚，纵横飘逸，雄浑悲壮，深得《左》、《史》、《庄》、《骚》神髓"。

有人认为，戴名世散文"颇得司马子长、欧阳永叔之生气逸韵"。

"生气逸韵"，就是放笔直书，抒胸中之独见，情至文生，笔锋犀利酣畅。

戴名世自己也很自豪："胸中之思，掩遏抑郁无所发泄，则尝见之文辞，虽不求工，颇能自快其志。"

在戴名世的散文中，有对清王朝的批判，对腐败社会的揭露，有对抗清英雄的讴歌赞美，有对世道险恶的愤愤不平，都表达得情真意切，酣畅淋漓。

戴名世不仅是一位著名的文艺理论家，而且还是一位卓越的史学家。

好友汪灏在所作《孑遗录序》中说他："名高虎观，才匹龙门,熟千古之兴,探微扶奥;负三长之学业,撮要搜奇。"

同里方正玉称他:"以董醇贾茂之才,具盲左腐迁之识。"

近人梁启超更称他"史识史才皆绝伦"。

那么,戴名世的史学成就表现在哪里?一是他不同凡俗的史学理论,二是他初步的史学实践。

戴名世的史学著述,影响最大的首推《孑遗录》。该书并非就事论事,而是仅以一县兵变写尽天下大势。他没有怨天咎民,而是以确凿的史实,写出了"当是时,天下承平日久,人不知兵,士大夫漫不以贼为意,而行间大吏相继从贼,以成贼之强。中朝以门户相争,而操持阃外之事,使任事者辗转彷徨而无所用其力,直至于国亡君死而后已焉,此其罪甚于盗贼万事"的历史真相,颇具胆识,故为诸家所称道。

历史的遗憾

恃才傲物的戴名世去世了,惨死在封建专制的文字酷狱之下。

气势恢宏、令人骄傲的康乾盛世因此少了一位有见识、有成就的学者。

这,既是历史的遗憾,也是对历史的讽刺。

《南山集》案发生后,不仅戴名世的修明史之志终成遗憾,他已完成的著作也屡遭禁毁。影响所及,学人有谈虎色变之悸,因而在长达一个多世纪里,惨遭飘零散佚之厄,以至后世学者每每有隔墙观书之叹。

道光时人戴钧衡曾叹道:

国朝作者间出,海内翕然推为正宗,莫如吾乡望溪方氏,而方氏生平极为叹服者则先生。先生与望溪生为同里,又自少志意相得,迨老不衰,其学力之深浅,文章之得失,知之深而信之笃者,莫如望溪,望溪推之,学者复何说也?顾望溪生为显官,身后著作在天下,而先生摧折困抑,垂老构祸以死,著作脱轶,莫为之收,而一二藏书家有其稿者,又秘弗敢出,四方学者徒耳先生之名,求读其书不可得。文章之遭际,幸不幸固如是耶!

余又观先生文中自序及望溪先生所作序文,知先生每以子长自命,其胸中藏有数百卷书,滔滔欲出,向令克成,必有不同于班固、范蔚宗、陈寿诸人者,岂仅区区文字足见其得子长之神哉。惜乎有子长之才,不能成子长之志,仅此区区而犹厄抑使不得彰行于世,良可悲!

徐宗亮也曾叹道:

呜呼!前史历载文字之祸,至于湛身而赤族者,何可胜数,然其身虽灭,其书具存,后之人犹得藉考其生平致祸之由,为之悲歌咏叹于无已。是其名虽屈抑于一时,而可垂谅于天下后世,犹有幸也。

若先生生逢圣祖皇帝郅隆之代,身伏上刑,书刊禁目,世之知者,亦不过视为汪景祺、查嗣庭之属。而乡里承学之士,即欲求其遗编断简而表章之,亦怵然心悸而为之止,则甚矣先生之祸之烈也！

光绪时人张镜堂，在所作《重订<南山集>序》中也曾感慨说：

> 惟戴田有先生所作古文，直追龙门，而气魄雄厚，有过之而无不及也。当时望溪方氏、慕庐韩氏（菼）、武曹汪氏（份）亟称之，以为深得古人之洁乳，骎骎然登作者堂而咔其䔒，不独子长、孟坚（欧阳修）之专美于前也。一时盛行海内，而天下翕然，几致家有其书，可不为盛欤。先生遭圣明为侍臣，极千载一时之遇，惜才不自敛抑，卒以此得祸，悲夫！

咸丰时人萧穆也曾说：

> 先生生于国朝昌隆之际，人才极盛之秋，所与交游砥砺学业，四方豪杰英伟莫不倾倒……而不幸死丧相继，家益落，衣食于奔走，又以奇祸困踬颠倒，含恨而殁，千秋大业，率未能显于世，徒以区区文字为世所称道，岂先生之本意哉！

戴名世生前著述宏富，自编文集有《芦中集》、《困学集》、《天问集》、《柳下集》、《岩居川观集》、《周易文稿》等，又有《时文全集》、《意园制义》等八股文集，又有《齐讴集》诗集。但刊刻者，除《时文全集》外，惟有《南山集》和《孑遗录》，但又屡遭禁毁。

直到道光二十一年(1841),桐城戴钧衡在文网稍懈的情况下,对戴名世的古文著作进行搜集整理。他把从桐城吴氏等处得到的部分遗文,以及流传民间的《南山集》(时以《忧患集偶钞》、《戴田有集》等名流行),合在一起,共有三百余篇,"汰去立言太激者六十余篇",编成十四卷本《戴南山集》,并附以自编之《戴氏年谱》。但当时并没有刊刻出版。直到1880年,始由合肥王镜堂父子及门人马润苍校对出版,改名为《戴田有全集》。

1885年又有《南山集》行世,同时题名为《潜堂先生文集》,注明为尤云鄂原编本。

同治末年,桐城人徐宗亮就戴编本详加校录,并附入四篇纪略和自己写的《戴先生传》和《南山集后序》,惜未刊行。后张仲源于1900年补遗一卷,合为《戴褐夫集》(或称《南山先生古文全集》)。

又有《潜虚先生文集》、《戴南山先生全集》、《方戴合钞》之《戴南山文钞》等版本。

收录戴氏文章最全最精者,当推中华书局1986年出版的《中国古典文学基本丛书》之《戴名世集》,由王树民先生编校,收有书19篇、序117篇、传略58篇、铭文8篇、记27篇、论和杂文42篇、纪略4篇,及《孑遗录》、序、年谱、系文等。可资参考。

另外,戴氏生前还编有《四书朱子大全》,刊于1708年,后有狱中修改本,案发后被削去作者名存世。

恃才傲物、狂妄不羁的戴名世含冤告别了康乾盛世。

然而，身可杀，而名则不可以杀；书可禁一时，但不可禁一世。戴名世连同他的《南山集》将永垂青史。这，或许是康熙等人所没有料到的吧。

参考书目：

①《清史稿》
②《清圣祖实录》
③蒋良骐.《东华录》
④王树民校.《戴名世集》
⑤《清史列传》
⑥台湾影印.《南山集》
⑦《清代名人传略》
⑧《清代人物传稿》(上)
⑨郭成康等.《清代文字狱》
⑩李铁.《科场风云》
⑪张书才等.《清代文字狱案》
⑫徐文博,石钟扬.《戴名世论稿》
⑬谢苍霖等.《三千年文祸》
⑭何寇彪.《戴名世研究》
⑮吴秀良.《康熙朝储位斗争纪实》
⑯《方苞集》
⑰周轩.《清宫流放人物》
⑱刘风云.《清代三藩研究》
⑲孟昭信.《康熙帝》
⑳《记桐城方戴两家书案》
㉑《李煦奏折》
㉒张书才,李国荣.《康熙五十年江南乡试贿卖举人案》,

《故宫博物院院刊》,1988年第4期
　　㉓李景屏.《清初十大案》
　　㉔高翔.《康雍乾三帝统治思想研究》
　　㉕《清史编年(康熙朝)》
　　㉖梁希哲.《雍正帝》
　　㉗孙文良等.《乾隆帝》。

王缨 著

益党迷

——曾静吕留良奇狱

案发：投书策反

事情发端于西安。

这里是陕西巡抚的驻地，也是川陕总督的大本营。

雍正六年，即公元1728年，金秋九月二十六日，这是阳光灿烂的一天，约在上午十时许，川陕总督岳钟琪正乘坐着舆车返回总督府，前呼后拥的队伍行进在熙熙攘攘的街市上，岳钟琪则全然无意于欣赏渭河南岸的这座闹市，他的心中正在酝酿着一场向西北的远征。

岳钟琪，字东美，号容斋，宋朝抗金名将武穆王岳飞的二十一世孙。先世为河南汤阴人,南宋渡江后居毗陵。明朝万历年间,祖上宦游甘肃,遂迁家至兰州,以后又移居四川成都。岳钟琪的祖父镇邦,在康熙帝平定吴三贵叛乱的斗争中,曾以护粮军五百人杀敌万余,所战克捷,官至山西大同镇总兵。父亲升龙,也就在此时投笔从戎,率军屡挫敌锋,战功赫赫,康熙三十五年(1695),再随皇帝出征噶尔丹,擢升四川提督。从这样一个懋著功绩的行武世家走出来,岳钟琪不愧为将门虎子,生就一双炯炯四射的目光,沉雄魁奇的身躯,英俊而又威严,足以令人震慑。儿时与群童嬉戏,就好布方圆战阵,指挥进退。稍大入学后,有一目十行的功夫,十余岁便博览群籍,通经史之书,精天文地理,而尤其爱好谈兵论剑。父亲非常喜爱这个儿子,传之以武功,并严格训导,终于使岳钟琪练就了一身的本领,有着精湛的骑射技艺。

　　世世征战的家庭熏染,代代边关风云的出身经历,陶冶出了岳钟琪不以科举求名,但凭军旅生涯卫国守疆而出人头地。他早年从军,二十弱冠已领兵转战于四川、青藏少数民族地区,身经百战,"晓畅军机,熟谙番情",很快从一个基层指挥官游击,累升为参将、副将。康熙末年,三十五岁的岳钟琪率军六百名,参加了由十四亲王、抚远大将军胤禵主持的西藏平叛之战。在对进攻西藏、屠杀藏民、拘囚达赖喇嘛的准噶尔部作战中,他以短兵相接,出奇制胜;用计招抚,先发制人;运动神速,以少胜多等灵活多样的战略战术,歼敌数千,充分显示了他料事如神、行动果敢的军事才华。班师后即升任四川提督。雍正二年(1724),岳钟琪又随大将军年羹尧进剿青海,平定和硕特部罗布藏丹津的叛乱。这是一次更大的战争,正月十一日启行,年羹尧多路分兵阻断叛军的内扰和向西藏及漠西蒙古的逃窜之路,并不断猛攻叛军的重要据点,但仍然无法接近罗布藏丹津的主力。在这关键时刻,岳钟琪建议挑选精兵五千,战马一万,由他率领,出塞歼敌。此时塞外严寒,冰冻未解,官兵饥渴,士气堪忧。岳钟琪号召将帅们和士兵同甘苦,"军井未汲,将不言渴,军食不熟,将不言饥,冬不服裘,雨不张盖",上下一心,终于找到了水源,全军欢动。岳钟琪乘势率军裹粮疾驱,日夜兼程,断敌信使,以夜行军一百五六十里的速度,很快深入十数万敌人的巢窟,迅雷不及掩耳,大破罗布藏丹津,扫穴犁庭,俘获自王公以下男女数万口,斩首八万余级,只有罗布藏丹津乔装成妇人逃奔准噶尔部。这次战争,往返不到两个月,清军取得了重大的胜利,并从此进一步加强了中央对青海的统治。岳钟琪为此立下了大功,师旋西宁之日,即受封三等公,赐黄带。雍正皇帝极其兴奋,以青海平定,大赦天下,告祭皇陵,并于太和殿行庆功礼,还御制赐诗,嘉赞岳钟琪的功绩是:

帷幄由来操胜算,烽烟早已靖殊方。
远宣王化金汤固,丕振军威壁垒张。
……
智勇原无敌,忠诚实可风。

第二年,即雍正三年(1725),岳钟琪便以参赞大臣、奋威将军的资格接替年羹尧,上任川陕总督,加兵部尚书衔。

罗布藏丹津逃到西北伊犁准噶尔部后,朝廷向准噶尔部首领策旺阿拉布坦索人,策旺念念不忘康熙末年自己在西藏的惨败,不予交出丹津。雍正五年(1727),策旺死了,儿子噶尔丹策零即位，他一面遣使来朝，一面却继续收容丹津，并整军秣马，蠢蠢欲动。四年来，岳钟琪无时不在关注着准噶尔部的军情。如今青海已靖，同时朝廷也进一步加强了对西藏地区的监督和镇抚，因此进入西藏平叛的川、陕、滇三省军队一万多人正在逐步撤离返回；西南地区的云南、贵州、广西及湘西等地，在总督鄂尔泰的主持下，打击不法土司，推行"改土归流"，由朝廷命官取代地方作恶的世袭土司，岳钟琪密切配合，使四川土司地区的整顿工作也如火如荼。西部、西南部边疆的稳定，为岳钟琪出兵准噶尔，挺进西北，提供了很好的条件。

但另一方面，似乎整个军事部署准备工作尚不成熟。皇帝胤禛如同往日十分重视每一次军事行动一样，这一次也反复与岳钟琪筹划对准噶尔的用兵之事，于朱批奏折中命他暗中准备，未雨绸缪。雍正帝对自己的这位封疆大臣充满信心，说："川陕内外事务，实唯卿一人是赖。"并告之军费问题"不必介意"，就是舍千万帑金，除却这一大患，"所得亦可偿所失"，这是一劳永逸之举，况且现今国家强盛，"府库充盈，今年的户部库帑就可以达到五千万"。但此事定要"徐徐详议"。是啊，皇上的信任是对岳钟琪守疆征战的最大鼓舞，但作为一个功臣、忠臣，岳钟琪也十分清楚自己肩上的责任，丝毫不能有所怠懈，万事都须从长从细计议。

如何选定出兵路线，沿途如何设置通讯台站，保持与朝廷的密切联系；

开战后如何进攻，如何阻击，既要拦挡敌人窜入西藏，又要防止其逃亡俄国；

此次出兵，统领几人，武官几人，文官多少，骑兵多少，步兵

多少,后勤杂役人员又该多少:

如何配备战将,使作战中相互能够配合,顺利地推进战争。

以上事项,岳钟琪不得不一一考虑。

雍正帝颇信命相,岳钟琪于数月前已遵旨将拟好的派出西征之将帅名单及各人的生辰八字奏报中央,雍正帝已批复,其中认为:冯允中"甚不相宜,运似已过,只可平守",袁继荫"亦甚不宜,恐妨寿"。数人不宜,须再作筹划,确定新人后还须再将八字上报。

军费虽不成问题,但仍然需要细算每一笔开支,除出征将士外,战马多少,战车多少,全军所需骡、驼、牛、羊、口粮、草料、运价等等,依战争的规模和持续的时间以及应变备用的数额,统统需要核定详估,或拨银随军,或拨物存储,总计也要在五百万两白银吧……

一桩桩,一件件,不知在岳钟琪那一向多谋善断的脑海里盘旋过多少遍。此时,车轴悠转,岳钟琪则神情严毅,浓眉紧蹙。

舆车已行抵总督署前西街,突然,前面似有骚动,队伍也停了下来。只见一人拦车阻道,正与兵役推攘,口里声称:"我有要事来报将军。"岳钟琪在车内见此人不像送信的吏役,是个书生相貌,随令询问何事?来人从怀中取出一封书信,秉说:"机密要事。"岳钟琪令随从接书入车内,只一瞥,见封题为"天吏元帅岳钟琪"。把他称为"天吏元帅",岳钟琪立刻心知事有蹊跷,即命将送书人带回府中,交巡捕看守,听候审讯。他匆匆赶回衙门,密拆书信,当看上第一眼时,便浑身一震,心惊肉跳,几乎不敢再读下去,但又不能不详细阅览。默读信件后,岳钟琪不禁为之失色。

这封书信署名："南海无主游民夏靓遣徒张倬上书"。所谓无主游民，就是挑明不臣属当局，不承认清王朝的统治，信的内容由此可想而知了。事发后，全文在当时从未公布过，至今也无从查找，但从后来雍正皇帝编撰的《大义觉迷录》和有关的上谕中，可窥见一斑。

来信句句犀利，字字悚然。主要内容约为四个部分：

第一，认为华夷之分，大于君臣之伦。强调当今大丈夫立天地之间，尽忠守节，首先要区分华夏与夷狄的不同，不要效忠于夷狄政权，以此否定清王朝统治的合理性。

第二，以胤禛谋父、弑兄、屠弟、贪财、好杀、酗酒、淫色、怀疑诛忠、好谀任佞等十大罪状，否定雍正称帝的合法性。

第三，以雍正统治以来，"寒暑易序，五谷少成"，荆、襄、岳、常等郡，连年洪水滔天，吴、楚、蜀、粤久涝久旱，土田尽为富户所收，富者日富，贫者日贫，"山崩川竭，地暗天昏，积尸载路"，老百姓已无法生活下去了。"湖广、江西、广西、广东、云南、贵州六省，在我一呼可定"，阐明反清的时机成熟了。

第四，以岳钟琪是宋武穆王岳飞的后裔，不应"戴皇祖之仇以为君"，"俯首屈节尽忠于匪类"。"今握重兵，据要地，当趁时反叛，为宋明复仇"。策动岳钟琪起来造反。

这是一封烫手烫心的信，这是一封性命交关的信，岳钟琪手持信件，真是心摧目裂，怒发冲冠，他十分清楚这些年来自己的处境。

川陕位置险要，南可以遥控云、贵、湖广，北可以牵制冀、豫、京都，是清王朝西北边的最后一道防线，也是朝廷联络西藏、青海、甘肃、新疆等地的大本营。康熙十九年（1689）明确规定，川陕总督必须由八旗人员担任,从那时以来,此职务一直把持于满员手中,且权势日重。康熙帝统治的最后时期,曾让皇十四子、三十二岁的胤禵以抚远大将军衔任最高统帅率军西征西藏,平定准噶尔叛乱。雍正帝即位之时,便将胤禵从西北前线调回软禁,改命皇族贝勒延信管理抚远大将军印务,但必须与川陕总督年羹尧共同执掌西北军务。半年后,雍正帝再发出谕旨:西北军事"俱降旨交年羹尧办理,若有调遣精兵、动用粮饷之处,著边防办饷大臣及川陕云南督抚提镇等俱照年羹尧办理"。这样,年羹尧已掌握了整个西北军事的指挥权,取代了抚远大将军延信的权力。两年后,即雍正三年(1725),年羹尧出事,川陕总督的职务便由岳钟琪担任了。岳钟琪以汉官高任如此要职,获取殊荣,这在有清以来是个破例,终清一代也是少有仅见。岳钟琪知道,这表明自己深得皇上的宠信。当然,这样的信任无不是自己多年的奋斗,以封疆大吏的资历,凭文武之才,屡建奇功取得的。再者,也许更不可忽视的是,雍正帝从不把科目中人看成选举官员的惟一来源,因此,作为本朝第一名将,自己既非科甲出身,又不参与朝中朋党,更没有年羹尧的"狂妄悖逆"、"越分貌法",所以才被雍正帝看中,谕称道:"岳钟琪服官有年,勤劳素著","洁己奉公,深知大义,不附邪党,不事钻营"。但无论如何,以一个汉人受到清王朝的如此重用,君臣相遇相知,这也就着实不能不使岳钟琪有着发自内心的对皇上的异常感激之情了。

感激自不必说,同时,皇上的宠信也并未使岳钟琪轻松自喜、头脑发热。他很清楚,自己以一汉官任要职,手握天下劲兵,无疑会震动朝廷内外,招来许多大臣的嫉妒和猜忌。人在显位,就难免不成为口舌议论的中心。当此时,奉承、攀结者有之,讥讽、诬陷者更有之,这些都能置人于死地。几年来,雍正帝处心积虑排除异己,其盘算之周密、手段之凶狠,他又如何不历历在目呢!雍正践位以后,先是集中打击同他争夺过皇位的诸多兄弟的势力;接着,重点粉碎年羹尧集团;然后,倾全力处置隆科多集团。其中,对年羹尧的处置,岳钟琪是再清楚不过了。这年羹尧可是雍正皇帝还在做亲王时的藩邸旧人,又是雍正帝位登九五的最得力的支持者之一,可谁料想雍正帝登基后的第三年,年羹尧竟因招权揽贿、擅作威福,成了一名阶下囚。想当年雍正帝就是以动员川陕官员揭发年羹尧的罪行这一手段对年氏集团一网打尽的。当年,在岳钟琪的奏折朱批中,雍正帝曾指出:年羹尧"昏聩至极,一切章奏悖谬乖张,诸凡举动狂妄纵肆甚属不妥",年羹尧"如此负朕,亦大奇事,朕实愧对天下功臣"。雍正帝同时让岳钟琪详查川陕两省副将以下、千总以上的将官,凡是年羹尧"冒滥题补"的人,一一剔出。可见凡是妨碍皇权巩固的人,雍正必使他们一个一个地倒在自己的脚下。真所谓伴君如伴虎!岳钟琪又何尝不是如履薄冰,如临深渊呢!他必须对雍正帝无限忠诚,百倍地小心谨慎,稍有闪失,即可遭致杀身之祸,引来灭顶之灾。宦海难撑船,为官多年,自己不正是总处于进退维谷的尴尬之中吗?世人广传岳钟琪是宋朝岳飞的后代,想排挤他的人,自然风言风语,以岳飞是为抗金而丧命的,宋为金破,明被清灭,清朝原称后金,金与后金是一脉相承的"异族",于国于家,岳钟琪必要为宋明复仇。早在年羹尧得罪时,即有人密奏皇上:"岳钟琪是年羹尧的干儿子,年无事不与他私商,他平日里就深知年羹尧奸恶,却沉默不语,明显是早已成为年的党羽,所以岳钟琪是宁肯负皇上之恩,而不肯背弃年羹尧。"原四川有个巡抚蔡珽,曾被年羹尧上奏劣迹,要求革职治罪,后来年羹尧败露,蔡便被宽大起用。岳钟琪代年羹尧为川陕总督时,正受信用的蔡珽多次在皇帝面前谗毁岳钟琪心怀叵测,不可深信。岳钟琪入觐皇上,路过保定,此时蔡珽正在直隶总督任上,他告诉岳钟琪:"怡亲王对你非常恼怒,皇上藩邸旧人傅鼐也告诉你要小心。"怡亲王胤祥是雍正帝最亲信的兄弟,说胤祥恼怒岳钟琪就等于是说雍正帝恼怒他,这使岳钟琪惶惶不安,不知如何是好。直到两年后,岳钟琪等奉旨查出蔡珽有两起重大受贿案:一次受贿六千八百余两白银和冒销藩库银三万两;再一次是接受夔州知府程如丝金九百两、银六万六千两的重贿,保奏程如丝为四川第一好官,并庇护程如丝以半价强买盐商私盐和放枪杀人的案件。最终朝廷判程如丝处斩立决,蔡珽处斩监候,并同时以蔡珽诬谤岳钟琪而治罪,这一起对岳钟琪的谗毁事件才算告一段落。

然而,风波远未平静。不久,四川布政使佛喜又密奏岳钟琪亲戚故旧布满川省,应"防微杜渐"。

更有甚者,雍正五年(1727)六月,四川成都竟发生一件荒唐的事。一天,忽有一男子名叫卢宗汉的沿街叫喊:"岳公爷带领川、陕兵马就要造反了",号召人们"从岳钟琪谋反"。这一声灭门九族的叫喊,对岳钟琪简直是晴天霹雳。他不仅没有这样的行动,也从来没有这样的想法。雍正帝对他的抬举已经超出一般常规,他想报恩还报不完呢。更何况岳钟琪心里明白,即使有此想法,他又哪里是雍正帝的对手呢!于是他命令四川巡抚黄炳、提督黄廷桂将卢宗汉拿下,自己则诚惶诚恐地飞报朝廷,表明心迹:"臣不敢檄讯,又不敢隐匿",请皇上处置。并以谗毁者太多,请求解除自己川陕总督的职务。后来经过黄炳、黄廷桂严加审讯,查明卢宗汉是个疯子,因田土私事而生造谣言,并无人主使。最后以卢宗汉妖言惑众,诽谤国家大臣的重罪处死了事。对于此事,雍正帝极力安抚岳钟琪,告诉他:"这几年在朕面前谗谮你岳钟琪的太多了,仅'谤书'就有一箱子,说你是岳飞之后,终有一天是要报仇的。其实这些话真是荒唐悖谬,而疯子卢宗汉的行为,那或许是蔡珽、程如丝辈怀挟私怨,暗中指使的,或者再有其他的拨弄之人,也未可知。"雍正帝还明确表示,对于岳钟琪这样一位懋著功勋的将领,"朕故任以西陲要地,付以川陕重兵",鼓励岳钟琪继续担当川陕总督的职务,协助皇上治国安民,使天下稳如泰山,使大清坚如磐石。雍正帝对岳钟琪没有任何怀疑,信任如初,并继续与他商定对准噶尔用兵之事,这使岳钟琪受到极大的慰藉。但一系列的事情发生,也可以说明在诽谤岳钟琪的言论中,除了说他是年羹尧的亲信外,一个很重要的内容就是说他是岳飞的后人,要报昔日宋金之仇,要替汉人雪恨,举兵反清。上上下下,持此说的可谓大有人在,这已形成岳钟琪的一块心病。

如今,这张倬、夏靓,又以岳钟琪乃岳飞后代这一理由上书策反,岳钟琪真是如鲠在喉,欲吐不能。这难道又有什么疯子兴风作浪,或许是什么人的拨弄安排?命运为何偏要与我作对呢!岳钟琪惊骇、焦虑、暴怒。他下定决心,追查彻底,亲自提审张倬。

"张倬,夏靓,你们这是异想天开,自投罗网!"

诱供:软硬兼施

已过晌午,岳钟琪派去密请陕西巡抚、满人西琳来一道审讯的兵弁回报:巡抚大人正在教场考查满洲官兵,未在府中,待家人传报,立时即至。

岳钟琪强压住一腔怒火。

"把送书的小子押进大厅!"不一会儿,那书生模样的人双手反绑,被带了进来。

四目相对,沉寂片刻。岳钟琪上下打量着来人。来人在三十岁左右,倒有几分清秀,表情则十分坦然,仿佛大事在胸,成竹已定。岳钟琪心想:"我定让你招供服法。"

"你叫什么名字?"

"张倬。"

"从何处来?"

"千里之外。路经贵州、四川,多方打听方知将军已驻陕西,辗转到此。"一口浓重的乡音,岳钟琪听出,这是个湖南小子。

"只你一人来此?"

"不,我与堂亲同行,他在半路返回。"

"千里迢迢,你到此何干?"

"投书将军,共举大事!"张倬激动起来。

岳钟琪双唇紧抿,握着的手心已捏出了湿汗。"狂妄之徒!你知道这是抄斩九族的大罪吗?你有何身份?"

张倬神情一沉:"我不过一个乡间读书人,身家性命谁人不惜,但事关天经地义之所在,舍身可以取义,我亦在所不辞。"

好你个嘴硬的张倬,到这里来饶舌了! 岳钟琪提高了声调:"说,是谁派你来的?"

"七尺之躯,自定主意。"

"混账! 这信的落款明明写的夏靓,你如何说自定主意。无业游民夏靓与你这书生是什么关系? 你们互相串通,到此投递逆书,煽动造反,受何人指使,何处策谋,从实招来,免你刑法!"

张倬轻声一笑道:"夏靓是我的老师,是我尊敬的先生,我们志同道合,我甘愿走此一遭,给将军献书。将军的先祖乃大宋武穆王,您是汉家的儿男、忠臣的后代,想必不会数典忘祖吧! 内夏外夷,君臣纲常,乃孔圣人的《春秋》大义,将军也一定深知明晓! 如今将军不以明亡之恨为恨,背祖事仇,上何以承继祖德,下何以正听百姓?如若以将军的威望和重兵在手,高张义帜起兵东下,天下自有揭竿响应的壮观景象,这才是将军应有的抱负。攘夷大义,何人不知,何人不晓,难道还要受人指使,凭人策划吗?"

岳钟琪直听得如坐针毡:"住口!看来你是不受刑罚,不肯实供呀!来人!"岳钟琪一拍桌子,站了起来。

张倬只说了一句:"岳武穆王何以瞑目!"

"拿下,后堂用刑!"这声音冷得寒入肌骨。

顿时,左右兵役齐上,扭翻了张倬,拉下去便先打了数十刑杖,岳钟琪没有听见一声哼哎。下令再打,张倬仍只字不吐。

岳钟琪厉声道:"上夹棍,用重刑!"

此时张倬已遍体鳞伤,仿佛觉得自己模糊的血肉之躯在木夹内就要粉身碎骨了。他脑海里茫茫一片,只记住了老师的一句话:"去了只管献计献策,不必告之我们的真实姓名和住址。"他暗下决心:"就是打死我,也休想拿到我的任何口供!"重刑之下,张倬再次晕厥过去。岳钟琪看用刑不行,这蠢汉,如此倔强!喝道:"放夹,拘押起来。"

岳钟琪心中烦闷,这件事他实在怕沾边太多,一人独审,旁无见证,是十分不利的。他随即给皇帝上了一份密折,恳请圣恩,准予将张倬解送到京。

午后,忽报:"巡抚大人到。"陕西巡抚西琳已入见,礼毕入座。不一会儿,按察司硕色也匆匆而来。

"来得好!"岳钟琪正陷于苦思冥想之中,急忙叙述了事情的经过,并告之正准备奏明皇上。三人都深感事情来得突然而又严重,不禁想起先帝康熙老爷子统治后期以来,各地州县的奸徒窃发之事已不胜屈指,而且动不动就以前明朱姓复仇相号召,如一念和尚案、朱一贵案,近日又有山东人张玉假称朱姓,说是明朝后裔,鼓惑造反,前不久才被步军统领衙门拿获究问。如今这又生生地冒出个张倬,更追宗循祖,搬动出大宋岳飞的旧账新仇,竟闯进了总督府犯事,不收拾如何得了。可目前犯愁的是怎么从张倬的口中套出其同党和阴谋。"有了。"只见巡抚西琳眼眉一抬:"大人需向皇上详细秉明,讨得教导。我以为……"他低声地比划着,直听得岳钟琪连拍大腿:"好,好,就这么着!"

这日未再有动静。入夜,张倬在难忍的疼痛中醒来,突然觉得有一种离奇的感觉。昨天,在奔赴川陕的大道上,自己还是雄心勃勃,今天,已经横尸一般的躺倒在这到处弥漫着阴土味的牢笼里,人生变迁竟是如此的不可思议。一腔热血,满腹希望,成功的信心,仿如隔世曾见过的海市蜃楼,一下子又烟消云散了。

张倬的思绪飘出了高高的窗栏,很远,很远……

自己从小生长在山隈里,就像囿于井中的青蛙,可总想看到井外的大海,只因僻处穷乡,家世寒微,考场难以及第,更无缘得见当世的贤士大夫了。到了二十五岁,才有幸遇上自己的老师,负笈从游于他的几席之下。多年来,师生投缘,自己不仅学问长进,更在老师的指点下,访学各省,交流名士,体验社会。如今,大义在此一举,难道我这真是飞蛾扑火,自取灭亡吗?想那日,自己走出山冲时,老师也曾把自己这趟远行比作荆轲图匕之举,凶多吉少,但彼此心中都寄托着一线希望,策反岳钟琪也许还是有可能的。只在这一瞬间,一切都完了?岳钟琪似乎根本没有叛逆朝廷、举旗造反之意,那么外间对岳钟琪的传闻都是错的?今天这场严刑毒打是给我的下马威?我将在此了结一生?他想动弹一下,一阵钻心的痛楚袭来,他又昏昏迷迷地朦胧过去了……

不知过了多久,张倬忽然觉得有一股小溪正从山石间涓细地往下流,清澈甘凉,他真想挪上前去,大口大口地吸吮,但那横在自己面前的障碍总是无法逾越。他拼命地挣扎着,挣扎着,终于他越过了障碍。他睁开了眼睛,原来是一个兵弁在给他那焦灼的嗓子慢慢地灌着汤水。此刻,他舒坦多了。只听兵弁说:"大帅,他醒了。"张倬这才发现岳钟琪也在场,还有个郎中模样的人正在给他擦洗创伤。

岳钟琪走上前来,面带悦色道:"张先生受苦了。听看押说,这一夜你都在说胡话,一大早,我便带了军医来看你。还好,只破了皮肉,未伤动筋骨。不知先生现在感觉如何?"张倬心中不免感到些宽慰。但他一扭动,不禁"哎"了一声,转过身来,对着岳钟琪只木然地说了声"还好"。他等着岳钟琪继续刑讯。岳钟琪转过身吩咐兵弁:"扶先生到我的密室。"随后,看了张倬一眼,扭头出去了。

张倬吃了些兵弁送来的蛋花粥、馍,便被搀扶着来到另一间屋子。房里陈设很简单:迎面有两扇素雅的屏风,一张挺大的公案桌放在屋子的当中,桌面上摞着些文书,放着纸、砚,几把红木环背椅随意地围着桌子,东墙下一张别致的小几,几上已摆好了一壶茶。岳钟琪早已坐在那儿,待张倬进来,指着茶几旁的另一张椅子,示意他坐下。这时,随从们已退出。

"张先生,看你真是一条好汉,我们推心置腹地谈谈。"张倬疑惑地看了岳钟琪一眼。岳钟琪继续说:"昨天,你在大街上投书,让人全看见了,讯问你时,又只是含糊其辞,不将你的老师及实在住处说出来,我怎能不怀疑?这么大的事,我怎能不慎重呢?所以我不得不刑讯一番,看你诚伪。"张倬只低着头,一声不吭。"你究竟从哪来?"

"广东。"

"你老师如今在何处?"

"在广东。"

"何时动身来西安的?"

"五月动身,九月到此。"

"哦!"岳钟琪为张倬斟了杯茶,"你也许听说过年羹尧将军吧?他出事前,湖广人有个叫邹鲁的,先是与年羹尧同谋,后来又去告发他。要知道游说之士的话,我可不敢轻信喔。你来投书,我怎么知道是不是我的仇家设下的骗局,诱我上当呢?如今这社会上对我的各种传闻还少吗?我要做大事,又怎么能坠入仇人的圈套中。我昨日之作为,实在是不得已呀!"

张倬只动了动身子:"将军昨天的举动,倒使我今日再不敢相信你了。"

"这倒大可不必。先生难道不知道吗,设鼎镬酷刑以待说客,自古有之,这其中是有深意的,你又何必耿耿于怀呢?昨日倒是让我了解了先生。看你深明大义,视死如归,知你是大有气节之人,不是利害所能摇夺的。我实在是非常佩服先生,所以我今日只想推诚奉问,先生切莫再有疑虑。先生如能给予切实指陈,使我心中了然,我自能掂量出这不是捕风捉影之论喔。"

"将军,不是我跟你计较。从你昨天的举动,我也知道你断不肯与我们共同举事的。我也知道我今来此,你也是断不肯让我活着出去的,你又何必拿话来哄我呢?"张倬撑起身来,只想结束谈话,欲往外走。

"那我倒要请教先生,"岳钟琪仍把他扶回椅子上,说道,"自古以来,总因天下多故,方有人从中取事。如今国家升平,并无一省作乱,你的老师夏靓有何所见,敢突然令你远道投书,冒昧举事?"

"冒昧举事?将军您真认为如今是圣明在上、太平盛世吗?百姓的贫穷疾苦,你不闻不见吗?"

"言过了,陕西百姓就不穷。"岳钟琪辩道。

"在您眼里,百姓不穷。在我眼里,湖广连年大水,积尸载路,百姓还不苦吗?"

"此乃天灾,与人事何干?"

"当此之时,贪官污吏巧立名目,催征租税,聚敛无厌,天灾连及人祸,有谁倾听百姓的怨愤,有谁下问百姓的苦楚?这天灾与人事如何没有干系?我等起事,只为救民。"

"不过湖广灾荒仅数县,朝廷已经多次赈贷,况且各省更好的去处,至少在我陕西之上的地方甚多,你却不尽知之了。你们一地起事,难道不是鸡蛋碰石头、螳臂挡车吗?"

"将军终是胆小怕事。"

"此话可不能这么讲。你能告诉我接应者是谁,在什么地方聚会,何处传檄可定,何处可以用兵吗?如果对这些问题你感到茫然,一无所答,终是胸无成竹耳。"

张倬欲言又止,稍停片刻,便说:"这不难,不过我要拿到你真心起兵的凭据才肯说。"

岳钟琪说："要凭据也不难，可到底能不能成事，不要弄不成反而全暴露了。"

"将军尽可放心。在你义旗一举，则湖广、江西、广西、广东、云南、贵州六省，在我一呼可定。"

"哦，何以见得？"岳钟琪心中警觉起来。

"此六省连年遭灾，百姓愁苦，颠沛流离，僵扑道路者比比皆是。因此只在我一呼，六省皆可定，还怕不能成事吗？"

岳钟琪说："我在四川时，深知云贵官民相安，你怎么能说那里的百姓易动呢？"

张倬说："你不记得当年吴三桂在云南一麾即起吗？这就是云贵会响应的明证。"

岳钟琪问："那么江浙如何？"

张倬答："不知道。"

岳钟琪又问："晋豫如何？"张倬也答不知道。岳钟琪又问："四川如何？"张倬说："四川我也不知道，我只知此六省。只要六省一起，若再有川陕，他省不足忧也。"

岳钟琪想了想，似乎下定决心，说："好，你要我的确实凭据，莫如我派人跟你去，把你的老师以及你们一起商量举事的人都聘来，我等共同策议。"

张倬唯唯，转而一想，又说："这可不行，现在我师在何处不能告诉你。"

岳钟琪显出无奈的样子："你始终对我抱有疑惑，不肯相信我呀！"他不动声色，看了一眼张倬脸上的表情，然后很干脆地说："你既然不相信我，不如我放你走吧，任你自己去做，我也不问,怎么样?"

张倬心中略有所动,他仍然抱着策反成功的一丝希望,于是说:"你放我不得了,因为昨日你刑讯了我,外间人们早知道了。倘若你放了我,将来朝廷责问下来,不是你自贻祸患吗?"

岳钟琪说:"我若不放你走,就必须据实奏报。从此朝廷会怎么看我?知道谋反的人都来约我,势必疑我,我还有一日的安宁吗?现在我已经骑虎难下了。说我愿意起事,你又不愿意告以实情,使我心中有底。也罢,我不得不放你去了。倘若因外人传言,朝廷察觉,将来追究的话,我只说是个迂腐书生条陈时事,语言狂妄,经过审讯已经释放,这也就没有形迹了。"

张倬心想,我倒要你骑虎难下,不得不反,便说道:"你说得也有道理,但我断不信你。这次来,我已将生死置之度外,就是死也死得其所。因此你即使实意放我,我也实意不去了,我一定要拿到你的凭据才行。"

岳钟琪笑而摇头:"先生真乃有骨气。先生就暂且留下,我们再作密议。"随后唤进随从吩咐:"好生伺候,以宾客之礼相待。"张倬便被带了出去。

只听得一声轻响,西琳从屏风后面走了出来。原来这屏风后的北墙有一扇小门,通着另一间屋子,实在是隔墙听话的好去处。岳钟琪因不能取得张倬的信任,套不出口供而早已不耐烦了。西琳笑道:"大人息怒,这厮不过是自作聪明耳。只要他在此一日,就不愁他不露蛛丝马迹。"两人相视,点点头,岳钟琪心里盘算着怎么给皇帝上这份奏折。

两天来,岳钟琪把张倬留在署内,好好招待,每日请医生替

益觉迷

他诊治,外敷内补,创伤日渐痊愈。岳钟琪还特意派了位贴身臣仆与张倬朝夕同处共寝,态度和顺殷勤,照顾十分周到。张倬万万没想到这岳钟琪的贴身仆人,其真实身份竟是长安县的知县,名字叫李元。李元自称是"王大爷",一口地道的湖南口音。张倬身陷囹圄,异地遇同乡,又感他厚谊,也就未多防备,自然比对其他服侍的兵弁亲近些。两人不时地拉些家常,只是一触策反之事,张倬便一味支吾过去。

这晚,"王大爷"拿进来一套新制的青布衫服,让张倬换上。张倬穿上后十分得体,精神也比前日好多了,两人于是又坐下来把酒缓言。张倬不解地问道:"大爷,大帅与我为仇,何故又要这般待我,他究竟是个什么样的人?"

"是好人,是个堂堂的汉子。""王大爷"说,"这川陕军民,谁不知他,反对苛政,忠义爱民。"

"那你说说。"

"王大爷"若有所思地说:"你不知道,川省虽有天府之称,可那好去处也是人多地少,地不经种。大帅深知安民安心,尤其看重查丈隐田。每至清丈地亩,必捡选精练官员。百姓果有冤狱下情,准其控告,一经查实欺隐之事,必严惩不贷。仅此,川省百姓无不赞叹。再说陕西,风碱干旱居多,岳大人设法动用正项钱粮,疏漕了郑渠、白渠,挑挖龙洞,使泾阳一带的田地收成好多了。一遇灾荒就减税赈粮,差徭繁重的悉令宽免,就更不必说了。在军队里,岳大人从不克扣兵饷,各衙的养廉银也从不拖放,这可是官兵们最欣慰的事了。"

"是,我早也听传,西边有个岳公,甚爱百姓,得民心,人最肯服他。"

"哦,那里还有人说与你听吗?""王大爷"故作惊讶。

"湖南、广东,那里的百姓搬家到四川,往返间有从我门首过的,多有此说。我认识一个叫何立忠的,他就说陕西有个总督,甚是爱民。不过……"张倬看了看"王大爷",又说,"听说当今皇上每每过疑他,防他权重。"

"哦!哦!"王大爷"满不在意的样子。

"传说岳大人曾上一谏本,说些不知忌讳的话,劝皇上修德行仁。年羹尧被杀后,皇上就屡次召他进京,要削夺他的兵权。大人顾虑,三次召见都没奉旨。皇上见他守死不来,转疑更深。因他是朝中大学士朱轼保举的人,皇上随遣大臣朱轼亲自到陕西一趟,岳大人才同朱轼一同进京陛见,奏说皇上用人莫疑、疑人莫用等语。"

李元听着心想,真是说得有眉有眼。只见张倬继续说道:"皇上听说如此,又见他亲身来了,前疑消释,后复许他回任陕西。岳大人不肯去,要人保他方肯去。皇上问朱轼,朱轼不肯再保,皇上又问九卿大臣,九卿大臣也不敢保,皇上乃亲自保他去了。出京城方四日,又有个大臣奏本,说岳钟琪和大臣朱轼是内外阴结党援,皇上屡次召他进京,他不肯来,则他目中无君命可知;及朱轼到他任上,他又不疑,欣然进京,则他与朱轼为心腹又可知;今日回归陕西,朱轼是原保举人,理应保他,乃又不保,此是朱轼脱身之法,明晓得岳钟琪将来必有变志,期日后皇上责备他不得。这是他们已有预谋造反之迹,实不应该让岳钟琪离京。皇上于是翻悔无及,前疑越坚,乃差朝官吴荆山去追赶大人回京。大人不肯转身,吴就在路上自刎了。岳大人回到任所,立刻上章非议朝政。不知确有这些事否?"

李元并不作答，只见他起身出门，左右四下瞭望，见无人走动，便返回屋中，与张倬附耳道："所说未必详实，但现今皇上也很疑忌大人，大人确有隐衷。"

张倬急忙追问："既是如此，大人何故不反？"李元道："大人屡想发难，只惜无心腹智谋之人帮助，所以隐忍未发呀！老弟此行，他极为佩服，私下里几次与我说你是湖南好汉，只叹你见疑太多，不能诚意合作。"

张倬听到此，已似信非信："岳大人果有此心，我虽死也值得，但恐他口是心非呢。"

"实是你不解他心。"

这一夜，张倬的心中再一次腾起了希望。

又过了一天，这日是九月二十九日。傍晚，岳钟琪特地置办了一桌酒菜，安排按察司硕色于密室内间坐听，随传令请张倬如署进餐。张倬今日似乎情绪也格外得好。

席间，岳钟琪首先举杯："为先生洗尘。"二人一饮而尽。随即，岳钟琪说道："这两日，老王多次与我叙叨，说先生是个有为青年，我也深为先生此行所感。实不相瞒，要举大事，我这川陕总督，数万军马在握，数千里领地驰骋，说一声举义旗，千军万马即刻就能杀出三秦，以我之威望相传，天下各地督抚必有应者。如今欠的就是共谋之人，肝胆相照，周密策划。"借着饮酒，岳钟琪又发了许多牢骚话，表示早有起兵谋反之意。张倬听着不禁为之深深打动，仿佛眼前已经看到那浩浩荡荡的队伍正以雷霆之势，横扫一切。往日的忍耐、愤怒、不平，全都宣泄了出来。岳钟琪也装作激昂慷慨的样子说："先生既来共谋大事，舍生忘死,我岳钟琪身系汉家安危,仰承祖宗风烈,一世再难有此机缘。"说到这,岳钟琪那饱经风霜的脸上越显出满是诚意、忧患、乞望,眼里不禁注满了热泪,一低头落了下来。他再次看着张倬说:"先生,咱们真该剖诚相见,请你的老师来详细密议,机不可失,时不再来。"

张倬早已按捺不住,周身热血沸腾:"将军,莫怪我这几日犹豫唯喏,我盼望的就是将军的诚意、胆识。今既说到此,我再无顾虑,愿以一生,跟随将军,图大事成功。不知将军有意否?"

岳钟琪慨然答到:"既然如此,不如我们结为生死兄弟,就在此撮土为香,设坛盟誓!"张倬更受感动,也不推辞,说:"好!"

于是二人设台焚香,南面而跪,发誓生死相交,结为兄弟,为天下苍生,为光复汉家,迎聘伊师,共举义旗,奋起讨清。如有违誓言,定死于刀箭之下,永世不得轮回!

在封建社会里的人看来,一经发誓,就不得反悔,不然是要遭报应的,所以这是一件十分郑重的事。岳钟琪假戏真做,用他后来给皇帝奏章中的话说是:"惟知有国,不知有身"。由此可见他对清皇室的忠心了,同时也可见他在政治斗争漩涡里残酷、诡诈的一面。可怜的是那个从未见过世面又毫无政治斗争经验的山村读书人竟信以为真,完全解除了武装,在神秘与激动之中,将其老师的真实姓名、居地,并平素与伊师往来交好、诋毁清朝之人的姓名、居地一一吐出。

搜捕:天罗地网

雍正六年(1728),九月二十八日。

岳钟琪的第一份八百里加急奏折,直接呈送到了圆明园勤政殿雍正皇帝的龙案上:"陕西总督臣岳钟琪谨奏为冒昧密陈恳祈恩鉴事……"岳钟琪把两天来出现的突发事件及审讯情况忐忑不安地奏报了皇上。因初审无结果,遂诚惶诚恐地提出了自己对处理事件的初步意见:

臣伏念受恩深重,今遇此等奇幻之事,故为种种诡言,意在得其实状方可奏闻。乃臣等细勘张倬狡黠奸深,加以严刑,既无惧色,即百计诱之而仍坚不可破,不但一时不能确讯,即讯明,请旨摺奏往返未免时日耽延。为此密恳圣恩,准将张倬解送到京,请敕亲信大臣设法细讯,务得其实,以便就近请旨,缉拿同党,庶事机可密,完结亦速,不至久羁时日矣。

这真是一件天下未见、亘古未有过的异事。一个小小书生,竟敢于光天化日之下,不远千里,直奔野战军营,力劝主帅倒帜造反,真乃不知天高地厚,滑稽之极。雍正帝阅览奏章后即刻批复。第一句话就是:"竟有如此可笑之事,如此可恨之人。"

皇帝毕竟是皇帝,在岳钟琪看来担待不起的逆反大事,对雍正这样一位曾经沧海、历经磨砺、独揽朝纲的皇上看来,这类的事经的还少吗?这有何可惊可诧的呢!但实在可气可笑罢了。

在这份奏章中,岳钟琪还有一点说明,即夏靓的逆反书信理应随摺进呈,但因"其言绝灭彝良,悖乱罔极",不敢"冒昧呈览,上亵天聪"。于是便将这些信件连同从张倬身上搜出的其他物品密封一处,候旨处理。可见岳钟琪是十分谨慎的。正由于岳钟琪的奏章中并未把信的内容全盘细说,所以,雍正帝也就没有立刻作出大的反应。

皇帝毕竟还是皇帝,城府更深。雍正帝非常宽恕地告诫岳钟琪:"此事在爱卿是利害所关,朕能够体谅你的不得已而为。但料理急了些,当缓缓设法诱之,何必当日追问,即加刑讯?这些市井俗人既有是胆为此事,必是一亡命不畏死之徒,便解京亦不过如此审问,那人必料无生存之理,又何能说出实情呢。你可以从容暂缓,徐徐设法诱问。"于是这审讯的球又踢给了岳钟琪,并启发道:"可将圣祖六十年深仁厚泽,朕继统六年勤政爱民、加恩于百姓之善政,详细开示劝导,看他如何对答,讯情不必隐讳,据实奏闻"。

九月三十日,岳钟琪的第二份密折很快又飞奏呈送到了雍正皇帝的手中。岳钟琪奏道:"本月二十八日上奏,臣因见张倬坚忍练刑,又难计诱,故请辞把他押赴京师审讯。但谨慎思考,此等重情不求速得实状以慰君父之心,则臣子所应该做的更有何事大于此呢?于是拜发密摺后,臣立即改变主意,令长安县事咸宁县丞李元假称我的仆人,就近署闲房与张倬共寝,送裘致酒,缓言相询。隔一日,臣复传按察司硕色于密室坐听,然后令张倬入署,与之盟誓。"岳钟琪这一套装腔作势的绝招,竟与雍正帝"徐徐设法诱问"的指示不谋而合,且已灵验。雍正帝看阅奏章后,也着实对岳钟琪的忠心表示了一份感动,说他览奏时"不禁泪流满面","爱卿的一颗赤胆忠心,天祖可鉴。此等盟誓,再无不消灾灭罪,赐福延生之理。朕看到这感动之处也实难笔谕表达心情"。"朕与卿君臣手足,有无量之善缘,卿协朕为国家努力,岂泛泛之可比拟,朕自心处嘉悦之至。"君臣之间,如此剖心见胆,又还有什么可说的呢?而雍正帝大动真情,对臣下灌米汤的手法这也是早已使用过的。如今用在岳钟琪身上,更是甜言蜜语地说道:"朕之诚实卿必尽知,而卿之忠赤,朕实洞晓。朕惟朝夕焚香对天祖叩头,祝愿祈我良佐多福多寿多男子耳。"为了收买臣下的忠心,不惜赌咒设誓,这在历代皇帝身上也是少见的表现,但这恰恰反映了君臣之间的猜疑、危惧。这些都是张倬一点儿也不知道的,一点儿也没想到的。

张倬自那日同岳钟琪盟誓倒清起,便不断地叙述他的老师、同伴以及他们的行动始末。

于是自那日起,岳钟琪的一份份奏折飞报给了皇帝。

岳钟琪高兴的是,案情有了重大突破。而雍正帝感到惊心动魄、决定大动干戈的是,此案竟直截了当地冲着他来,用夷夏之防的传统道德否定清王朝统治的正统性,用罗列十大罪状来否认雍正为帝的合法性。总之,清朝不应当朝,雍正更不配称帝。雍正帝内心的那份隐痛被深深地触及了。到十月上旬,那封策反逆书摆到他的案几上时,他感到自己遭受了莫大的污辱:"朕览逆书,惊讶坠泪……梦中亦未料天下有人如此论朕也,亦未料其逆情如此之大也。"固然,他在全国到处都有暗探查访,他又实行秘密奏折制度,他能很快地获得各地的消息,所以他知道关于自己嗣位和惩办党人、功臣,在朝野中是颇有一些议论的。然而他是身居九重之上的孤家寡人,有些事情臣下不便奏闻,也不愿多惹麻烦,所以底下究竟议论到什么程度,他还是不甚清楚的。即便清楚一二,他又有何借口大动肝火,挑明论战呢?如今这逆书出自一个离宫廷不能再远的一个山野匹夫之口,且横竖条理地给他加了十大罪名,这是他怎么也没预料到的。他向岳钟琪道出心中的不平:"就是寻常诬陷一个普通人,也是要遭恶报的;如今毫无影子的事竟然能诬控一国之君,真乃无人心者干的事。"他愤怒、他敏感、他警觉起来。一个身居穷乡僻壤的"山野小民",怎么会有如此深邃的思想,又怎能洞悉宫内朝中错综复杂斗争的种种细节呢?他断定投书谋反案绝非偶然,绝非孤立!

于是雍正帝越来越明确地意识到:此案背景并不一般,他要查个水落石出!

张倬招供:原来"南海无主游民夏靓"的真实姓名叫曾静,是湖南郴州永兴县人;张倬的真实姓名叫张熙,是湖南安仁县人,乃曾静的学生。

曾静,出生于康熙十八年(1679),如今已是五十岁的人了。早年曾是县学生员,多次跻身科举,但屡试不中,于是州试以后不再进取,放弃举业,回到乡中教书讲学,收授门徒,人称蒲潭先生。曾静居住狭僻山谷,家境贫寒,虽失意科场,却备受学生张熙推崇爱戴。在张熙看来,先生人穷志不短,很有学问,满腹韬略。他的读书杂记《知几录》、《知新录》,理论很深。师生二人虽分先生弟子,实为密友。此次投书西安,张熙就是要让岳钟琪知道,他的老师是韬略大不可量之人,但能聘用,何愁大事不成!

可张熙又哪里是岳钟琪的对手呢?

岳钟琪讯问:"连日来,你信誓旦旦,只说义旗一举,湖广各省便一呼可定,凭据则仅仅是民情可依。我看这不是一件轻而易举的事,但凡以民情可据为凭是万不可信的,必须自己有兵有粮有巢穴,方自信一呼可定耳。"

张熙答道:"我等同志数人,坚信举义之理,是终能成气候的。"

岳钟琪及时话锋一转:"对,必须有智勇兼备之人方可济事!"

张熙眼睛一亮,道:"我的老师曾静,以及他的好友刘之珩、严赓臣等,俱有本领、韬略,大不可量,如能聘用他们,何愁此事不济?这湖广六省一呼可定,也只是我的老师才有此智略。我一个后生小子,不过是奉命致书,传达老师的嘱托罢了。"

岳钟琪听后,直嘘了一口气。接着他反复盘询,细听其言,发现但问及兵粮之事,彼即支支吾吾,不过是极力推崇老师曾静,劝其聘用。这倒使岳钟琪心里一块石头落了地,在一个军霸一方的将领看来,手中无兵无粮,仅靠舆论惑乱人心、潜谋不道,这大抵就是那些迂腐儒生们的"最高手段"了。这也能翻动天下?真是可笑之极!于是他细细追问出曾静、张熙平日里往来相与之人及张熙父兄名字,一一列入黑名单,转呈中央,奏报皇上。心想只要拿获伊师曾静及同党,严讯必得实情,此案也就一网收尽了,这些文人闹腾不到哪里去,况且尽是些山野匹夫。

这其中惟一还能让他看上的人,倒是张熙供出的另一个人:吕晚村。

张熙招供:"我辈同志之人向来推崇敬仰的是吕晚村,人称东海夫子。我曾亲自到他家,见到他所著的《备忘录》、《吕子文集》,只可惜其子孙不孝,贪慕荣利,已作了当朝仕宦,实为可恨。"张熙还拿出了随身所带抄录的吕晚村诗册。

这诗册,岳钟琪并非先前没有搜出,只是不经意罢了。现在见张熙再次吹捧,便说:"这诗册无关系本朝的话语。"张熙倒更是认真了,一一指出诗中的深刻寓意,于是引起了岳钟琪的注意,将诗册与黑名单一并密封,进呈御览。

同时,岳钟琪还以最快的速度为皇上密查了吕晚村其人:吕晚村,名吕留良,乃明末遗民大儒。我朝定鼎之后,他惟以著书论文为事,与绅士们往来切磋学术,没听说有什么不法行迹。因此他的后代虽曾牵连进谋反闹事的"一念和尚案"中,犯下死罪,幸蒙圣祖康熙皇帝念其为读书明理之人,于这类怙恶之事必无知情,特宽宥其一家大小。对此,吕留良本该洗心革面,感戴皇恩浩大,将曾经作过的悖逆诗谣统统销毁。如今却不然,吕留良人虽作古,竟许后人留存其诗文,致使匪人传抄,由此推之,吕留良真是罪大恶极。岳钟琪认为,对犯有前科的吕留良一家决不能再姑息,他建议皇上赶紧着人查抄吕留良的家,捉拿其子孙嫡属,一旦讯有实据,便上请天威,严戮尸之典,引族灭之诛,如此方可靖逆孽以灭妖邪,正人心而彰国法。

这就是由曾静谋反案牵出的吕留良诗文案——清代一起著名的文字狱。

案情叙述到这儿,又不禁令人哑然失笑。这曾静、张熙谋反案,真真是一出书呆子异想天开的滑稽剧。可这出滑稽剧引出的不是这起自不量力的谋反案被轻易地平息下去,而是一场思想文化上的文字大祸被推上了封建统治者的审判台。这是曾静、张熙根本就始料未及的,这也不是岳钟琪建议以杀戮吕留良一家便能简单地解决问题的。随着案子的发展,这恰恰成了雍正帝对一切鄙视清王朝统治和怀疑他的帝王宝座的人与思想言行的一次大清算。

从此,雍正帝开始投入极大的精力来对待这桩案子。有两条线索他是必须追踪下去的:一是吕留良已开始引起了他的注意,他要进一步弄清楚吕留良对曾静谋反的重大影响究竟是什么?吕留良的思想体系何以有如此大的煽动性,他决定要把现行犯和思想犯一并办罪整治;二是曾静给他定下的为君失德的十条罪状,其实质则在于否定他嗣统的合法性,这些牵涉宫廷内幕的事情他曾静又是如何知晓的,他要一并剿尽那些嚼舌根的人!如今他终于找到了一个为自己洗刷的极好时机,他再不能隐忍不发了。

于是,皇帝宣诏,对湖南、江浙、湖广、江南等数省密行搜捕!

同时,他一面夸奖岳钟琪对案情的审讯不断有进展、有突破,不愧为忠诚之臣,并百般起誓表示对岳的绝对信任,进一步稳住了岳钟琪,使之对朝廷尽心尽力;一面再次督导岳钟琪,跟踪追击,一查到底。他认为,上天神灵让此等逆物如此自首,一无可隐讳之处,这何尝不是一次绝好的出击之时呢?因此"朕实感天祖之恩"。他指示岳钟琪:卿可将"伊从何处听闻,随便再与言之,看伊如何论议"。他要从张熙这个切入点穷追紧查出关于他为君失德、嗣统非法的造谣根源,一点蛛丝马迹都是不能放过的。

在西安。

岳钟琪谨慎自省,再行设法讯诱,及时奏报皇上:据张熙供称,关于皇帝的那些奇骇之说,是自己从前自湖南往江浙访学的途中,于水路搭船,听到同舟之人的议论,他们不过是些行路客商,不知姓名。岳钟琪立刻断言:这些传说者未必就不是造谣者的余党!雍正则朱批表示道:朕从来秉性,猝然临之不惊,无故加之不怒。何况这有益无损的妄言。待此案审明,诸逆尽获时,朕自另有旨谕。多么泰然处之的一位皇帝啊!他究竟会如何处置呢?有一点是可以肯定的,他决不会手软。

在湖南。

十月十一日,正白旗副都统觉罗海兰奉命出京,二十七日抵达湖南长沙。十一月初三日,刑部左侍郎杭奕禄奉命出京,二十六日到达长沙。他们从京城带来精选的干将,会同湖南巡抚王国栋,一场在湖南境内距长沙百里甚至千里之遥的大搜捕开始了,其要求是:各府多带兵役,谨密搜拿,务获匪类,毋使疏脱。

不久,各府州上报:郴州知州张明叙搜查拿获曾静;永州知府姜邵湘拿获刘之珩及其门下要人陈立安；长沙知府孙元查获张熙之父张新华及其兄张照、堂叔张勘等犯；岳州知府尹士份查获华容县的谯中翼……

很快，秘密审讯开始。

首先审讯的是华容县七十二岁的谯中翼。谯中翼念念叨叨地道："我是县学文生，今年因贫苦患病，未参加考试而被除名。我向来入学，不入公门，不管闲事。平日只晓得读书教学，并不曾出外行走，不认得什么曾静、张熙。刘之珩我倒是认识，也不过是读书交友罢了。不信，你们把这些人带来对质，再让几个人与我站在一起，叫曾静等人认指谁是谯中翼，我这冤就伸了。你们把我一生积聚得来的几本书也抄了来，不知是何干系？"经查看，谯中翼的那几本手抄书中确实并无与张熙等来往字迹，于是这老头便被关押起来等候发落。

随后提审的是张熙的父亲张新华、哥哥张照和族叔张勘。张新华、张照供认世代皆为种田人，张熙是家里的小儿子，在外从永兴县曾静读书。"他们做的什么事我们不晓得。前些时，张熙回家来典当田房做盘费，要往川陕上书，我们被愚。如今想来不能管束他，真该死。"张勘则如实把自己九月随张熙去川陕的前后情况说了：他一路当脚夫，背包袱，因胆小怕事，不愿违法参与什么上书的事，于是调头回来，走了两个月才到家，第二天便被县里抓了来。他说这些事总是曾静、张熙做的，自己实不知情。

终于，海兰、王国栋得讯，皇上诏谕提拿、钦差大臣亲自督捕的永兴县曾静抓获押到。据吏卒汇报，提拿曾静时颇费一番周折：他身穿灰布衣，衣衫上写道"蒲潭先生卒于此"。自知事已败露,罪大恶极,几欲寻机自尽,赖皇上威德,上天保佑,我们才把他擒获归案。于是,海兰、王国栋便对曾静亲自进行了审讯。

审讯是在一间密室里进行的。尽管如此,王国栋仍按捺不住满腔的怨愤,大声吼道:"带逆贼曾静!"要知道,他此时的心情是复杂的、恼怒的。这曾静谋反的事都闹到陕西、京城、宫廷里去了,绕了一个大圈,历经两三个月,有皇上谕诏下到他手上,他才知道自己的辖区里竟发生了这样的事情。不用皇帝怪罪,他当然懂得自己担着多么大的责任和风险,他恨得咬牙切齿。今天我倒要看看这曾静究竟是位何等的绿林好汉!

曾静被带了进来,王国栋死盯着门口的两只眼睛立刻对到了一块,眉心间的皱纹紧拧着,挤出了一条深深的沟壑。随后他看了一眼海兰,二人紧绷着的脸似乎又都松懈了下来。王国栋身子往后一靠,神情中显出了十分轻蔑而又无奈的样子。

只听一旁吏卒厉声喝道:"在下案犯报上姓名。"

"曾静。"一个低哑的声音。

"曾静,你知罪吗?"王国栋立刻问道。

"事至今日,知罪。不过一死,凭由大人发落。"

曾静干瘦的身躯,说出的话显得中气不足,王国栋看着心想,对这么个老头实在没必要大动干戈。嘴里却说:"你不要死硬。你是如何谋事的,从实招来,本官现不为难你。"

曾静抬头,看了看王国栋,又看了看海兰,似有疑虑,又像是乞求,一副可怜的样子。王国栋不禁数落他:"你说你这么个山野老夫,还要反朝廷、反皇上,你是吃了哪家的大粪吧,异想天开!"曾静则低声答道:"我本想此事成也好,不成也好,无什么大要紧的。"

王国栋听了真是哭笑不得。

于是曾静一点点地说出来。连审了几日，案情进展倒没有什么阻碍。不久，钦差大臣、刑部左侍郎杭奕禄也到长沙，与海兰、王国栋一起提审曾静，依皇上之意，攻心为要，平心细讯，未上夹刑，只穷究邪说由来。曾静竟俯首认罪，痛哭流涕，叩头不已，大有醉醒梦觉之状。清代史料中对曾静的供述倒是记载的很详细的，在此不妨录下。

曾静招供："我是永兴县人，年五十。多次参加科举考试，曾考五等，被革除。这上书的事是我数年前的想头，立定志向，今年同学生张熙商量，张熙把家里的屋子和池塘当了一部分，筹措盘缠，这样，五月初七日他们便动身前往川陕。那张勘，是我动员他与张熙一起去的，我上书中讲的话，必要有学问的人方好与他商议，张勘没学问，我怎么能跟他讲呢？他是不知道那上书的内容的。就是张熙的父亲张新华，也只晓得他儿子往川陕去上书，那书里的事情他也是不详知、不做主的。永兴有学问的人少，我在山里住，离县城远，并不与人有过多交往。刘之珩曾是永兴县教官，我从他学习，知道他懂得性理天文，学问很好，六十多岁的人，极有涵养，听见我讲及生事的道理，还大怒痛骂了我一番。今年上书的事，因他隔着路远，我并不曾与他商量。谯中翼，平素我不认得这个人，只是见过他的文章，知道他的学问好，有志向罢了。

我生平讲究程朱性理，最敬仰的人就是那'拒陆尊朱'，直接承濂洛之传的浙江人吕晚村。早些年我因应试州城，得见吕晚村评选时文，便总想多读他的书。去年，我让张熙到浙江去求访他的书籍，张熙回来告知湖州严赓臣、沈在宽等，都是吕晚村学派渊源一脉的相承弟子,我想这也必定是有学问、同观点的人了。于是就同张熙商量道:'我们如若举事得成,就把我们所知道的这些有学问的人都推荐给岳钟琪。'其实,我从来不曾与严、沈他们会过面,也并无同谋的事,更没有什么党羽。

我的学生中还有个廖易,平时我也给他讲论道理,但是上书的事他并不曾同谋。总是我一人做事我一人当,我不肯赖也不好诬扳别人的。

所说'六省一呼可定',这是我同张熙商量的。我们看见这两年各地总有旱涝灾荒,时疫流行,想必是天心不顺了,这何不是举事的征象?"

曾静那山村老秀才的一点朴实的骨气,只在还知道不诬赖别人,一人做事一人担当。可那迂腐到了极点的"老实"性,竟把自己所知道的一切人、一切事都牵扯了出来,这其中还有陕西凤翔宝鸡县人毛仪,据说知道他学问好,曾在吕晚村家买过八十两银子的书;有曾在古文刻本上见到提名的孙学颜,只知其人学问好,但从未会过面;甚至还招出一位江南徽州人、九十六岁且已故去的施虹玉。

再看对那刘之珩的审讯供词:"我实不知投书事情。至于曾静说我通晓天文兵法,我不过因幼时习读过《尚书》,略晓得些星相说,哪里就知道天文?至于说什么《八阵握机图》,都是先贤朱熹的话,我也不过纂刻起来,教给那些武秀才们,又何尝知道什么兵法?曾静看了《八阵握机图》、《格物集》,他就混说我知道天文兵法了……"

案情至此,经在押陕西岳钟琪处的张熙交待和在押长沙的曾静交待,林林总总扯出的一干要犯:刘之珩(原永兴县教官、曾静好友)、谯中翼(刘之珩的学友,七十二岁的教书先生,并不认识曾静)、谯大谷(谯中翼之子)、曹珏(曾静的学生)、廖易(曾静的学生)、陈立安(刘之珩的学生)、陈达(陈立安之子)、张新华(张熙之父)、张照(张熙之兄)、张勘(曾静的学生、张熙的堂叔)等,均已全部拿获。

在浙江,在江南。

由曾静、张熙扯出的吕留良案,比曾静谋反案涉及的人犯更多。这起声势、规模极大的文字狱,在后边另作交待。

与此同时,在湖广、浙江、江南、陕西等处,皇帝的谕旨不厌其烦地下发,各督抚和钦差们的奏折也不厌其烦地上报,报告那细碎烦琐的反复审讯过程和点点滴滴的审讯内容。最后终于证明:此案要犯曾静并没有一个有计划、有步骤的谋反集团,也根本没有六省"在我一呼可定"的安排和可能。于是便由钦差杭奕禄、海兰,巡抚王国栋等写了一份总结性的奏折,敬呈雍正皇帝。其结论是:(1)曾静此人,行止乖张,久为乡党所不齿,受其蛊惑信从者,不过张熙等一二门人,实无同伙党羽。其所招供出的谯中翼、严赓臣、沈在宽、车鼎丰、车鼎贲、孙克用,并吕晚村、毛仪、施虹玉等人,皆系曾静背地里推崇而从未谋面之人。经查阅曾静所作《知新录》、《知几录》内所载各条内容,也没有与众人商谋字样。至于张熙曾到浙江访求吕晚村书时,是否与其后代有所商谋,只要再做些对质即可明了。(2)曾静所写逆书底本及其所作《知新录》、《知几录》各书,各要犯平日纂刻、抄写的书籍和诗稿以及收藏吕晚村之著作,一并查抄、封存,如何处置,请皇上定夺。这些书中的流毒也不易再传播于民间。(3)曾静其人,生于山野,不明大义,因考试五等,遂丧心病狂,借前人道学之皮毛,以行其无父无君之邪说,复敢诬谤圣主,捏造逆书,遣徒张熙前往陕西,希图诱惑大臣,济其大逆,诚为罪恶滔天,神人共愤,宜置极刑,以彰大法。同谋之张熙,知情之张勘、张新华以及缘坐人,亦均难轻纵。至于曾静道听途说的传闻,连他自己也说不清其中的造谣生事者,可见曾静其人,状同禽兽,语属猖狂!

看这情形,案情似乎已比较明朗,省衙巡抚也好,刑部侍郎也好,都认为本案已抓住了要犯,所幸的是曾静也不是什么了不起的人物,案子基本可以定罪了。

果能就此结案了吗?这能合雍正帝的心意吗?杭奕禄出京时,皇帝交待他要穷究邪说之由来,是否把吕晚村和各要犯的书札统统查抄之后就了事了呢?错了。看来从中央到地方的那些官员们,一个个都未摸透皇帝的心思。

京审:天子亲查

皇帝的心思是什么呢？看来此案对雍正的刺激和震动太大了,因此,如何处置了结此案,时时刻刻缠绕着雍正的心。案发之时他的那种惊讶、惶恐、焦虑、愤懑等复杂交织的情感和难以言状的滋味,始终无法消除。堂堂当朝天子,一个君临天下之至尊,竟然在社会上成为一个千夫指、万夫骂的罪人,雍正岂能咽得下这口鸟气！震怒之余,雍正清醒地意识到自己即位以来,尽管在政治斗争上取得了一系列的胜利,但在思想斗争中确是一个失败者,整个社会舆论对于自己相当不利。这是一种无形的力量,是一种巨大的压力,这已经对自己的统治构成了一种潜在的威胁。如何化解它,如何扭转它,雍正一思再思。

雍正颇为自得的是自己大权在握,乾纲独断,生死予夺,还不是在自己的一念之间。既然如此,为何不再玩一把猫抓老鼠的游戏?!想到这里,雍正的心里才觉得有点顺过气来。经过一番深思熟虑之后,他制定了对此案的"出奇料理"的处置方针。

为了尽快实现自己的意图,同时又因为此案株连的人多,涉及的面广,分别审理不便配合,速度也嫌太慢,于是,雍正帝决定将案中各犯统统押解进京,交刑部进一步审理。

雍正帝之所以一定要把曾静等一干人犯押解进京,是有着很深的用意的。雍正帝的深意何在?他心里究竟是怎么想的?从他即位以来处置的几宗大案中,不难看出端倪。

雍正三年,处置年羹尧、汪景祺与钱名世案;

雍正五年,处置隆科多、查嗣庭案。

每办一案,雍正帝都以其特有的敏感和深刻的用心,尽量有所创造。他总是先诛心,后诛人,尽量在整治人心方面做文章,极尽别出心裁之能事。只要雍正认为你对皇权构成了威胁,他就会给你加上"应有"的罪名,格杀勿论,决不留情。其处置之"高明"、刻薄和残忍,实实在在出乎人们意料之外。

雍正帝即位之初,有两个最受宠重的人物,一个是年羹尧,一个是隆科多。年羹尧其人,前面已有过交待,起初,他备受宠信,权倾朝野,骄横不可一世,曾几何时,竟因恃功娇纵,目无王法而失宠。雍正帝觉得留下他是条祸根,于是决计杀一儆百,即所谓"伸我国法,正尔嚣风"。雍正三年,雍正帝以年羹尧所上奏文字体潦草,又将"朝乾夕惕"写作"夕惕朝乾"为由,认为他

"自恃已功,显露不臣之迹,其乖谬之处,断非无心"。不久,即将年羹尧拿下刑部大狱,继以九十二条大罪赐令自裁,家产籍没,亲族、同党或斩或流或贬。

汪景祺追随年羹尧,著有《读书堂西征随笔》,其中言语"悖谬狂乱,至于此极",使雍正帝恨得咬牙切齿,随即以三大罪状照大不敬律将汪景祺"立斩枭示"。所谓"立斩枭示"就是立即处决,斩下人头,悬挂在杆上示众。汪景祺被斩首后,其头颅长期悬挂在宣武门外菜市口逾十余年之久,以警戒南来北往的汉族士大夫和一般读书人。直到雍正十三年(1735),这位皇帝驾崩之后,汪的首级才得以归葬地下,与尸身团聚。

钱名世也以赠诗年羹尧,溜须拍马,妄自揣摩,趋附权贵,而被雍正当做诌附权臣的典型拿出来问罪。雍正虽然没有杀他的头,只是把他革职逐回原籍,但御书"名教罪人"四字,命地方官制成匾额,张挂在钱名世家中大堂之上。还特意谕示常州知府和武进知县,每月初一、十五去钱名世家查看,如发现他没有张挂匾额,就立即呈报督抚奏明治罪。如此戏弄之后,雍正帝仍觉戏未做足,在钱名世离京之时,又玩上一把,命京官自大学士、九卿以下作讽刺诗交付钱名世辑成专集,题为《名教罪人诗》,刊发全国各省的学院,让天下读书士子人人知晓,"知所激劝"。古人云:"士可杀而不可辱。"如此奇耻大辱不但使钱名世本人无脸做人,而且使他的子子孙孙都抬不起头来。照常人看来,人生到此,真不如索性吃上一刀算了。忍遭此种污辱而不杀,虽生犹死,那滋味真比杀头还要难受百倍。雍正帝对于自己的所作所为在谕旨中解释说:"伊既以文词谄媚奸恶,为名教所不容,朕即以文词为国法示人臣之炯戒。"如此"炯戒",如此刻薄的恶作剧,古往今来只有这位清世宗一人想得出来、做得出来!

我们再看对隆科多、查嗣庭案的处置。和年羹尧相似,隆科多在雍正初年也是深得宠信,他的姑母是康熙帝的生母孝康皇后,姐姐又是雍正帝的嫡母孝懿皇后,所以说他是两朝国戚。不仅如此,他还是雍正能够登上皇帝宝座的最大功臣。当康熙弥留之际,承旨传位的大臣惟隆科多一人而已。当帝位授受之际,京城九门昼夜紧闭,形势险恶异常,隆科多时任九门提督步军统领,相当于今天的北京卫戍司令,"一呼可聚二万兵"。正是他在危难之时,鼎力相助,才使雍正很快坐稳了金銮殿。因此,雍正当上皇帝后,隆科多一时宠荣备甚,权倾内外,不久就成了个"招权纳贿,擅作威福"的炙手可热的人物。他的所作所为引起了雍正帝的注意,还在处置年羹尧案时,就逐步贬削隆科多的恩荣与官爵。至雍正五年,以私藏玉牒(皇室宗谱)罪将隆科多付审,继以四十二条大罪将其永远圈禁。次年,隆科多死于禁所。

与隆科多案有关的是查嗣庭案。

长期以来,在民间有一则广为流传的关于清朝文字狱的传说:雍正年间,查嗣庭被派充主持江西乡试的正考官。到江西后,他亲自出了一道"维民所止"的试题,这本是《诗经》邦畿千里,维民所止"中的一句,用今天的话就是"我们的祖国多么广大,人民可以自由地走来走去!"完全是歌功颂德的意思,却不料竟因此惹下了一场大祸!考试还在进行当中,就有人向雍正帝秘密告发,说试题特选"维止"二字,说明查嗣庭"心怀异志",蓄意要砍雍正的头。雍正帝看了告密信,将试题一推敲,"维止"二字合在一起果然有去"雍正"之首的意思,十分愤怒,立即发下谕旨:谁要砍我的头,我先砍他的头!于是查嗣庭被革职拿问,明正典刑,斩首处死。

这起传说与历史事实有很大的出入。查嗣庭获罪确实与科场试题有关,但并不是所谓的"维民所止",雍正帝是以查嗣庭出的其他试题和查抄查嗣庭家时发现的两本日记中的"种种悖逆实迹"为借口的。雍正帝认为查嗣庭的日记"谤讪"前朝,试题"谤讪"当今,由此而定为查嗣庭的两大罪状。案件尚未了结,查嗣庭病死狱中。至五年结案时,照例将查嗣庭戮尸枭首,而对其父兄子侄按律均应坐斩者,雍正帝却显示了一下皇上的"宽仁",分别予以免罪和减罪。但是,查嗣庭的家乡浙江海宁却传出要"屠城"的谣言,弄得人心惶惶,四处逃避。屠城的事当然没有发生,但由于汪景祺、查嗣庭都是浙江人,雍正帝恨浙江士风不正,停止了雍正五年浙江士人的乡试和会试。

查嗣庭的罪状中有一条是"趋附隆科多",这说明查嗣庭案和隆科多案有直接的关系。可见雍正帝清算查嗣庭,实际上是为最后解决隆科多"朋党"作舆论准备,同时又藉此生发开去,在整治人心方面大做文章,表现出雍正帝操纵文字狱的"高明"和特点。

对汪景祺、钱名世、查嗣庭的处置,活脱脱表现出雍正帝猜忌、刻薄、工于心计以及乖张而残忍的性格,他那种"以文词为国法",捕风捉影,"视黜恶之典有同儿戏"的猫抓老鼠的举动,正是其性格发展的必然,不这么做也就不是雍正了。

了解了这些,我们对雍正帝要"出奇料理"曾静一案也就不奇怪了。而其要把曾静一干人犯解押进京的"深心"也就可以理解了。

对于曾静投书案,雍正帝看了原件后,立即敏感地警觉到:

曾静投书一案绝非偶然、孤立的策反案件,策反书中用夷夏之防的传统道德否定清王朝统治的正统性,并罗列十大罪状来否认雍正为帝的合法性,洋洋万言,言之凿凿,像曾静、张熙之流,只不过是"山野穷僻,冥顽无知之人",不可能有如此深邃的思想,更不可能洞悉宫内朝中错综复杂斗争的种种细节。雍正意识到,这个案件的背景很不一般,一定要查个水落石出!雍正帝还考虑到:曾静、张熙之流既非那些诬谤他的流言飞语的制造者,也不是在思想文化界有影响的名流学者,简单地按常规处理就太没水平、太没意思了,应该借题发挥,趁此天赐良机大做文章,将自己从被告变为原告,把坏事变为好事,要顺藤摸瓜,清其源而塞其流,借以改变自己在社会思想舆论方面的颓势。

雍正的这一番心思,一直未对任何人说过,仅在与其心腹大臣的书函来往中有所表露。例如他在鄂尔泰的有关奏折上曾作过朱批:"俟各犯至京审明,尚另有谕旨。"又在田文镜的奏折上批道:"既遇此等怪物,不得不有一番出奇料理,倾耳听之可也。"雍正帝这么想着,但一直没有下发谕旨,他还想再找谁斟酌一下,然后再作决定。

秋尽冬来,转眼间是雍正六年的年末了,寒冬腊月,朔风凛冽,大雪纷飞,雍正帝站在窗边,望着窗外一片白茫茫的大地,心里感到一阵阵的孤独,尽管屋里暖融融的,却觉得像站在雪地里一样,身上老是发冷,扑楞一下,不觉全身打了一个冷战。

六年了,自己登基为皇已有六年之久,身在最高位,为何还不能摆脱童年时就有的这种孤独感呢?六年了,为何还有人老在觊觎着皇帝宝座,贼心不死呢?为何连穷乡僻壤之人都还敢随意地议论我、指责我,甚至图谋不轨呢?是不是我的心还是太软了,对那些该死的家伙杀得太少了?或者是处理得过于简单了?我可得抓紧呢,一个人在皇帝的宝座上能坐多久,能有几个六年?唉,我也是五十出头的人了。嗯,屋里也太静了,当了皇帝,连个能交心说话的人都没有,明天得宣允祥进来,兄弟当中能交心说话的就只有朕这十三弟了。

想到允祥,雍正帝这才忘掉了孤独,身上也感到暖和起来。是啊,只有允祥是忠心耿耿,最值得信任的。雍正走到暖炕边,躺在靠枕上,思绪不由自主地飞出很远很远……

允祥虽然比朕小八岁,又非同母所生,但与朕自幼就晨夕相处,亲密无间,感情非常要好,小时候的许多事情,至今仍历历在目。

朕奉父皇之命教允祥学算学,常在一起讨论问题;

每逢随从父皇出行塞外,兄弟俩也是形影相依;

平时兄弟俩常常相聚在一起欢宴赋诗唱和,允祥弟每有新的诗作,总是来向朕请教,如果朕随父皇出行塞外,允祥弟亦经常以诗相赠,以表手足之情,直至现在朕还替他保存着三十多首诗呢;

最让朕不能忘怀的是允祥的悌道赤诚,想当年父皇一怒之下废黜皇太子允礽,并因朕的一时不慎,将朕和几位兄弟都圈禁起来,是允祥替朕担当了责任,使朕免受监禁之苦。

自从朕主持大统以来,允祥勤勤恳恳,默默地为朕分了多少忧,解了多少愁!宫中、府中,事无巨细都是他一人经划料理……允祥啊允祥,朕写给你的八个字:忠、敬、诚、直、勤、慎、廉、明,你是受之无愧的。你知道怎样做臣子,怎样尽奴才之道、臣弟之道,你真是能为朕代劳又不烦朕心的人啊!

想着想着,雍正渐渐地展开了愁眉,对了,曾静这件案子,一定要和允祥好好地斟酌斟酌。

雍正七年(1729)元旦后的一天清晨,居住在交晖园的和硕怡亲王允祥正准备前往圆明园向皇兄雍正帝禀报政务,忽听家人禀告,雍正的总管太监苏培盛来了。话音未落,只见苏培盛急匆匆地走了进来,一见允祥,即单膝下跪行了个叩见礼,随即禀道:"禀告王爷,皇上有旨,请王爷这就过园子去,说是有要事相商。"

圆明园位于北京的西郊,原来是明朝勋戚留下的一所废墅。康熙时,玄烨常常驻在畅春园里,皇子们也跟着前来。做父亲的为了安顿这些分府封爵的儿子,也赐给了园子。圆明园便是玄烨赏给皇四子雍亲王胤禛居住的。

等到胤禛做了皇帝以后,在开头的几年里,因百事丛集,尤其是忙于剪除政敌,清除朋党,根本就没有也不可能去考虑庭园建筑。直至雍正三年,雍正帝认为其政治的整顿已见成效,政权也已经基本稳固,自谓"宜宁神受福,少屏烦喧",乃命有司于圆明园"建设轩墀,分列朝署",并下发诏书规定以圆明园作为皇帝春夏秋三季临御听政的所在。

从此以后,雍正帝一年的大部分时间都驻在圆明园里,他曾描述过他在园中的生活,他说我虽然离宫园居,但仍然是"昼接臣僚,宵批章奏,校文于墀,观射于圃",遇到"春秋佳日",则"召诸王、大臣从容游赏,济以舟楫,饷以果蔬,一体宣情,抒写畅洽",使我能更好地表示皇帝"亲贤礼下"的心意。离宫园居,把苑囿的憩静幽雅和处理繁杂的政事结合在一起,使我能够不误国事，同时又可享有"心神怡旷"的安逸，我又何乐而不为呢！

从雍正帝开始，皇帝、后妃们离宫园居渐渐形成了风气，并有了一定的规矩。他们每年正月行郊礼毕，就入园居住，一直要到冬至大祀的前夕，才打点回宫。但是这一年来事情太多了，雍正帝索性就没回宫中去，他觉得这样更好，在园里能更好地理清自己的思绪。

允祥的轿子这时已过了圆明园的大宫门，正向二宫门也就是贤良门走来。允祥坐在轿子里一路都在思量着："皇帝阿哥一大早召见，会是什么急事呢？这一年让皇帝烦心的事情确实太多，最使他寝食不安的当是曾静的投书案了。曾静这贼徒也真是狗胆包天，光天化日之下竟敢投书策反，弄得宫里宫外、京师上下都是谣言，六部里有人都无心办差了。杭奕禄、海兰、王国栋他们在湖南不知审讯的情况如何，这案子不能拖，必须尽快查清。分别审讯，速度太慢，应该请皇上下诏，把相关的一干人犯全部押来北京，交刑部审理。"

允祥正想到这里，掀开轿子的小窗帘向外一瞧，发现轿子已过了正大光明殿，马上就到勤政殿了。这勤政殿就相当于宫中的乾清宫或养心殿，是皇帝在圆明园中"批省章奏、诏对臣工"的地方。允祥的轿子到了勤政殿前面刚一停下，早有园内太监上来掀开了轿帘，允祥刚下轿子，就听太监大声向内通报："怡亲王到！"允祥急忙快步走上台阶，进到殿内，只见雍正帝正在案前批览奏章，忙跪叩行礼："臣弟允祥拜见皇上。"

雍正帝放下奏章，抬起头来说："怡亲王平身，赐座。"接着，雍正帝将案上的奏章拿起来递给允祥："十三弟，你看看杭奕禄、海兰和王国栋他们审讯曾静一干人犯的这些奏章，这案子关连的人犯不少,你看如何处置才好。"

允祥接过奏章,看了一遍,小心翼翼地回道:"臣弟昨晚就在寻思这案子,臣弟以为,曾静一案,是极要紧的。现今主要人犯都已拿获,当务之急是严加审讯,方可弄个水落石出。分开在各地审理,不但费时费事,而且难以对质,还弄得京师上下谣言太多,臣弟以为,可否请皇上下诏,令各地把有关人犯押解到京,交刑部、九卿审理,不知皇上以为如何?"

"十三弟所说正合朕意。"

雍正帝边说边站了起来,若有所思地慢慢走到允祥的面前,继续说道:"朕就一直在纳闷,曾静、张熙之流不过是山野穷僻的冥顽无知之人,他们绝不可能知悉和捏造宫中之事,更不敢对朕躬肆为诬谤之词,也不至于对我朝说出极尽悖逆之语。那么,究竟是什么人如此作乱呢?"

未等允祥答话,雍正又接着说道:"朕以为这些无耻之徒必定是欲惑乱众听的、对国家怀有深仇积恨之人。这种人不外乎两类,一类是阿其那、塞思黑等之奸党,他们被朕惩治拘禁,不能肆志,怀恨于心;另一类是贪官污吏、匪类棍徒,怨朕执法无私,故造作大逆之词,泄其私愤。"

"皇上所言极是。"允祥连连点头。

雍正所说的"阿其那、塞思黑等之奸党"是指哪些人呢?原来,阿其那是康熙帝的第八子(原名胤禩),塞思黑是康熙帝的第九子(原名胤禟)。他们都是争夺过皇位的人。雍正嗣位后,先把他们改名为允禩、允禟,后竟更名为猪狗之意的阿其那、塞思黑。

此时,雍正又踱回到案几前面,拉开放在上面的一本奏折说:"十三弟,你过来看看鄂尔泰的这份折子,他的看法竟和朕意完全一样,说得真是恳挚详明,深诛奸逆之心啊!"

允祥忙走过去,顺着雍正的指点,看见鄂尔泰的奏折写道:曾静之流胆敢诬谤圣躬,"所以能如此者,得如此者,臣以为其事有渐,其来有因","若非由内而外,由满而汉,谁能以影响全无之言据为可信,此阿其那、塞思黑等之本意,为逆贼曾静之本说也"。鄂尔泰在奏折中分析民间对雍正夺位的传说,必定是来自官场,而本源必定在皇室内部,具体说就是允禩、允禟之流。在奏折的后面,允祥看到雍正已写下了朱批:"俟各犯至京审明,尚另有谕旨。"

允祥看到这里,心里已经揣摩到了雍正的几分心思,原来"醉皇之意不在酒,在乎曾静之外也"。看来曾静这案子是老鼠拖木楔——大头在后面,把曾静之流押解来京,仅仅是这出好戏的开头。

想到这里,允祥刚想说"阿其那、塞思黑真是死有余辜!"只听雍正又说道:"朕真没想到,阿其那、塞思黑虽然已死了两年,但还阴魂不散。以朕之经验,从来仇敌之人,造为谤议以泄其忿者,往往有之,阿其那、塞思黑的党徒必有怨望之词,这朕早就料到,但不料其诬蔑诋毁、怪诞奇特至于此极,亦不料曾静、张熙辈遂信以为实,便生背叛之心。种种诬谤之语,已流散于极远边塞,则宇宙之内,乡曲愚人,为其所惑者,岂止曾静数人而已哉。朕也知道,古之王者早已说过,防民之口,甚于防川。"

说到这里,允祥看到雍正的眼里闪出了一丝狡黠自负的目光,只听雍正继续说道:"事到如今,朕要把曾静之流全弄到京城来,亲自拟旨讯问,对曾静这些无名鼠辈,朕并不想要他的命,朕是要利用他的脑,利用他的手,利用他的口,以眼还眼,以牙还牙,以口治口。朕要让臣民看到,朕之心可以对上天,可以对皇考,可以共白于天下之亿万臣民。"

雍正越说越激动,龙颜显现出几分愤怒之色,他恨恨地说:"逆书中所列朕失德的十大罪状,实乃影响全无之事,朕梦寐中亦无此幻境,实如犬吠狼嗥,何足与辩!然若不就其所言,彰明昭著地宣示播告于天下,则螭魅魍魉何能不公然狂肆于光天化日之下乎?是可忍,孰不可忍!"

允祥一直诚惶诚恐地站在案几边,两眼直瞪瞪地望着雍正,静静地听着雍正说话,一动也不敢动,惟恐弄出一点声响来。允祥非常理解此时此刻他这位皇阿哥的心情,更了解他的脾性。

这位皇阿哥确实可以称得上是精明强悍、雄才大略,继位以来,承前启后,整纲饬纪,守住了先祖先父开创的大清基业并光大之,其功其德,实不可没。遗憾的是对于他的功绩,人们似乎视而不见。从他即位之日起,就已谤言四出。皇室宗亲、官僚士人乃至普通百姓,都怀疑他继位和统治的合法性。六年来,流言飞语一直像噩梦一般缠绕着他的这位皇阿哥。

允祥清楚地记得,还在雍正二年闰四月的一天,皇阿哥就对自己哀叹过:"自古为君难,至于朕躬,缵承大位,尤为难之难者。"

皇阿哥一直压抑着内心的苦闷和愤怒,这种扭曲的心理,使他在康熙末年皇兄皇弟继位之争以及随之而来的统治合法性危机的深刻影响中形成的性急暴戾、喜怒无常、刻薄寡恩、严苛多疑的性格,更加明显了。因此,每当雍正的这块心病被触及之时,允祥总会不由自主地感到恐惧。他面对的虽然是自己的皇阿哥,但也许正因为是自己的皇阿哥,允祥的这种"伴君如伴虎"的恐惧才不但不能消除,反而与日俱增。

"怎么办?我现在该怎么办?"正当允祥惶然不知所措的时候,忽听雍正叫他:"十三弟,你是最了解朕的,今天宣你进来,是想让你替朕拟旨,一是谕示各地速将有关人犯解押进京,二是让你替朕想想,一俟曾静到京,如何讯问审理。"

"臣弟遵旨。"允祥愣然回过神来马上答道。

"皇上的朱批谕旨,臣弟即刻让兵部以八百里飞递火速发出。至于审讯,一切谨遵皇上旨意进行,交刑部会同内阁九卿一同会审。"说到这,允祥顿了一下,心里揣摩着雍正的意思,心想,皇阿哥心里早已有了想法,我当小心顺着他的意思才好。

想到这,允祥接着说道:"臣弟记得,皇上曾有谕旨,明白诏示逆贼曾静谋反诬谤之乱语,其源有二:'盖其分别华夷中外之见,则蔽锢于吕留良不臣之说;而其傍及朕躬者,则阿其那、塞思黑、允䄉、允䄉之逆党奸徒,造作蜚语,布散传播,而伊误信为实之所致。'因此,臣弟斗胆禀奏,审讯逆贼曾静,当谨依皇上之诏示,首先追查逆贼谋反书中诬谤圣上的恶言乱语之来源,务必查出个子丑寅卯,弄个水落石出,杀一儆百;然后追查吕留良之异端邪说,以正皇清之大统。"

允祥边说边观察着雍正脸色的变化,他看到雍正刚才的怒气已经消了,于是马上把话打住:"臣弟所禀不知当否,还请皇上赐谕。"

雍正点了点头,走到御座前坐了下来,"十三弟,别站着,朕赐你坐下。"

"谢皇上。"允祥赶紧俯伏跪叩,然后小心翼翼地坐了下来。

京审：天子亲查

"十三弟,你真是小心谨慎,莅事精祥,无丝毫怠忽。朕以为你刚才所言确是见理透彻,利弊周知,处处妥帖,深合朕意,你下去吧。"

"是!"允祥退出勤政殿,上了轿子,径直往大宫门东路的兵部衙门而去。

过了不久,只见几匹快马奔出圆明园大宫门,"八百里飞递不得有误"的声音还未消失,马匹已经跑出了人们的视线,只留下了几股渐渐消散着的黄尘……

据说,八百里飞递是邮驿传递中最快的一种。

在中国历史上,清代以前,"邮"是传递公文的组织,"驿"负责提供各种交通或通讯工具。还在宋代的时候,就一度出现过邮与驿并行的马递铺,但未坚持下来。到了明代,辽东地区的驿站由卫所管理,以兵卒充任驿务,首创由驿差直接传送公文的"马上飞递"的形式,但这属于例外。到了清朝,把这例外的特殊形式扩展到全国,从而使交通与通信合而为一,从此邮驿才名副其实地统一在一起,使清代的邮驿发展到了我国历史上的一个新阶段。

清代的邮驿,在中央由兵部车驾清吏司主管,在地方则归按察使司管理。全部邮驿由驿、站、塘、台、所、铺六种组织形式构成。驿站的驿夫、马、车、船、经费都有一定的数目,公文传递有驿站传送、专差传送、急递铺送等三种方式。用何种方式,怎样封发公文,则由公文的性质和内容来决定。确定邮驿程限的基本原则是因程设限,依限传递,因地制宜,区别对待,选择捷径,分秒必争。邮符是给驿的证明,由兵部掌握。一般邮符有两种,一种是官员驰驿给"勘合",一种是兵部驰驿给"火牌"。给驿的原则是各以其等，分其禁令，即按地位高低，享受不同待遇，强调必须遵守有关规定，违者必罪。皇帝谕旨的发送，自然是最高待遇，必须在规定的时间内送达目的地。

因此，怡亲王允祥领旨交兵部封发的雍正帝关于将曾静等一干人犯押解进京的朱批谕旨，不日之内即已送达各有关行省的督抚大员。

雍正七年正月二十二日。

湖南长沙，巡抚衙门内，刑部侍郎署吏部尚书杭奕禄、都统海兰和湖南巡抚王国栋正在展读朱批谕旨：

"将一起逆犯押解来京，一路着实宽慰带来。"

"着同曾静等一并解京……着杭奕禄、海兰带领前来，途中加意照看，勿令受苦。至各省提解人犯，其在浙江者已经解京，其余人犯若已解楚，一并解送。"

三人拜读完朱批谕旨，好一阵子面面相觑不得要领，不知皇上这壶里卖得是什么药。

按理说，逆贼曾静等犯下如此大逆不道的谋反之罪，按律当处以极刑，格杀勿论。既如此，为何皇上还令臣等"一路着实宽慰带来"，还要"途中加意照看，勿令受苦"。这不是造反有功了吗？真是使人纳闷难解呀！

但是，这三人毕竟是清朝的高官大吏，在宦海中历练多年，深知天威难测，天意不可违，皇上的谕旨就是天意，就是法律，理解的要执行，不理解的也要执行，而且必须不折不扣地执行，多想多问都是不应该的，自作聪明必定没有好果子吃。宦海沉浮往往就因为一念之差，似此前车之鉴难道还少吗？何况现在办理的是如此重大而又敏感的谋反案,稍有不慎,其后果是可想而知的。

唉!这人难做,这官就更难做了。想我等也都是上三品的朝廷命官,对一帮谋反逆贼一会儿严刑逼供,大声吆喝,拍木惊堂;一会儿又要着意宽慰,好声劝说,勿令受苦,这到底演的是哪一出戏。

想到这,三人突然恍然大悟,这不是岳钟琪唱过的那出戏吗!? 这更是当今圣上的看家本领,俗话说:"宰相肚里能撑船",更何况是皇上呢!?

三人相对会意地一笑。

杭奕禄说:"此去京师要走半个月到二十天的路程,这寒冬腊月的,路上会更不好走,我等当早作准备。其一是调理好曾静等犯,务必使其敬畏和领悟圣上之天威和天意;二是一俟张熙从川陕解到,即刻启程,一并解京,不得有误。"

"尚书大人说得是,若误了行期,皇上怪罪下来,我等都担待不起,巡抚大人你说呢?"海兰补上了一句。

王国栋因为曾静这案子发生在湖南,心里一直惶恐不安,生怕皇上给自己办个疏忽失察之罪。这时他马上说道:"曾静案发以来,下官诚惶诚恐,如坐针毡,终日不安,皇上怪罪下官在任上整肃不力,下官实难辞其咎。幸得二位大人鼎力相助,将曾静一干人犯迅速捉拿归案,才使案情得以大白于天下,也使下官得以上对天听,下慰己心,为此,容下官在此叩谢二位大人。"

"哪里哪里,巡抚大人言过了。"海兰笑着说了一句,杭奕禄却一言不发、毫无表情地看着王国栋。

"此次二位大人押解曾静一干人犯进京,"王国栋继续说道,"下官即刻吩咐下人做好一应准备,并即刻派出快马前往陕西路上,催促尽快将张熙押解到楚,确保二位大人奉旨进京,也表下官对皇上的一片赤胆忠心。"

雍正七年二月二十二日。

张熙由西安解到长沙,王国栋令把他和曾静合囚在一间房里。这师徒二人在这种场合再见,那种表情之尴尬、心情之复杂,实在难以形容,就如打翻了五味瓶,酸、甜、苦、辣、咸,混杂着涌上了心窝。那师徒的情分全都变了味,是怨、是悔、是恨……到了这步田地,全说不清楚,只能是大眼瞪小眼,惺惺惜惺惺了。

师徒二人四目相视,无言以对,一段长长的沉默之后,两人都不约而同地"唉!"了一声,深深地吸进一口气,又长长地呼了出来,两张嘴张了张,却又都没发出声来。这时节,只恨那地下没有裂开一条缝,让他俩钻进去得了。

房里的空气太让人憋闷了,曾静感到胸口堵得慌,慢慢地从坐着的床上站起身来,朝门边走去,想换口新鲜空气。蓦然,他发现房门小窗上有一双眼睛正看着屋里,一时愣住了。

这是一双幸灾乐祸、得意洋洋的眼睛,是一双在围观笼中困兽时常常见到的眼睛,这是巡抚王国栋的眼睛。

原来,王国栋让狱卒把张熙押进房后,就一直没离开,他站在门外,透过门上小窗津津有味地欣赏着自己的这一幅"杰作"。原以为二人见面会翻脸吵闹一番,甚至厮打起来,那多好看,多解气。真没想到,这两个穷酸秀才这么窝囊,竟是一声不吭,一句不闹,真使他有点失望。

王国栋看见曾静傻呆呆地看着自己,就叫站在旁边的狱卒打开了房门,走了进去。

曾静一见,马上跪了下来。张熙也赶忙过来和曾静并排跪下:"罪犯曾静、张熙见过大人。"

王国栋用眼扫了二人一眼,手摸着下巴用冷冰冰的但又带点戏谑的口吻说道:"你们师生二人见面怎么连一句话也不说,分开了这么多日子,应该有不少话要说吧。今天不说,往后在一起说话的日子恐怕不多了,有什么要说的,还是抓紧说说吧,嗯。"

曾静、张熙脸上一下布满了恐惧和疑惑的神色,心里害怕极了,心想"难道就要被杀头处死了"?他们的嘴巴蠕动了几下没说出话来,抬起死囚般绝望的眼睛望着王国栋。

"皇上有旨,着杭奕禄、海兰二位大人将尔等罪犯一并解押进京。尔等心里自己明白,按照大清律例,尔等犯下了谋反的弥天重罪,当处以极刑,寸磔而死。此番进京,即交刑部九卿会审,然后等皇上勾决,尔等的日子也就活到头了。"

说到这,王国栋顿了一顿,欣赏着两位谋反"英雄"的狼狈相。

这时候曾静已经跪不稳了,全身几乎就要瘫了下去,靠两只手支撑在双腿旁保持着跪姿。张熙跪着一动不动,两眼呆滞。虽然天气很冷,他的额头上仍布满了黄豆大的汗珠,背上也湿漉漉地一大块。

只听王国栋继续说道:"张熙,此去你要照顾好你的老师,湖南到京师要走二十几天,路可长着呢,不要人还没到,先就自己给吓坏了。"

"是。"张熙扭头望了曾静一眼,机械地答道。

"谢……谢、谢大人的关照。"曾静有气无力地喟然长叹了一声,蔫蔫地说道,"这都是造化作孽,如今事已至此,有死而已。"看到曾静、张熙二人绝望到了极点,王国栋心里感到一阵窃喜,这是那种有权有势、把握着别人的命运而又常常喜欢玩弄别人的人才能感觉到的一种窃喜。

"常言道:'识时务者为俊杰',我觉得尔等不过是误入歧途,上天有好生之德,皇上也是仁慈之主。"王国栋故作姿态假惺惺地说道,"尔等是犯了十恶不赦之罪,一条小命全在皇上手里捏着,皇上要你们死,你们就活不了,皇上要你们活,你们就死不去。"

听到这,曾静似乎感到了一线生机,作出一副乞活的猴急样,跪上前去一叩到地:"王大人,救命吧,求求你救我们一命,今生今世我们愿意给你当牛作马以为报答。"

"凭我王某人,断然救不了你二人。"说到这,王国栋放低了声音,轻咳了一声,"现在能让你们活命的,只有一个人。"

"谁?"曾静和张熙眼中陡然闪出希冀的光,竟不约而同地发问,眼睛直勾勾地盯着王国栋。

"皇上。"二人觉得受到愚弄,尴尬而又无可奈何地把头又耷拉了下来。

"怎么,你们不相信我的话?"

"不……不、不,我们不敢。"

"你们不信我说的话,此去京师,必死无疑。到了这步田地,杀头处死,这是你们罪有应得,如能赐个全尸,你们就应该感恩不尽了。但是,如果你们诚心招供,毫不隐瞒,悔过自新,让皇上觉得你们顽石可化,你们就有活命的希望,就是刑部九卿想杀你们,也拗不过皇上,谁也不敢抗命杀你们。你们信我说的吗?"

"信、信。"

"当然,你们大错铸成,照我说的做,也不过十成最多有六七成的活命指望。"

"谢王大人的指教,就是死,我们也感谢大人的教诲。"

"好了,起来吧,明天跟杭大人和海大人进京,一路上听二位大人的处置。"

雍正七年三月初十日清晨,长沙人还在梦乡之中,就被一阵阵辚辚的马车声惊醒。一些好事的平头百姓揉着惺忪的睡眼披衣而起,慢慢腾腾地推开门打开窗朝街上望去。雾色朦胧之中,只见十几辆封得严严实实的车队,迤逦出了长沙城,沿着北去的官道渐渐地远去……

车里是什么人,或者车里有什么东西,车队要到哪儿去?人们根本就没有想去探究。一年来,长沙城里发生的奇奇怪怪的事太多了,见多不怪,长沙人的好奇心似乎都已经消失殆尽。

这一行车队在湖南到湖北的官道上走了大约两个时辰,到了一个驿站,车队停了下来,从最前边一辆车上跳下两名军官模样的人,一名是长沙协守备仇之苞,另一名是湖南抚标千总吴杰。两人走到第二辆车前,毕恭毕敬地问道:"杭大人、海大人,是否下车歇息片刻,换好马后再继续赶路?"

"好的。"只见车帘掀开处,杭奕禄、海兰慢腾腾地下了车,"让曾静、张熙等一起逆贼也下车来歇息。你们去告诉士兵们加意照看,勿令受苦,还要格外注意,勿让逃逸一个。"杭奕禄吩咐道。

"是。"

换好马后,车队又继续上路。

车队一路上天亮即走,入夜则息,自湖南而湖北以抵河南,由河南而到直隶、京城,足足走了二十天。

三月末的一天,车队进入京城,直往刑部大牢而去。

杭奕禄令将曾静一起人犯收进监狱看押之后,顾不上回府安歇,径去面见皇上禀报完旨。

曾静等人在狱中,惶恐不安,站也不是,坐也不是,心中有如十五个吊桶打水,七上八下,不知等待自己的是什么样的命运。尽管曾静一把老骨头已经像散了架一般,全身疲乏不堪,严重缺乏睡眠,但还是在惊恐绝望之中度过了他来到京城后的第一个不眠之夜。

第二天早晨,曾静困乏已极,眼皮刚刚耷拉下来,就听大牢里传出一声吆喝:"皇上有旨,着提逆贼曾静出狱,另行关押!"

声音刚落,就听"咣当"一声,一个狱卒打开了狱门:"曾静,出来吧。"

曾静早已从困乏中惊醒过来,不可抑制的恐惧又涌了上来,浑身筛糠不已。

"脑袋都还在你的脖子上,发什么抖啊!"狱卒嘲笑地说了一句。

曾静哪里想得到,雍正帝为了能使他供出更多的情况,不惜给与破格待遇,提出监狱,另行关押,在生活上给以优待,不令受苦。

曾静感到十二万分的意外,惊讶之余,似乎第一次有点揣摩到了雍正帝法外施恩之意。

第三天上午,京审开始。

刑部大堂上,怡亲王允祥当中坐着,两旁坐着内阁九卿和杭奕禄、海兰,十几名衙役八字排开分立两边,一片肃杀之气,让人不寒而栗。

突然,只听一声吆喝:"亲王有令,带曾静!"

此时的曾静,虽在湖南经过了多次的会审讯问,已有点死猪不怕开水烫的劲儿,加上到京城后受到意料之外的破格待遇,使他在忧惧惊恐之中生出几分求生的侥幸心理,但一被带进刑部大堂,一片肃杀之气就把他给震住了,不由得心里一寒,身上一颤,两腿不由自主地跪了下来,两手往前撑在地上。

"逆贼曾静!"怡亲王允祥"啪"的一声拍了一下惊堂木厉声喝道。

"弥、弥……弥天重犯在。"曾静的嘴唇哆嗦起来。

"你可知道你现在身在何处?"

"刑部大堂。"

"对,天子脚下,刑部大堂。我等奉皇上旨意,在此讯问于你,你务必俯首认罪,如实招供!"

"是、是。"

"旨意问你,"怡亲王允祥问道,"你在上岳钟琪书内云:'道义所在,民未尝不从;民心所系,天未尝有违。自古帝王能成大功、建大业,以参天地而法万世者,岂有私心成见介于其胸?'你生在本朝,不知我朝列祖列宗为天命民心之所归吗?而你还要这么说，究竟是何所指？"

曾静叩头答道："弥天重犯这些话是泛说。自古帝王之兴与帝王之在位，皆是顺天命得民心的，天命顺、民心得，从而兴起在位，这是道义之当然。弥天重犯生长楚边山谷，本乡本邑以及附近左右，并没有个达人名士在朝，所居去城市又最远，所以盛朝功绩传闻不到。直至旧年到省城，由省城而至于帝畿，见闻渐广，方知东海龙兴，列圣缵绪，诚汉、唐、宋、明之所不及，直迈三代、成周之盛。盖天地精英，日流日开，本朝叠叠相因，日远日大，愈久愈光。自太祖高皇帝神武盖世，开创王基；太宗文皇帝继体弘业，统一诸国；世祖章皇帝建极绥猷，抚临中外；圣祖仁皇帝深仁厚泽，遍及海内；迨至我皇上，天资聪明，恢弘前烈，礼明乐备，海晏河清，此正是天命民心所归，乃道义之当然。真乃参天地，法万世，为天运文明之隆会。从前弥天重犯实实陷于不知，不是立意要如何，以自外于圣世。"

怡亲王允祥不动声色地点点头，又不禁转过头看了一眼杭奕禄和海兰，心想经过湖南会审，两个月的功夫就把曾静"调理"到这个地步，也确属不易。他挪动了一下身躯，又问道："旨意问你：上书内云'天生万物，理一分殊。中土得正，而阴阳合德者为人；四塞倾险，而邪僻者为夷狄。夷狄之下为禽兽'等语。禽兽之名，是因为居处荒远，语言文字不与中土相通，所以称之为夷狄，并不是生于中土的就是人，而生于外地的就不是人。人与禽兽同在天地之中，同禀阴阳之气，得其灵秀者为人，得其偏异者为禽兽。所以人心知仁义，而禽兽无伦理。岂能以地之中外来区别人类和禽兽！？如果如你所说，那么在中土阴阳和会之地，就应该只生人类，不应再有禽兽生长其间了。但为什么遍中土各地,人与禽兽杂然共居,而禽兽之族,比人类还要多呢?而且就是在人类之中,还生出你这等叛逆狂悖、沦丧天良、绝灭人理、禽兽不如之物来呢?你有什么可说的?"

这样尖刻刁毒、犀利痛快、连问带骂的讯词,最合雍正的性情,正是雍正的口吻,问过之后,也使怡亲王允祥感到一阵快意。曾静的羞耻之心,在湖南会审时早已泯灭干净,这时听了仍不禁一怔,随即又恢复了"常态",眼泪也流了下来,恬不知耻地叩头供道:"天生万物,理一分殊。其有分别,实以理之偏全,不在所居之内外。弥天重犯读书浅少,义理看不透彻,错误的以地之远近区分华夷,而不知以人之善恶区分华夷。今日皇上谕旨所示,义更精实,理更显明,虽顽石无知,亦应感动了。况本朝之兴,列圣相承,亘古所无,万国咸宁,历代罕睹。且开辟幅员之广,声闻教化之远,自有生民以来,到今日而极盛。又圣祖皇帝承天眷顾之敦厚,享年之久,三代以来所无。况更有几多善政善教,纬天经地,开万世之弘基,立百王之大法……所以圣祖皇帝殡天之后,虽然是深山穷谷之地,百姓们也莫不奔走悲号,如丧考妣。就是像弥天重犯这样冥顽无知,那时也曾废食辍饮,恸哭号涕,在深山里披麻戴孝,居丧尽哀。然在当时,皆起于心之不及觉,发于情之不容已,非有所为而为也。若非圣德隆厚,皇恩浩大,何以能如此感化万众百姓?只因为向来看到《春秋》有华夷之辨,结果错误地领会了经书的意旨,所以发出诞妄狂悖言语。其实到今日方晓得经文所说,只因楚不尊王而攘之,而本朝之兴与经文所指,天悬地隔。弥天重犯因思天地之内,无气不通,无理不到,华夷之辨固不可以地言,即以地言,亦无定限……孟子既称大舜,文王为东、西夷所生,又评诋杨朱、墨翟无父无君是为禽兽,所以中土岂无夷狄？蛮荒岂无圣人？至于有明之世,非鲁、卫、齐、晋之旧,本朝之兴,直迈成周之辙,更不待言。弥天重犯识浅见小,未曾经历,又得这些无知流言夹杂胸中,所以有此妄言,悔罪无及……夷狄是以'心'来区分的,所以弥天重犯虽然昔同禽兽,今蒙皇上金丹点化,幸而已转人胎了。"

曾静这一番供词,极尽厚颜无耻之能事,虽然是胡说八道,但好在曾静熟通经史,七拐八弯,闪烁暧昧,居然答得清畅无碍。怡亲王微微一笑,天下有此等怪物,难怪乎皇上要用其心、用其脑、用其口了。怡亲王继续问道:"旨意问你:你逆书内云'……慨自先明,君丧其德,臣失其守,中原陆沉。夷狄乘虚,窃据神器,乾坤反覆,地塌天荒。八十余年天运衰歇,天震地怒,鬼哭神号'等语。从来皇天无亲,惟德是辅。我太祖、太宗、世祖、圣祖,圣圣相承……为从古之极盛,是以皇天之保佑,申命厚恩于我朝者,为从古之极隆……我朝八十余年以来,享承平之福……而你怎么还敢那么说呢！此非仅诬诋我朝,乃敢于诬诋上天矣。曾静,你有何说处？"

曾静供道:"……惟弥天重犯为谣言蛊惑,遂戴天不知天之高,履地不知地之厚,出入作息,竟忘帝力于何有,以是酿成大恶,身陷乱贼。直到旧冬,得闻钦差大人宣传圣德之大,涵育宇宙,又伏读圣谕谆谆,光被四表,始觉心神开豁,脱然得悟从前之非。然耳虽闻圣德,心虽服圣教,目实未曾亲见有道盛世的光景。昨奉解来京,自湖南而湖北以抵河南,由河南而到直隶、京城。所过都邑省郡,自野及市,历人历境,不知凡几千万。但见民康物阜,风景平和,生其间者皆气象古茂,性习淳厚,治化休明,太和翔洽,油然共庆太平有道之世。若不是皇上聪明睿智,仁育万物,义正万事,礼宣万化,智察万类,信孚万邦,修养抚育,励精不倦,为从古未有,何以民心爱戴,休征齐著,天眷隆笃一至于此!到此愈觉从前罪大弥天,无地自容,惟日自痛悔号泣而已。至若谓'中原陆沉'以下等语,总因错听谣言,错解经义,一个病根,一路直错到底。今日虽万死万剐亦所宜然,更何能稍置一喙!"

"曾静,你可知道皇上于万几宸函之中亲自拟旨问供于你,此乃自开天辟地以来所没有的事,你须彻底去掉疑虑隐瞒之心,更不可存丝毫非分侥幸之想,须得好生回奏你的供词,要知道生死荣辱都全在于你的一念之中,你千万不要再自误了。"

"弥天重犯不……不、不敢。"曾静吓得立刻跪伏在地。

"圣上有旨,"怡亲王允祥手捧谕旨站起来念道,"著将朕亲自检选出来的若干谕旨、朱批及岳钟琪等各省督抚大吏奏折,赐予逆贼曾静恭捧跪读,并将吕留良家藏旧作日记一本、诗集一本、日记草本四束、抄本文集四本、散诗稿一束赐看,责其痛悟前非,洗心革面,悔罪悛改,据实吐供。钦此。"

"曾静,你可听清了!"

"弥天重犯谨记于心。"

"押下去!"

"退堂!"

光阴荏苒,京审开始已经一个月过去了。

对曾静的审讯,按照雍正帝拟定的问话旨稿一天天地进行着。

雍正帝并不急于结案,他心里很清楚曾静谋反言行的来源,他更清楚清朝的统治危机和自己登基以来一直面临的统治合法性危机的关键所在。曾静、张熙案发，使他进一步认识到，虽然允禩集团已被粉碎，允禟、允䄉也已先后毙命，但他们的党羽远没有清除干净，还在各处兴风作浪；社会上人们对他的继位及其政治手段和统治措施还有种种非议，在舆论上十分不利。他要充分利用曾静一案提供的良机，不失时宜地给予允禩集团的残余力量以毁灭性的打击，杀一儆百，以解除多年来的心腹之患。为此，雍正帝下令，首先集中审问追查曾静上岳钟琪的谋反书中诬蔑诽谤雍正失德十大罪状的来源。

于是，又有了下面一段讯问和供词。

问曾静："旨意问你：你的上书内云'生当今日，遭逢今世，无志于当世之利禄以自污'等语。曾静果无志当世，则宜早为高尚，何以应试入学，身列青衿？及考居五等，然后愤懑穷居，肆为狂放，尚得云'无志利禄'乎！又书内'与一二同志，闭门空山，养鸡种瓜'等语。观曾静书内，见闻甚多，援据甚广，若闭门空山之中，蛰语讹言，何以入耳？是曾静同志之人，必非一二数也。著据实供吐。若供出何人传说，则曾静是误听传闻，罪尚可恕，切不可以身犯大逆之罪，遂拼一死以含糊了事，甘为众人容隐。皇上恩旨，著你据实吐供，你须将书内所云，若者得自何人，若者传自何处，逐一据实供来。"

曾静供："弥天重犯书中千错万错，无一字著实者，总因错听谣言，误解经义，所以酿成大恶，到今日不可疏解。今圣德光洁，毫无暇玷，而皇恩浩荡，不可名言。以弥天重犯如是之大罪大犯，尚如是优容宽待，另置幽闲清旷之地，且敕部给食赐衣，此诚千古未有之奇典，尧舜所不到之殊恩。即此一事，弥天重犯粉身碎骨,亦不能仰酬皇恩于万一。此时此际,若果晓得造言首犯,方欲寝食其皮肉,又岂敢容隐他人奸回,以负皇恩!所以当日在长沙,大人审问再三不敢说者,实为胸中不晓得个实在源头上造言的人。而传言的人,又实实是个忠厚守法,不惟不肯造言,并不肯乱言的人。且自计罪大咎深,自料必不能生。虽蒙大人屡宣皇上智虑神奇,聪明天纵,事事非常法所得定,亦非常情所得拟,弥天重犯的死生,断非事前所得决。然在弥天重犯当身自计,万难自信可以侥幸于不死,与其临死而又牵累他人,不如以自家一死为稍愈。今感皇恩如此高厚,且奉旨意询问,思量自家一死何足轻重,即死也要说明白自家的心事。赤子冒触父母,虽当父母盛怒之下,亦要向前号泣,说个明白,况今日旨意煌煌,得许弥天重犯直吐其人乎!此在自家分上计,合该要供出人来。因思水流毕竟有源,即流或可以寻源。胸中记出有两个偶尔传言的人。一是安仁县生员,姓何名立忠,曾说他听闻有个茶陵州人,姓陈字帝锡,此人传说朝中有人上议皇上多条,其大者如此如此;又永兴县十八都有个医生,姓陈字象侯,也说他在一处人家行医,听得人说茶陵州有个堪舆,姓陈字帝锡,口传有个本章,谏议皇上如此不好,那上本的臣子姓岳名钟琪。弥天重犯听得二人之话符同,遂渐疑以为实事。其实源头造言的人,不知就是那陈帝锡,抑陈帝锡上手还递传有人否?且陈帝锡其人,弥天重犯从未会面,不知其人形貌何如,即'帝锡'两字,也不知是此两字否,问何立忠便知。听闻此人会堪舆,前两年在安仁县起学宫,何立忠是安仁县的秀才,或者知得他的名字。其实今日仰惟皇上如天如地,何可毁谤?天经云隔,何伤于天,反因云隔而转见天之高;地经穿凿,何损于地,反因穿凿而转见地之厚。今皇上之行,如日月经天,虽湖山万里,莫不共见共闻。弥天重犯幸今亦如盲得视,复见天地日月了。"

曾静的供词,引起了雍正帝的注意。

曾静供认他是听安仁县生员何立忠和永兴县医生陈象侯说的,而何、陈二人又都是从陈帝锡那里听来的,那么,陈帝锡是否就是造言诬蔑之人?

不,绝对不是,而且绝对不能是!

雍正帝心里非常清楚,如果陈帝锡就是造言之人,那么这个案子将变得毫无意义,他的"出奇料理"的精心安排将会半途夭折、前功尽弃。皇帝亲自赤膊上阵,兴师动众,结果抓出个平头百姓、山野村民,这不是滑天下之大稽吗?这将是对皇上最大的嘲弄,这不是雍正皇帝的目的,这绝不允许发生!陈帝锡绝对不能是造言之人,造言之人应该是而且必须是雍正的政敌,是允禩集团的残余。

雍正帝于是旨令杭奕禄继续抓紧讯问曾静。

雍正七年六月初二日,内阁奉上谕:"……查曾静逆书内,有传闻岳钟琪两次进京陛见,俱不允行,岳钟琪深自危疑,因而上书等语。曾静平时夷狄之见,横介于胸中,又闻此无根之语,不觉其逆心之愈炽,遂为此孟浪之举。但此传闻之说,必有所自来,著曾静确实供出。以曾静所犯之如此大罪,今尚蒙朕之宽宥,则传说浮言者,若能悔改,亦必可从宽贷。况传说者未必即为造言之人,若由曾静供出之人,转究造言之缘起,则此事可得归结。著杭奕禄、海兰详悉宣示曾静。钦此。"

杭奕禄对皇上的心思和用意心领神会,遂拿出刑部侍郎的看家本领,暗示和引导曾静"据实吐供"。

问曾静:"你在湖南供内,诬谤皇上有将二爷的妃嫔收了等语……你这话从何处来?又你以密亲王为三爷,语虽讹传,必有乱说的人,你可据实供出。"

曾静供:"收妃嫔的话,是雍正五年五六月内,往来路上人传说衡州路上押解一个犯官过境,他如此说。弥天重犯听得此话不察,妄以为此话自犯官说出,毕竟是事实。其实到今日,万万记想这个传说的人不出,亦不知是个什么犯官,查朝中那年那时,有什么犯官往衡州过境就晓得的。"

"还有呢?!"杭奕禄觉得曾静供得还不够。

曾静扭头张口结舌地呆想了一会,转头又供道:"往来的传言还有:'先帝欲将大位传于允禵,圣躬不豫时,降旨召允禵来京,其旨为隆科多所隐。先帝殡天之日,允禵不到,隆科多传旨,遂立当今。还传闻皇上令浙江开捐纳之例,欲将银六百两修造西湖,为游幸之地。皇上在卢沟桥盖造官房,收往来客商饭钱。"

杭奕禄迅即录报皇上。

曾静的指供正中雍正中下怀。遂急令刑部将雍正五年五六月间所有路经湖南衡州、发往广西的犯官开列名单,交由怡亲王允祥拟传密旨,由兵部火票急递河南巡抚、湖广总督、湖南巡抚和广西巡抚,令他们照单查拿,不使漏网。

随后又发上谕:"查雍正四年五年,有达色等七人发往广西,伊等既捏流言,则沿途解送之官员人等断无不曾闻知之理,著该督抚将从前曾经押解犯人之官员一一查处,确加询问,令其将各犯所捏悖逆之语一一据实说出,不许隐讳一字。"

圣旨一下,有关各省闻风而动。

案情：扑朔迷离

雍正七年六月初十日，湖南。

湖南巡抚王国栋一早即接到兵部火票递到的密旨和密单，随即分差标员密檄各个州县，按照密单开列的名字逐一查提。

很快，永兴县知县戴文谟即报捕获医生陈象侯，安仁县知县袁紫垣报捕获生员何立忠，茶陵州知州李凤生报捕获堪舆陈帝锡，并随即押解到长沙巡抚衙门。王国栋立即升堂审问：

"陈象侯、何立忠、陈帝锡，你们听好了，本官问你们，你们可还记得逆贼曾静？"

三人跪在堂下，正不知为何被捕，心里糊

里糊涂地感到害怕,忽听王大人问到曾静,而且名字前还加了"逆贼"两个字,更感到纳闷,心里盘算着不知是说认识好呢,还是说不认识好?一时都没敢回答。这时只听王国栋拍了一下惊堂木,厉声喝道:

"到底认识不认识!"

"认识。"陈象侯、何立忠慌忙答道。

"我不认识。"陈帝锡也低声答道。

"本官跟你们直说了吧,"王国栋盯着他们威胁地说,"逆贼曾静犯了十恶不赦的谋反大罪,已被押到京城,由皇上亲自审问,现在他把你们给供出来了。"

三人一听,着实吓坏了。

王国栋继续说道:"据曾静供称,他曾听何立忠和陈象侯传言,说是听闻陈帝锡传说朝中有人上议皇上多条,说皇上如何如何不好,那上本的臣子姓岳名钟琪,等等。"

王国栋突然起立念道:"皇上有旨:曾静乃首逆巨恶,而我皇上有好生之德,尚以其听信流言,不忍即加诛戮,况尔等不过传说之人,但将传自何处、得自何人说出,尔等则皆系无罪之人,何苦为人隐讳,以身试法。"

"你们可听清楚了,若不好生招供,你们就会吃尽苦头!"

"啪!"王国栋又拍了一下惊堂木:"快说!"

"我说,我说。"陈象侯战战兢兢地赶紧说道,"五六年前,因曾静的妻子患病,他来接小的医治,所以认得他。那陈帝锡,小的并不认得。前年在安仁行医,曾听得武生何献图说起京中有一个臣子上了谏本,皇上说他是个忠臣,要加封他的官。后来会着曾静讲闲话时也曾说及过的。"

"说完了？你呢，何立忠？"

"我、我说。"何立忠跪着往前挪了一步，供道，"我是文生，叫何立忠，平日与曾静并无往来，旧年因犯生女婿死了，曾静到女婿家来吊孝，犯生会着他说起犯生女婿为人肚量偏浅，犯生随口回他说，目今只有皇上的肚量大，听说朝中有人不知避讳，上了谏本，皇上置之度外。这也是因话答话，并不是犯生造的，是族间何献图对犯生说，他听一个叫陈帝锡的堪舆讲的。"

这时陈帝锡马上说道："小的叫陈帝锡，是做堪舆的，平日并不认得陈象侯，也没有在何献图面前讲过什么话。"

何立忠立即对质道："何献图亲口对我讲是你说的，并不是我赖你。"

陈帝锡的眼珠转了一圈，又供道："前年十月里，小的在何献图家看风水，他的妹夫张继尧曾说有人去四川回来，闻得岳老爷上一谏本，说些不知忌讳的话，劝皇上修德行仁。又说四川坍出一个孔明碑，那碑文上有几句诗说：'孔汝仅留二八邦，花木流落在四方。秦楚士卒千万丈，郊外东方荒又荒。秦晋兵来燕赵地，秋后鸦鸟尽无粮。四民遍地遭淹没，天下从此动刀枪。若问人民太平日，除非山山口口藏。'这都是张继尧说的。"

当日审讯完毕，王国栋即令安仁县知县袁紫垣秘密拘捕何献图，不几日，何献图被捕获并押解到长沙。

王国栋马上提审何献图。

何献图供道："犯生曾请一个堪舆陈帝锡看风水，他曾说过有个臣子上一谏本，皇上置之度外，还加封他的官职。犯生道听途说，原向族间何立忠并在犯生地方行医的陈象侯讲过，并不曾听见有什么孔明碑的话。"

王国栋随令又提审陈帝锡,命他和何献图两人对质。

陈帝锡供道:"那些话全是你妹夫张继尧对我说的,就是他讲的孔明碑,我解说不出,还要你写出来,你怎么赖呢?"

听了陈帝锡这么说,何献图气得发抖:"那孔明碑的话,犯生实没有听见,若说犯生写的,有什么凭据?那些话实在是陈帝锡说的,并不是犯生妹夫张继尧讲的。"

"来人,"王国栋看二人纠缠不清,决定对陈帝锡动刑,"给我把陈帝锡夹起来!"

"大人,"陈帝锡慌忙说道:"求你且慢动手,若提到张继尧审问,他不承认的话,小的情愿与他对夹。"

"好吧,饶你这一次,待张继尧提到,若再不据实招供,断不轻饶。"

案审到这个地步,王国栋就是查不出谣言"传自何处,得自何人",造言者究竟是什么人?或许这本来就是道路传言,无头之案,皇上也有点小题大做、故弄玄虚了吧!还是奏报皇上,请旨把这些人犯也押解进京,由皇上亲自处置吧。

雍正帝接到王国栋的奏折,连夜批览,一览之下,不禁龙颜大怒,提笔朱批道:"你地方上百姓如此风习而不能觉知,不肯奏闻,他处发觉,特命钦差来究审而又不能将此等一类匪物究出。今从京指名交与你数人审究,原为恐奸民闻风远飏,方着你就近作速设法诱问。今但将此已经问出的口供而令彼此推卸,耽延过日,总不能体察其出之谁口,亦可谓才德兼全、忠诚任事之巡抚矣。"

雍正帝对王国栋的不满已经溢于言表,此种嘲讽的口吻、严厉的斥责,明显地表现出雍正帝性格中尖刻的一面。

九月十七日,湖广总督迈柱奏:"从前押解犯人之官员人等各坚供实未听闻。"

案情在湖南没有取得进展。

王国栋已明显地感觉到自己头上的乌纱帽已经戴不稳了。于是一俟张继尧被密捕到案,就不管三七二十一,立即开堂刑讯张继尧和何献图,无奈二人皆大呼冤枉,不予招认。王国栋又提审陈帝锡供认的看过他抄录的孔明碑文的何纯忠、何知来二人,这两人更是茫然一无所知,查抄二人的家也一无所获。王国栋无计可施,只得再次奏报雍正帝:此案"显属陈帝锡捏造,既经众证明白,难容狡赖,应否将陈帝锡解京一并拟结"。

雍正帝在王国栋的奏折上批道:"……陈帝锡已经自认传说流言与曾静所供无异,更无再与曾静对质之处,何必又请将陈帝锡解京。至陈帝锡所供之张继尧及何知来、何纯忠等,该抚既称刑讯张继尧呼冤不认,何知来等家中并无抄录碑文,显属陈帝锡捏造。则该抚应将陈帝锡委曲开导,令其悔悟感激,则自必将传言来自何处何人招出。乃王国栋既不将陈帝锡详悉晓谕,使之感悟,吐露实情,而但将扳出之张继尧加以刑鞠,不知王国栋出自何心。况陈帝锡将孔明碑文烂熟胸中,随口背出,此绝非陈帝锡临时造作之语。其言必有所本,即此可以推求其他流言之所自来。而王国栋先用严刑讯究诬扳之人,刑讯不得,遂请将陈帝锡解京,以卸彼地方之责。从前杭奕禄在湖广时,即不能详悉推求,是以特降旨令王国栋查迄,而王国栋又复草率希图完结,如此有凭有据之事尚不肯细心推究,以尽根除,设地方有疑难之事,则将作何办理!王国栋殊为溺职,着王国栋再行详讯,务必追出传言之人,则此事方可归着。又前令王国栋将雍正五年五六月间衡州路上解过犯官留心察访,王国栋亦未奏复,令其一并确查具奏。"

雍正帝对王国栋的不满又增加了许多,王国栋深感委曲,更感害怕和恐惧,虽有一肚子的气,却还不敢出在陈帝锡身上,只得强压怒火再次传讯陈帝锡,将皇上宽大弘仁,当面逐为宣布,并又多方委曲开导,这时陈帝锡才又重新供道:"前年八月初,小的奉母亲的命,往衡州买绸子,走到地名唐堡司的地方,大路边有个凉亭,小的走得吃力,就在那里歇息买茶吃。只见有四个长大汉子,还有一个挑担的,是走道儿的光景,身上都穿着马褂子,口里说的是官话,像京里内旗人模样。他们一伙在那边说什么'岳老爷上了谏本,不知避讳,恐怕不便'。内中一个人说'皇上竟不定他的罪,反加了他的官'。因那挑担的来问小的要茶吃,小的随问他你们到哪里去,他说往城里去。因那时是路上偶然撞见,不知他是什么人,又不曾问他姓名,害怕大人在小的身上要人,所以从前不敢供出。其实这句话实在是道听途说的,就是小的告诉何献图也讲是听见人说的,若果小的指得出姓名,又晓得有今日的事,怎么不在何献图面前就讲是某人说的呢?"

陈帝锡顿了一顿,舔舔嘴唇哑哑嘴又继续供道:"至于那碑文是前年九月初一,小的在衡州去买鼎锅,在同年桥地方见有许多人围着一个背葫芦的道人,白发长须约有九十多岁,据他讲有一百岁了,他招牌上写着:'云水道人,善观气色'。又有一张诗句贴在桥上,说是什么孔明碑文。那时看相的人也多,要八文钱一相,小的也出了八文钱相了一相已往的事,有些对证。他自己说是四川来的。小的因识得几个字,就把那碑文看了几遍记在肚里,也不知那诗句讲的是什么话。因小的从前病在何献图家,他郎舅说要将小的用草席裹了逐出门外，又因何献图将小的对他说的话告诉别人，以致今日有这件事，所以我怀恨在心，扯着他郎舅两人。如今小的供的都是实情，并没有半句假话。"

王国栋的"详加讯问"至此仍然没有查出"造言之人"，王国栋的乌纱帽肯定是保不住了。看来他肚里少了根弦，没有揣摩出皇上的心思和用意，没有敏悟皇上的"详悉训诲"，没有诱供、导供，让陈帝锡将"京里内旗人"和雍正五年过衡人犯联系起来，没有敏感到这些人犯正是雍正帝的政敌阿其那、塞思黑的心腹太监。他确实是"庸愚下质，谬任封疆"，辜负了皇上的圣恩。因此，在他再次将审讯详情"恭齐奏闻"之时，皇上确实让他"不胜悚惶之至"了。

十月初七日，湖南巡抚王国栋因"苟且塞责"、"纵奸旷职"，被革了职。随后，赵弘恩署湖南巡抚。

赵弘恩以王国栋为前车之鉴，上任伊始，即不遗余力地细加访查，极意追询，不久即讯明复奏："查得逆犯耿六格、吴守义、马守柱、达色、霍成等，经过各处，沿途称冤，逢人讪谤。解送之兵役、住宿之店家等，皆共闻之。凡遇村店城市，高声招呼：'你们都来听新皇帝的新闻，我们已受冤屈，要向你告诉，好等你们向人传说。'又云：'只好问我们的罪，岂能封我们的口！'"

湖南案情的发展终于达到了雍正帝的目的。

雍正七年六月十八日，广西。

广西巡抚金鉷上午辰刻接到怡亲王寄到的雍正五年五六月间发遣广西的人犯密单和密旨，令其照单察访，收集这些人犯所到之处散播的悖乱之词，密单中未开列者也令其留心细察。

案情：扑朔迷离

金锳经查,雍正五年过衡州流放广西的人犯共有五案八人:马守柱、蔡登科、耿桑格、耿六格、吴守义、霍成、达色、达哈琏及其子成德。其中蔡登科、耿桑格已经病故,其余六名尚在流放地。

为此,金锳密令永康州知州高潢前往广西各地秘密访查,同时令人犯所在地的管理官员查报各人犯现况。结果很快先后查明:

流放上思州的原茶叶库大使达哈琏甚为安静守法,其儿子成德年仅六岁;太监吴守义亦未闻有何言语;太监霍成、马守柱二人则或为悖逆之语,或为怨望之语。

流放河池州的人犯耿六格则实有悖逆之语。河池州知州陈舜明为了收集罪证,还采取了引蛇出洞的酒肉之计。他将人犯耿六格秘密唤到署衙里,"予以酒食,设词探诱,而该犯逆语愈多,乃既已妄言之后,随复自吐其舌云:'我错了,老爷是个官,我如何向老爷说出这些话。'"

原来这耿六格乃是康熙年间三藩之乱中三藩之一耿精忠的孙子,经讯问,耿六格供称:"我原先充发在东北三姓地方时,在康熙帝第十子允䄉原来的鹰犬八宝家中,邂逅了塞思黑的心腹太监于义、何玉柱,他们向八宝女人谈论:圣祖皇帝原传位于十四阿哥允禵,皇上将'十'字改为'于'字。还说圣祖皇帝在畅春园病重,皇上就进了一碗人参汤,不知何故,圣祖皇帝就崩了驾,皇上就登了位,随即将允禵调回囚禁。太后要见允禵,皇上大怒,太后于铁柱上撞死。皇上又把和妃及其他妃嫔都留于宫中等等。"

流放天河县的人犯达色,经备细察出也确实有逆语。经讯问,达色供认有阿其那的太监马起云向他说过:"皇上令塞思黑去见活佛,太后说:'何苦如此用心!'皇上不理,跑了出来,太后怒甚,就撞死了。塞思黑之母亲,亦即自缢而亡。"

除了按单秘密察访之外,高潢还查出密单上未开列的雍正四年十二月间准咨太监刘应试和雍正五年十月间准咨太监米儿二人,或为悖逆之语,或为怨望之语。

金鉷深知此一干人犯俱是朝廷要犯,容不得一丝疏忽,于是一面将各"造为逆语,摇惑人听"的逆贼人犯的姓名和逆语缮具清单,一面飞檄各地方官将人犯速行解省,以便星速押解赴部,同时具奏飞报皇上。

闰七月二十八日,金鉷又接到怡亲王于七月二十六日并闰七月初二日两次传宣上谕,令其将已查明的人犯押解赴京。

进入八月,广西各州县属分别将各人犯押解到省衙,金鉷著令广西按察司分别于八月初八、初九、初十、十一、十四、二十二日陆续派员起解进京。为防串供,金鉷严令"不令一处行走,不令各犯相见,并令细察其动静言语,务使完全解部"。同时上奏皇上:"伏思我皇上至德光昭薄海,臣民无不共仰高厚,该犯等捏造谤侮,曾何伤于日月,而逆贼曾静之敢于见之笔墨,肆行狂吠,其为此辈之所煽惑确然无疑。"

至此,案情在广西取得重大进展。

经过广西巡抚金鉷的备细访查证实,数年以来从京城发遣广西的人犯,多系阿其那、塞思黑、允䄉、允䄏门下之太监,这些家伙到处捏造谤言逆语,肆行流布扩散,欲以摇惑人心,泄其私忿,造成极坏影响。如今是冤有头、债有主,终于还是被挖了出来。因此,雍正帝接到广西巡抚金鉷的奏折,心里感到格外高兴,总算达到了自己的目的。他提笔朱批道:广西"料理可嘉之至……地方中被此辈流言已蛊惑数年矣,但乡愚无知者信疑之间不可言无,当竭力留心开示,凡有发往人犯处皆不可疏忽,务将阿其那等不忠不孝不法不臣处一一详细委曲宣谕,务人人知悉方是,不可草率疏忽从事。"

曾静谋反大案策反书中诬谤皇帝的根源,扑朔迷离、忽明忽暗,至此终于"真相大白"。这正是雍正帝精心设计、周密安排、"出奇料理"的必然结果。

回顾案发之初,曾静所供认的,是听到何立忠、陈象侯传说关于岳钟琪与皇帝悖讦之事,他因有吕留良华夷之论在胸,便对何立忠、陈象侯从陈帝锡那里听到的传闻信以为真。接着查出有四个北方旗人被流放广西,路过衡州,谈论的也是岳钟琪上谏本之事。但曾静一直没有具体供认谋反书中诬谤雍正谋父矫诏、逼母、弑兄、屠弟、贪财、好杀、酗酒、淫色、怀疑诛忠、好谀任佞等十大罪状是听谁说的。从案情的发展过程来看,起码这十大罪状不全是从流放充军者口中听来的。但曾静供认到此,对雍正来说已经够了,雍正抓住流放充军广西的人犯均是阿其那、塞思黑的党羽这个事实,调转矛头,大肆追查这批人犯散布什么流言,且直接与谋反案联系起来,由此而一箭双雕,为进一步打击和清除允禩集团残余势力找到了藉口和依据。

雍正宣布允禩集团是他失德舆论的散播者,为此,他采取对策,一方面再次谴责允禩等人的罪过,另一方面,就曾静谋反书中诬谤之词逐条地进行辨析,这样雍正帝又发了很多上谕。

雍正上谕中说:"从来善恶之报,纤毫不爽。凡罪大恶极之人,虽一时宽宥,免于诛戮,而伊辗转纡回,仍复自投罗网,若有驱逐之使然者。即如阿其那、塞思黑、允禵、允䄉门下同恶共济之徒,潜蓄邪谋,阴怀逆志,实国家之巨贼,贻宗社之隐患。朕既洞烛其奸,本应将伊等置之于法,以绝根株。只以一时不忍,思古人'歼厥渠魁,胁从罔治'之意,予以宽典,发遣边方,保其性命,以为此辈稍有人心,或能感发天良,悛改夙恶。岂料逆天造孽之人,不可化诲,毒忍之性,愈益猖狂,上干天地、皇考之怒。委曲婉转,假手于曾静辈,使奸党匪类之罪状,一一呈露,不容漏网。天道昭显若此,能不令人毛骨悚然,倍加警惕乎!"

雍正情犹未尽,连发数条上谕,以谴责仇敌,表白自己:"总之,此等立心与国家君父为仇之人,暗结死党,潜蓄奸谋,不将国家置于扰乱倾危,其心不肯止息。朕既洞烛其逆情,若不先期防范,及彼谋成事就而后应之,则朕之力不能胜,彼时身死无名,为天下后世笑,不但负皇考付托之重……天下生灵皆遭涂炭之厄矣。幸朕每事洞烛先几,伊等之伎俩,全无所施,惟力造作恶言,以为煽惑报复之计。由今日之事观之,虽渠魁数人被诛,而其同党胁从,至微至贱之人,仍复怀藏逆志,传布大逆之语。以此情形观之,然则朕之留心防范,早为经理者,岂非上天、皇考默启其心,使宗社苍生享太平之福耶!"

雍正帝描绘了一幅多么可怕的图画:如允禵之余党一直贼心不死,图谋反叛,到处制造谣言,蛊惑人心,一旦他们谋反政变得逞,不但我身死无名,国家百姓也都要遭受涂炭的厄运。他对此不胜感慨:"所幸薄海内外,亿人兆人,受皇考圣祖六十余年深仁厚泽,浃髓沦肌,不为匪类流言摇惑于万一者,岂人力之所能哉!则皇考之留遗于朕者,岂止天高地厚而已哉!今日不但雪朕不白之冤,而皇考义安宗社苍生之功德愈加彰著矣。挥泪书此,再示臣民,天下亦可以知朕之心矣。"

雍正帝深知社会流言中对他最不利的关键问题是继嗣问题,他为此特加解说,数落允禩的庸劣狂愚,说明自己嗣统的合法性。

总之,利用曾静一案,雍正帝宣布找到了诬蔑他失德的舆论根源。案情至此,雍正帝已经变被动为主动,化不利为有利,化腐朽为神奇了。他要充分利用这件案子大做文章,争取舆论的优势。他亲自主持编纂了包括十道上谕、审讯词、曾静四十七篇口供、张熙两篇口供、后附曾静《归仁说》等文件在内的四卷本《大义觉迷录》,逐条驳斥了加在他头上的十条失德之罪,并为此特颁上谕:著将此书"通行颁布天下各府州县远乡僻壤,俾读书士子及乡曲小民共知之。并令各贮一册于学宫之中,使将来后学新进之士,人人观览知悉。倘有未见此书、未闻朕旨者,经朕随时察出,定将该省学政及该县教官从重治罪。特谕"。

《大义觉迷录》的层层下发、处处宣讲,又发生了意想不到的事件,引起了新的文字狱。

在广东惠来县学,有一教谕,名叫屈明洪,是明末清初的岭南名士屈大均(字翁山)的儿子。这屈大均,是广东番禺人,诗词文章俱超绝一时,著有《广东新语》、《翁山易外》、《有明四朝成仁录》、《翁山文外》、《翁山诗外》等书籍。清兵南下广州时,屈大均遁迹为僧,名其所居为"死庵"。后奔走于大江南北,结交志士,留意山川险阻,企图反清复明,至康熙三十五年(1696)逝世。屈大均是个富有民族气节的志士,所作诗文当然有不少的"不平之气"。但屈大均生前并未因文字而坐罪,他的文字之罪,却由他的子孙后代来承担了。

雍正八年（1730），屈大均的儿子屈明洪正出任惠来县教谕，奉到颁赐的《大义觉迷录》宣读的时候，读到张熙供认屈温山集议论与逆书相合，他顿时就傻了眼，呆住了。这屈温山不就是父亲屈翁山吗？父亲的书与吕留良的逆书相合，这还了得！屈明洪深知其中利害，不寒而栗，赶紧自动到广东巡抚衙门投案，说道："屈翁山向犯滔天大罪，著作悖逆文词，只因父死时年幼无知，存留诗文及刊版在家，未曾察阅。恭读《大义觉迷录》后，回去检查父亲诗文，果然"乱纪悖常"，因此亲自呈首投监，缴出父亲的诗文著作和雕版，请正典刑。"

署理广东巡抚傅泰赶紧向雍正帝报告，说是阅读《大义觉迷录》时，从张熙供称钦仰广东"屈温山先生"，想起本省著名学者屈大均号翁山，猜想"温山"是"翁山"之讹，于是追查屈大均的诗文著作，果然发现其中"多有悖逆之词，隐藏抑郁不平之气。又将前朝称呼之处，俱空抬一字，以示臣民之礼"。屈大均是"狗彘居心"，"秉彝尽丧"，不知天高地厚之深恩，妄逞狼嗥犬吠之狂词，诋毁圣朝，盗窃微名，此实复载所不容。今慑于天威，其子已经自首。

就这样，又一宗思想"悖逆"案被揭发出来，已死三十多年的屈大均死后也不得安宁。

案情上报，刑部拟照大逆律将屈大均戮尸枭示，亲属照例缘坐。雍正帝念屈明洪自首，降旨说律有自首减等之条，着将此案人犯减等论处。刑部得此旨意，将屈大均免其戮尸枭示，仅将屈明洪及其二子遣戍福建，屈大均诗文全部毁禁。

与此同时，在福建也发生了一件范时杰呈文案。

这范时杰是福建上杭县的童生，他在读了《大义觉迷录》后便忽发奇想,向福建观风整俗使刘师恕呈文斥责曾静,颂扬雍正皇帝,希图以此为晋身之阶,果然得到了刘师恕的表扬。不久,福建学政戴瀚按临汀州府巡查科举考试,范时杰不失时机地又递上一份呈词,驳斥曾静的诬谤之词,为雍正帝辩护。其中说到帝位授受之际,"三兄有抚驭之才,钦遵父命,让弟居之,而圣君不敢自以为是,三揖三让,而后升堂践天子位焉"。其意思是说,雍正皇上的帝位是三兄(诚亲王允祉)遵父命让给他的,皇上得位正当,没有杀兄屠弟之事。戴瀚一看,容颜顿改,心中立刻警觉起来。因为雍正皇上的帝位问题民间传闻很多,朝廷内外对此都非常敏感。为此,戴瀚当即拘审范时杰,追问"三兄让位"之说从何得来。"很多档案详细记载了当时审讯供答的情况。

问:"范时杰,你可知罪?"

供:"小的确实不知罪在何处。"

问:"大胆狂徒!竟敢非议皇上,你呈内说三兄让位有何凭证?"

供:"小的确实不知凭证何在,只是听见城里人人都这么说。"

问:"你说的三兄是何名号、爵位,现在何处?如何有抚驭之才?"

供:"我不知道。"

问:"你这是无稽之谈,你写入呈内就是造作流言惑众,若是有奸匪狂惑于你,你可将其人说出,则罪有所归。"

供:"实在是人人都这么说,我就写入呈内了。"

问:"你曾在观风整俗使衙门递呈,为何没有这样的话呢?"

供:"在观风整俗使所投之词是我自己作的,这呈词是用经传成语凑合而成的,所以不一样。"

问:"雍正六年十一月内曾颁发上谕一道,晓示皇上继统登极之事,你可曾见过?"

供:"见过的。"

问:"你既见过上谕,就该知道这三兄让位的事是没有的,为何又捏造出这些话来?"

范时杰无言以对。

问:"你说家寒,难道你具呈颂圣,原为侥幸求利吗?这就不是忠爱之心了。"

范时杰仍然无言可辩。

审讯一结束,戴瀚即命人将范时杰押交上杭县收管,一面密折奏报雍正帝。雍正帝对戴瀚此举大加赞赏,在折上朱批道:"所奏甚属可嘉!地方大员果一一将此等事概不隐匿消灭,此等棍徒何患不净也。"遂命戴瀚会同总督、巡抚进一步审究。雍正心里清楚,范时杰的呈词不过是一个不思安分、希图侥幸的小民所为,并无什么悖逆不法之意,所以他特别提醒福建地方大员,若究问得实情则可,若究问不出实情,也不必大张旗鼓地去搞。

进一步审讯的结果,范时杰最后供称是自己想当然说的。最后,督抚等人以范时杰"凭其草野私臆,捏为三兄让位之词",奏请将其押交原籍地方官严加管束,并令他每月初一、十五两日宣读《大义觉迷录》,再敢多事,即行治罪。雍正帝阅罢奏折,朱批道:"押交原籍去。"范时杰侥幸躲过了坐牢杀头的大祸,他真是没想到拍马屁拍到了马蹄上,弄巧成拙,自找苦吃。

转眼又是一度秋。

秋天,这可是京城一年当中最好的季节,今年的秋天又让人感到格外的和顺,金风送爽,各地喜报秋成大稔。

这是一个秋高气爽的日子,一早起来,雍正帝就在他那"宵肝寝兴之所"养心殿里批览各地送来的奏折:

奉天将军多索礼奏,盛京禾稼瓜果均获丰收。

贵州巡抚张广泗奏报全省丰收,进献瑞图四十六种,有一茎两穗至十五六穗不等;稻谷有每穗四五百粒至七百粒数之多者;粟米有每穗长一尺八九寸至二尺有奇者。一月之内庆云七次呈样。

云南、山西、山东也奏报连年丰稔,庆云呈祥,五彩捧日,光华融霭。

各封疆大吏均恭称,自古圣王励精图治,虽不言祥瑞,然到治定功成,而祥瑞自然协应;必到祥瑞协应之时,而后称得治定功成。我皇上克体天心,克肖天德,励精图治,仁恩厚泽,遍洽寰宇,薄海内外,物阜民康,圣心与天心合一,君德与天德无间,是以或垂天锦以示祥,或著地灵以呈瑞。此乃我皇上成自古未有之治功,以致获自古未见之休征也。

在这样天晴风和的早晨批览这些报告祥瑞的奏折,雍正帝心里感到一阵很久以来都没有感受过的惬意和高兴。一年来,出师准噶尔,审理朱三太子案、甘凤池案、陆生楠案、曾静和吕留良案,弄得自己心力憔悴,特别是曾静、吕留良案,光是朱批奏折和谕旨就下了几十通,写秃了多少支笔,总算是皇天不负有心人,事情按照自己的设想进展,揪出了阿其那、塞思黑之流的党羽,让自己有了个自我辩护、表白的机会。《大义觉迷录》的颁布，了却了多年以来的一块心病。是啊，曾静的案子是到了结案的时候了，让下面议议，听听大学士、九卿、翰林们怎么说。不管他们怎么说，曾静之流还是放了为好，这些人不仅对我有用，还能落它个宽大仁慈的好名声。至于吕留良，反正是个死东西了。

慢，"华夷之辨"说还大有文章可做，不能这么早结案。不过，吕留良是个大儒，是江南文化名流，要把他的伦理扳倒，跟这个死人较量，未必如曾静这般好捏……先处置了曾静再说！

想到这，雍正帝站了起来，说了一句："来人。"

门外太监应声而入："喳。"

"录写圣旨传内阁九卿。"

"是。"

"曾静一案，前命侍郎杭奕禄、副都统海兰详加审讯。据曾静逐款回供，俱是悔过感恩之语。此等奸险之徒，语言诈伪，或伊畏惧诛戮，故勉强作此认罪之词；抑伊自知罪大恶极，愧耻悔恨，出于本心。著大学士、九卿詹事、翰林、科道，将从前诘问各款，逐一再加讯问，确取口供具奏。钦此。"

圣旨一下，大学士、内阁九卿不敢怠慢，迅速提审曾静，逐款复讯一遍，曾静按从前的供词又一一重新复供了一遍，并且还供道："弥天重犯罪案，今日蒙众大人逐款勘讯，自知万死万剐，更有何说可解！所痛恨者，实因住在深山穷谷，愚昧无知，是以吕留良之逆说悖论，得以迷心。惟其有吕留良之悖论在心，所以阿其那等之流谤方能惑听，而吕留良之邪说悖论，愈得以固矣。二者交乘，相因为害，遂至酿成亘古未有之极恶而不自知……则前之狂悖，由于无知，后之爱戴，出于有见。前后虽异，其实皆发于本心，此固不是巧说以偷生，亦非旁人所能代为指拨开导而有是说,实字字句句皆从一片良心发出……所以弥天重犯到今日感德被化之余,愿置身极典,以求其心之所安。且使天下万世,共知我皇上至德深仁,透民骨髓,即在无知悖逆之民,犹被化改过,自愿伏罪以至如此。所以弥天重犯到如今,惟有仰恳众大人转奏,将弥天重犯速正典刑而已,更有何说!"

曾静在内阁九卿面前,惶惶然知其死期已到,只能自请"速正典刑"。

内阁九卿们详议曾静应得之罪,一致认为曾静罪无可赦,法在必诛,不仅曾静本人要凌迟处死,而且应株连九族。为此专奏皇上:"臣等看得曾静狂逆凶狡,罪大恶极。妄信逆贼之悖论及奸党之流言,胆肆凶逆,辄敢诋毁本朝,诬蔑君上,编造逆书。从湖南至陕西,劝封疆大臣以反叛,欲构乱于升平之世。核其情罪,法无可宽。且曾静以一山野细民,戴高履厚五十余年,忽谋为叛逆之事,从古以来,乱臣贼子中无有其比。臣等审讯之下,无不切齿恨愤,咸愿食肉寝皮,虽寸磔族诛,不足以蔽其辜。"

内阁九卿觉得还不能说服皇上,又搬出了大清律法。这大清朝还在关外后金时期,即开始创立法制,由习惯法向成文法过渡。到太宗皇太极时期,即颁布了一系列的封建法令,援引汉族封建法典中关于"十恶"大罪的规定,把谋反、谋叛和犯上作为主要的打击对象。顺治时期为了统治全国的需要,又沿袭大明律的形式和内容,修成了《大清律集解附例》。康熙时,进一步增修疏解,辑成《大清律例》,但未正式颁行。到了雍正继位之后,继续修订律令,雍正三年完成,由雍正帝御制序文,雍正五年正式颁行《大清律集解》。至此,清朝的律文基本固定,为以后乾隆朝最后制定颁行《大清律》奠定了基础。由于皇权是封建统治权力的集中表现,因而大清律法虽经历朝修改,但一脉相承的是始终以维护皇权为根本目的,法律对侵犯皇权的犯罪作出了严密的规定,并且给予最严厉的处罚。如谋反之罪,即预谋策划反对皇帝和推翻皇朝的行为,清律一直列为十恶重罪之首,规定了最严酷的刑罚。曾静、张熙犯的正是十恶不赦的谋反大罪,于法于国皆应处以极刑。于是内阁九卿依大清律进劝皇上:

"查律内谋反大逆,但共谋者,不分首从,皆凌迟处死;正犯之祖父、父、子、孙、兄弟及伯叔父、兄弟之子,男十六岁以上皆斩;男十五以下,及正犯之母、女、妻、妾、姐妹、子之妻妾,给付功臣之家为奴……曾静应照此律,即凌迟处死。行文湖南巡抚,查明曾静之祖父、父、子、孙、兄弟及伯叔父、兄弟之子,男十六以上,照律皆斩立决;男十五以下,及正犯母、女、妻、妾、姐妹、子之妻妾,解部,照律给付功臣之家为奴。所有财产,查明入官。伏乞皇上允臣等所请,将曾静立正典刑,以彰国法,以快人心。至张熙与曾静共谋不轨,听从曾静指使,赴陕投送逆书,思欲构乱。亦应照'共谋者皆凌迟处死'律,即凌迟处死。为此,合词谨奏。请旨。"

内阁九卿合奏请将曾静正法,雍正帝大为不悦。阅毕奏折,雍正帝即传旨将大学士、内阁九卿等召入乾清宫中,命令将曾静、张熙特旨赦宥,免罪释放,并且宣布不但不杀他们,地方上人士,亦不得疾恶暗伤,"即朕之子孙将来亦不得以其诋毁朕躬而追究诛戮之"。老子不杀,将来儿子、孙子也不能杀。

内阁九卿诸位大臣们,面面相觑,不得要领,感到非常意外,不知皇上为何要力排众议,别出心裁地决意要宽赦曾静。

雍正帝为此连续两天发布长篇谕旨,他在上谕中说:"今日

案情：扑朔迷离

诸臣合词请诛曾静、张熙,伊等大逆不道,实从古史册所未有。以情罪论之,万无可赦。但朕之不行诛戮者,实有隐衷。"雍正帝解释他之所以这样处理的原因有五条：

一是岳钟琪为引诱张熙吐露投书谋反真相,曾同张熙盟过誓,岳为股肱大臣,应与皇上视为一体,不能让他失信,故应宽免曾静、张熙。

二是曾静师生是受人蒙蔽迷惑,并非元凶首恶。雍正帝说："盖其分别华夷中外之见者,蔽锢陷溺于吕留良不臣之邪说；而其谤及朕躬者,则阿其那、塞思黑、允䄉、允䄿等逆党奸徒,造作蜚语,布散流播,而伊误信以为实之所致。"所以"尚有可原之情,而无必不可宽之罪也"。

三是因曾静、张熙投书,才使皇帝得以获知造作谤言之人为阿其那、塞思黑的太监和门人,这样才得以追出元凶,明白剖析,晓谕百姓,使天下的黎民百姓不受蒙蔽,而能体谅他不得不将允䄿等人治罪的不得已之苦衷。这样看,曾静也还有功,不应杀头。他认为曾静"并无反叛之实事,亦无同谋之众党",要不是曾静自行投首于岳钟琪,使"俾造书造谤之奸人一一呈露",皇帝"何由而知之？何从而究之？又何自而剖析开示,使天下臣民共晓之？""即此则曾静不为无功,即此可以宽其诛矣"。

四是曾静能诚心改过。雍正帝说,曾静前前后后所写的供状,都是他亲笔书写,并非有人勉强逼迫,或者暗中授意指点,实实在在是他的天良感动,悔罪改过之心迫切诚恳,"此乃其可原之情"。

五是"从来国家之法,原以惩一儆百,如曾静等之悖逆,谅宇宙内断无第二人,即后世亦断无有与之比者,所以何必存惩一儌倖之见呢？书云：宥过无大。昔年三藩反叛时，我圣祖皇考于从逆之人能改悔自新者，皆施恩宽宥，今曾静所犯既非首恶渠魁，亦无同谋叛党，其畏罪悔过又出实心，此朕所以宽宥其罪，并非博宽大之名而废法也"。

雍正帝宣称："朕治天下，不以私喜而赏一人，不以私怒而罚一人。曾静狂悖之言，止于谤及朕躬，并无反叛之实事，亦无同谋之众党。彼跳梁逆命之人果能束身归命，畏罪投诚，尚且邀赦宥之典，岂曾静独不可贷其一死乎？"

明眼人一眼即可看出，雍正帝的这些说法不过是托词而已，其实他不杀曾静、张熙的真正原因是为了利用他们现身说法，让他们四处游说，宣讲《大义觉迷录》，为自己的继嗣和清朝统治的合法性作宣传。雍正帝认为他们的宣传作用，是任何人也不能代替的。

利用——这是雍正帝在案发之初就已经拟定的对曾静、张熙的基本策略。感化二人，挖出造言人的目的虽已达到，但是利用二人感化全国的儒生百姓，争取社会舆论的目的却还没有达到，而且还可以博取一个宽大为怀、惠仁天下的美名，这又何乐而不为呢？又为什么非要杀掉二人呢？

雍正帝的心思，大臣们不是不知道，但是他们对免罪释放曾静、张熙这样的谋反重犯觉得不能接受，然而诸位大臣无一人敢出头向皇上进言，最后还是公推怡亲王允祥出面再上《诸王大臣等再疏请诛曾静题本》。

奏疏中说："臣等伏读圣谕，以改过望天下之人，过大而能改，胜于过小而不改，若实能改过，则无不可赦之罪；又念跳梁逆命者，畏罪投诚，尚邀赦宽之典。大哉皇言！宽仁好生之德，度越千古。但曾静枭獍性成，阴谋不轨，诬谤悖逆，罪恶弥天。查律例开载十恶，凡谋反叛逆及大不敬，皆常赦之所不原。是曾静之罪在十恶，乃三宥之所不及。而张熙与曾静共谋不轨，赴陕投递逆书，思欲构乱，亦所难宽。仰祈皇上俯允臣等所请，敕下法司，将曾静、张熙按律处决，碎尸悬首。查其亲属逆党，尽与歼灭，以明朝廷之宪章，慰臣民之公愤，臣等无任恳笃激切之至。为此，谨题请旨。"

大臣们执法也未免太过于迂谨了，何为法，何为律？怎么就忘了"朕即法律"，朕口含天宪，出口即是法，下诏就是律。此事没必要再让大臣们如此议奏下去了，雍正帝果敢专断的性格又一次表现出来。他立即下旨一道："宽宥曾静等一案，乃诸王大臣官员等所不可赞一词者，天下后世或以为是，或以为非，皆朕身任之，于臣工无与也。但朕再四详慎，所降谕旨，俱已明晰，诸王大臣官员等不必再奏。倘各省督抚提镇有因朕宽宥曾静等复行奏请者，著通政司将本发还。"

此谕一下，诸位大臣再无话可说，无奏敢上，刑部遂遵圣旨，将曾静免罪释放。

曾静对此，真是感恩戴德，无以为报，于是绞尽脑汁，极尽阿谀奉承、歌功颂德之能事，写出了《归仁说》一文，大肆宣扬清朝得统之正，赞颂当今皇帝圣德同天之大，而且还表示甘为犬马往各地现身说法，化导愚顽。说是"此身若在，愿现身说法，化导愚顽。倘不能生，则留此一篇，或使凶恶之徒，亦可消其悖逆之念"。

于是，雍正帝遂命令刑部侍郎杭奕禄带领曾静由京城往江宁、苏州、杭州等地现身说法，自我批判，消除影响。随后，又将曾静送往湖南,并令湖南巡抚赵弘恩酌量赏银一千两,作为他安家之资,待其回家料理家务之后,再让他自行投到观风整俗使衙门听用。湖南巡抚赵弘恩、湖南观风整俗使李徽本想让曾静遍历湖南各个乡村公所,周详开导乡间愚顽,但不料曾静回到湖南不久,即惹起乡民的愤恨,湖南省城长沙街头出现了"万姓传单",乡民们约定日期,要共执曾静,缚手沉潭,以彰公愤。湖南巡抚惟恐曾静再继续到各地宣讲激起"草野愚民共生义愤,无益人心,反滋事端",遂令曾静回到家中,不准随意外出。与曾静一样,张熙也被雍正帝令官员带往陕西各地现身说法,随后命其回湖南安仁原籍,在家候旨,以便随传随到。

雍正帝这一着很是成功,他对此非常得意,说是"可见人无智愚贤不肖,无不可感格之人"也。

案中案：吕留良文字狱

曾静谋反案以雍正帝满意的方式结束了，但雍正帝并不甘心到此为止。

这案子之中还有一个案子才刚刚开始。

这案子还得按照雍正帝的设计继续下去。

雍正帝还要制造一个吕留良政治谋反案，他要将人们的视线从自己有没有谋父、逼母、弑兄、屠弟、贪财、好杀、酗酒、怀疑诛忠等具体问题，转移到"华夷之辨"、清朝统治中国的合理合法性之上。这是为大清祖上的功业辩护，同时也就是从更大的角度来证明自己继嗣的无可非议。

雍正帝的用心可谓良苦。

他要清除数十年来潜藏在人们脑海中的根深蒂固的反对满族贵族统治的思想。他非常清楚地知道，自从他的祖辈南征北战，席卷中原，建立大清帝国，完成了统一多民族的封建大业以来，在全国的老百姓尤其是文人士子儒生当中，还存在着一股眷念故国、恢复明王朝的强大思想力量。他的祖、父辈多次发动过形形色色的文字狱，实际上就是同这种思想作斗争。在曾静的谋反书中也充满了反清复明的思想：什么"明君失德，中原陆沉，夷狄乘虚入我中国，窃据神器"，而"夷狄异类，譬如禽兽"。把满族贵族比作"夷狄"、"禽兽"，而且认为清朝入主中原、统治中国，"八十余年天运衰竭，天震地怒，鬼哭神号"，"百度荒塌，万物消藏"。诸如此类大逆不道的反清思想，几十年来为什么流毒这么广，影响这么大，隐藏这么深，其毒种何存，其根源何在，从曾静谋反案中，雍正帝找到了线索。

曾静在交待他之所以产生叛逆谋反思想时，把思想根源全部归于吕留良。他反复地表白自己独居山僻穷陋已数十年，"左右附近，不准无史册可以借观稽考，而乡党邻里，并无知事老成传闻"。只因应试，"得见吕留良所选本朝程墨及大小题房书诸评"，"妄以此人是本朝第一等人物，举凡一切言议，皆当以他为宗"。于是"中吕留良之毒深，所以不察其非，而狂悖发论至此"。

在曾静谋反案中，最早注意吕留良的是岳钟琪。岳钟琪的提示给雍正帝很大的启发，由曾静投书案而引发吕留良文字狱正是雍正帝"出奇料理"的题中应有之意。对于曾静的谤言逆语，雍正帝重在辩解，而对于吕留良的思想流毒，雍正帝则重在惩处和清除。

在审讯过程中，曾静为了洗脱自己，在雍正帝点了吕留良的名字后，曾静就顺水推舟，把全部"悖逆"思想推向吕留良的影响和蛊惑。

曾静的招供，给雍正帝提供了大兴文字狱的借口。

其一，雍正帝认为曾静对他的诬谤，只是由于误听流言，是受蒙蔽者，而吕留良之反清，则是出自肺腑，制造妖言妄说，是罪魁祸首。所以雍正帝说："吕留良之罪大恶极，诚有较曾静更为倍甚者也。"

其二，雍正帝清楚地看到，吕留良的影响比曾静要大得多。作为江南一代名儒，吕留良的思想既深且广，他批过的时文，凡参加科举的人难免要拜读。今天有一个曾静被蛊惑作乱，今后就可能有十个、百个曾静。发展下去就不再是一个湖南人受吕氏思想的影响而去策动别人造反的偶然事件了，它关系到以"夷狄"为皇帝的清朝对中国的统治是否有理论根据这样一个根本性的大问题。像浙江省的风俗败坏、人心不轨，所以有查嗣庭、汪景祺等的诬谤悖逆，甚至民间百姓也喜欢造言生事，都是吕留良的遗害。因此，必须严惩吕留良及其党人，清算其流毒，以"维持世教，彰明国法"。于是，在处置曾静谋反案的同时，雍正帝以更大的声势，掀起了对阴魂不散的吕留良其人其文的口诛笔伐。尽管吕留良已经死去四十五年，雍正也在所不顾，制造了另一起文字冤狱。

吕留良是何许人也？他为何如此了得，有如此大之能耐，在死后四十五年，还值得当朝皇帝对他大动干戈？

原来吕留良乃明末清初时人,一名光轮,字用晦,又字庄生,号晚村,暮年削发为僧,名耐可,字不昧,号何求老人。籍贯浙江崇德。生于明崇祯二年(1629),卒于清康熙二十二年(1683),享年五十五岁。

吕留良出生在一个世代为官的家庭。其祖父于明嘉靖年间娶江西淮庄王女为妻,荣耀一时。其父元学,做过安徽繁昌知县。崇祯十一年(1638),他的三兄愿良集合浙中文士千余人结为澄社,与应社、复社、几社后先接武,遥相呼应。吕留良自幼养于三兄,敬之"如严父",受到以文会友风气的影响。十三岁时,吕留良即能文善诗,为时人惊,与其侄宣忠追随崇德名士孙爽"论列古今及当世擘画",结为忘年之交。吕留良与宣忠虽为叔侄,但他却小侄儿四岁,两人学文习武,形影不离。

在明清更迭的大动荡年代里,吕留良一家被卷入了历史的旋涡。三兄愿良,于顺治元年(1644)五月南明弘光政权建立后,随史可法镇守扬州,任军前赞画推官。顺治二年(1645)五月,弘光政权灭亡,清军挥戈入浙,吕留良与宣忠投笔从戎。他"散万金之家以结客",招募义勇,起而抗清。他们与浙东鲁王政权暗通声气,宣忠被任命为总兵都督佥事,挂扶义将军印。在与清军的连年对抗中,吕留良出没于浙西山中,艰苦备尝。他的左股即在此时中箭负伤。后因兵败,吕宣忠于顺治四年(1647)被捕入狱,以"号众为叛"处死。临刑,吕留良冒险相送,叔侄二人"谈笑如常时,竟无一语及家事"。

吕宣忠的蒙难,对吕留良是一个沉重的打击。顺治五年(1648),他结束在山中的流亡,返回家园。这时的吕氏家族,迭遭打击,已经失去了先前的显贵。继吕宣忠死难之后,吕留良的三兄、四兄先后去世,尤其是顺治八年(1651)挚友孙爽的病逝,使他越发"落魄不自振",不禁发出了"生才少壮成孤影,哭向乾坤剩两眸"的哀号。孤独无友,举目茫茫,而仇家又抓住他早先的抗清经历,落井下石。为免遭陷害,吕留良被迫于顺治十年(1653)改名光轮,出应科举考试,中秀才,时年二十五岁。

自从进入科场之后,吕留良连年周旋于科场之中,违心地去为功名角逐,使他苦闷已极。由于百无聊赖,顺治十二年(1655)冬,吕留良应友人陆文霖之请,结伴到苏州,租得小屋一间,做起评选时文的事情来。到了顺治十七年(1660),他结识了浙东余姚著名学者黄宗羲、黄宗炎兄弟和宁波隐士高斗魁等。黄、高早年皆出没于抗清营垒,兵败,抱定不仕清廷之志,执意不入科场。歧路彷徨中的吕留良,如饥渴而得饮食,同他们一见如故,从苦闷中得到解脱。在与黄宗羲等人的交往中,吕留良对"失脚俗尘"的往事痛自反省,决意离开科场,归隐南村。康熙四年(1665),他在一首诗中写道:

谁叫失脚下渔矶,心迹年年处处违。
雅集图中衣帽改,党人碑里姓名非。
苟全始信谈何易,饿死今知事最微。
醒便行吟埋亦可,无惭尺布裹头归。

吕留良以此诗抒发误入科场的怅恨,道出了他不与清廷合作的决心。翌年,正值府学例考,他向学官出示前诗,扬长而去。

黄宗羲、高斗魁等名士永不仕清的气节,促使吕留良的思想有了极大转变。他认为所谓不仕清,不仅不参加科举做清朝官吏,而且要拒清,勿与当局合作,勿与官吏来往。离开科场之后,吕留良归隐故里南村,躬耕陇亩,隐逸山林,怡然自得,不时摇弄笔墨,念昔非今,蔑视现政权,并转而致力于"治乱之原"的探讨。这时的吕留良已届中年,在此后的岁月里,他主要做了三件事:一是提囊行医,以医为隐;二是重操旧业,以"天盖楼"为名评选时文,著述授徒;三是与同乡学者张履详等人结为同志,刻印书籍,表彰朱熹学说。

由于对朱熹学说的极力表彰,晚年的吕留良,"身益隐,名益高",被人们尊为"东海夫子"。康熙十七年(1678),清廷诏举博学鸿儒,浙江地方当局意欲将他列名荐牍,吕留良以死拒荐,总算把风波躲过。一年后,嘉兴知府又拟以"隐逸"荐其出仕,吕留良闻讯索性剃发入山,身披僧服,结茅庐"风雨庵"于埭溪妙山,出家当了和尚,更法名为耐可,字不昧,号何求老人,从此"屏绝礼数,病不见客"。康熙二十二年(1683)病死,最终实现了"醒便行吟埋亦可,无惭尺布裹头归"的夙愿。其后人将其诗文汇编,有《吕晚村诗集》和《吕晚村先生文集》刊行于世。

考察吕留良一生的学术活动,他是以评选时文、倡导朱熹学说著称于世的,吕留良的思想及其学术成就有着鲜明的时代特征。他生活在明清之际这样一个大动荡的时代,当时许多有作为的知识分子,面对深重的社会危机,把自己的命运同国家和民族的存亡紧密地联系在一起,批判旧世界,呼唤新时代,在学术上倡导"实学",以期救国家之急难。黄宗羲、顾炎武,就是这个时代著名的思想家。吕留良在这"经世"之学的学术思潮中,也留下了他鲜明的足迹。

面对明清的更迭,他不愿意接受清朝入主中原的现实,在毅然弃绝科举之路后,便把探寻"治乱之原"作为自己终生学术研究的宗旨,以一个思想家对社会强烈的责任感,去进行沉痛的历史反思,试图挽狂澜于既倒。他惊呼明清更迭的历史变迁为"陆沉",于是他把眼光投向唤起知识界的觉醒。他大声疾呼:"今日之所以无人,以士无志也"。在他看来,当时的中国大地,没有胜任力挽狂澜的人,症结就在于知识界没有确立他所说的"志节",知识分子寡廉鲜耻,因此什么样的丑恶行径就都可能产生。他尖锐地指出:"今日文字之坏,不在文字也,其坏在人心风俗",对那些空谈心性,无视国家和民族存亡的"庸腐之儒",他进行了猛烈的抨击。为了救正人心风俗,他孜孜努力于知识是正气的培养,尤其注意激发起人们的民族气节,强调滋养学术文辞的根本,在于立身。由此,我们就不难认识吕留良为什么去做"时文评选"的工作和他"尊朱辟王"的学术观点。

八股时文的评选,就是对每场科举考试的墨卷进行分析评选,以便参加考试的人参考答题(或如我们今天的试题分析)。显然,这是为了供科举士子考试之用的。明清之际,曾风行一时。吕留良正是当时声望很高的评选时文的大家。他从顺治十二年(1655)起便开始从事时文评选,其间曾一度中断。但自康熙五年(1666)后,清廷严禁文人结社,评选时文也不再是例行事情,吕留良于这一年断然离开科场,显示了不仕清廷的志向。然而对于时文评选吕留良则兴趣益趋浓厚,坚持把这件事继续下去。他之所以要这样做,据他自己说是"寄发狂言",以抒胸中的郁积。他的推崇者车鼎丰在刊行《吕子评语》的卷首也强调:"吕子评刻时文,不过借为致其说于天下之具耳。"即借时文评选阐发其政治主张和学术见解。这种鲜明的经世致用的色彩,正是他"明道救时"的体现。他前后花了二十余年的时间,投入大量精力去做这件事。经他评选结集的时文本子,竟多至二十余种,"风行海内,远而且久"。由于他的学问、他的思想中具有浓厚的民族感情和强烈的反清意识,其人其文便在相当一部分汉族知识分子心目中形成一面颇具号召力的旗帜,直到半个多世纪后曾静读到吕留良评选的时文,仍能受到影响。据曾静的供述称:"生长山僻,素无师友,因应试卅城,得见吕留良评选时文,内有妄论'夷夏之防'及'井田'、'封建'等语,遂被蛊惑。"可见吕留良评选时文的感染力和鼓动性是多么强烈而深远。

在清初学术界中,吕留良还以坚定的"尊朱辟王"面貌出现。他大量印行宋代程、朱熹遗著,反复重申对朱熹学说的笃信和尊崇。同时,他极力指责明朝王守仁(王阳明)"阳儒阴释"的禅学,痛斥其"致良知"说"陷人于禽兽非类"。他认为,明朝以来王学的泛滥,致使"邪说横流,生心害政,至于陆沉,此生民祸乱之原",而"今日之所以无人,以士无志也。志不言,则歧路多也,而歧路莫甚于禅"。这样,他把明朝的灭亡和无人能力挽狂澜都归结为禅学,即王守仁的害人学说。诚然,由于当时历史和阶级的局限,他还无法准确地把握治乱兴亡的根源,学术上的片面性是显而易见的。但是,作为一个学者和思想家,他能对国破家亡进行沉痛的思索,进而总结中国历史上"清谈误国"的教训,试图使清初知识界从王学末流的玄谈中猛醒,转向对社会现实的关注和对治乱之原的探讨,这无疑是有历史进步意义的,这正是其学术思想的可贵之处。

那么,用什么样的学说去取代王学呢?在当时,他无法提出更新一些的主张,于是他回到传统的儒家学说中去寻找依据。他推崇集宋学之大成的朱熹,他主张"救正之道,必从朱子"。然而,他并非是简单地向朱学回归,而是借用这一学术形式,充实新的时代内容,以实现经世致用的目的。正因为如此,他对朱学中理气、心性、道器、知行这一类理学范畴,始终未予论列,而是牢牢地立足于正人心、救风俗的现实课题的探讨。他最为坚持和表彰的,并认为是朱学的精髓之所在,即是"民族气节"。他自己也正是如此去立身、去待人的。

吕留良是一个思想家,他推崇"民族气节",通过著述、评选时文去抨击现行社会,并提出了自己的政治见解。他的政治理论,与清朝统治者是格格不入的。其中最明显的是,他主张皇帝和臣子的关系,不能同父子关系一样,而应当以义为重,反对尊君卑臣的风气。他还主张把驱逐异族统治者,恢复汉人的天下,看做是比君臣之义更重要的道德原则。在他那个时代,这些思想具有开民主风气的精神,同时也显然是针对着满洲的贵族统治者。因此,吕留良在知识界和江南民众中的影响是不难估量的,而这种反清思想正是清朝统治者深恶痛绝的。面对这样一个有深远影响和学术地位的对立面,雍正帝怎么能放得过呢?怎么能任其思想广泛传播,动摇清王朝的统治,尤其是动摇自己现行的统治呢?雍正帝深知,思想上的叛逆比具体行动上的叛逆更不易于消除,因而也就更加危险。以前浙江发生过汪景祺、查嗣庭的案件,海宁、平湖也有过"骚动",他认为那都是吕留良思想的"遗害"。如今曾静、严鸿逵等人相距千里,也能够相互联系,交流叛清思想,可见问题之严重,非加严办不可!

该是大清统治者对自己这个强大王朝的建立在理论上、舆论上树立绝对权威,清除汉人长期以来存在的反清排满的叛逆思想的时候了。雍正帝决心要继续去做康熙皇帝未竟的事业,彻底搬掉这块思想上的绊脚石,哪怕是一具阴魂不散的死尸,也不能轻易放过。就在雍正帝这种心理的作用下,于是,继汪景祺、钱名世、查嗣庭文字狱之后,一场由曾静谋反案牵引出来的,规模、声势极大的吕留良文字狱,便在腥风血雨中如火如荼地搞起来了。

结案:"出奇料理"

雍正六年(1728)十月,在对曾静搜捕、审讯之时,吕留良就被另立一案。雍正帝下谕浙江总督李卫:"查拿匪类以速慎为要,正犯勿使漏网。"可是吕留良及其子吕葆中、其学生严鸿逵等都已先后故世,只好逮捕两家的子孙。又因张熙赴浙省时访问过严鸿逵的学生沈在宽,故沈也在缉拿之列。同时被查获的,还有刊刻吕书之车鼎丰、车鼎贲和私藏禁书之孙克用、周敬舆。还有吕、严、沈三家的学生和亲属房明畴、金子尚、陈祖陶、沈允怀、沈成元、董吕音、李天准、费天原、王立夫、施子由、沈斗山、沈惠侯、沈林友、朱霞山、朱芷年、张圣范、朱羽采等。吕、严、沈家中所藏书籍及吕留良之《备忘录》、《日记》等全部封存。

这次大搜捕，不仅限于浙江，还波及江南、陕西。如车鼎丰、车鼎贲、孙克用，即是江南人。陕西宝鸡县的毛仪，是个吕留良的崇拜者，早几年虽已病故，留下的两个儿子又皆以务农为业，不问文字，但还是把家中翻抄了个底朝天。

在对吕留良反清思想的讨伐中，雍正帝再一次施展出他政治手法上的妙招，论理上也是颇令人寻味的。

雍正帝在京审曾静的同时，即于雍正七年（1729）五六月间，一连发布了数道口诛笔伐吕留良的上谕。

他首先要打掉的是吕留良"明朝遗民"的头衔。所谓"明朝遗民"，是指那些有身份、有威望的明朝遗臣或士大夫们，他们或为明朝殉难或隐逸拒出。清朝统治者对待这些人的态度是既防范又尊重的。新的统治者固然希望这些人出来帮忙，以巩固其统治地位，可是对真的归顺过来的又都加以鄙视。修明史时，把这些人列入《贰臣传》就是一种表示。这种现象看来似乎有点矛盾，这只能用封建道德标准的"忠"字来解释。所有的统治者需要的都是死心塌地的忠顺奴才，恨的是反复无常、见风转舵的角色。贰臣既然背叛了前朝，那就不可能是新朝的可靠帮手。因此，出于巩固统治的需要，是不能不表彰前朝孤忠的。清初隆重为明朝遗臣赐谥予祭，做的就是这个题目。也就是说，主人虽然换了，奴才"忠"的固有道德是不能变的。吕留良曾考中过清朝的秀才，一入黉门，君臣之份就算定了，就再不是"明朝遗民"了。雍正帝抓住此事大做文章，他在上谕中说：吕留良"于顺治年间应试，得为诸生……是吕留良于明毫无痛痒之关，其本心何曾有高尚之节也。乃于康熙六年,因考校失利,妄为大言,弃去青衿,忽追思明代,深怨本朝。后以博学鸿词荐,则诡云必死;以山林隐逸荐,则剃发为僧。按其岁月,吕留良身为本朝诸生十余年之久矣,乃始幡然易虑,忽号为明之遗民,千古悖逆反复之人,有如是之怪诞无耻,可嗤可鄙者乎"!

在打掉吕留良"明朝遗民"的头衔,否定他的"高尚之节",代之以"千古悖逆反复之人"的称号后,雍正帝接着"批判"他"著邪书、立逆说,丧心病狂,肆无忌惮",其"新著书文以及日记等类,或镌板流传,或珍藏秘密,皆人世耳目所未经,意想所未到者。朕翻阅之余,不胜惶骇。盖其悖逆狂噬之词,凡为臣子者所不忍寓之于目,不忍出之于口,不忍述之纸笔者也"。这样,吕留良就成了一个罪大恶极的"思想犯"。

对于这位"思想犯",雍正帝集中笔墨对其反清思想的核心内容——"夷夏之防",进行了"针锋相对"的批驳。

吕留良在评选时文中,以强烈的民族情感,充分发挥和阐扬了儒家传统的"夷夏之防"思想。"夷"指"夷狄","夏"指"华夏"。儒家先师孔子生活的时代,中原地区的华夏族与周边的少数民族夷狄存在着严重斗争,所以他主张要区别"夷"与"夏",维护华夏的统一。秦汉以后,"夷夏之防"、"华夷之辨"的命题为历代儒家继承和发扬,给予汉民族以深刻影响。时当清初,吕留良借"夷夏之防"阐发民族大义。他主张"华夷之分,大过于君臣之伦",即首先要分清是"华"是"夷",然后才能讲君臣之间的伦理关系。这自然是强调汉族人民保持民族气节,不要去做异族的臣民。吕留良的话说得比较隐晦,但细加品味却大有文章。照吕留良的逻辑,皇帝如果是汉人,才能讲臣民对君主的忠顺。言外之意,现在的皇帝是"满洲"人,而"满洲"是"夷狄","夷狄"近禽兽,如何还有君臣之伦呢?曾静读了吕留良的评选时文,由"夷夏之防"推出了清朝入主中原是"夷狄盗窃天位",并导致了反清的实际行动,责任固然应当曾静自负;但追本溯源,雍正帝合乎逻辑地得出了"曾静之反清,惟吕留良是问"这样的结论。雍正再往深处想去,吕留良的思想既深且广,他批过的时文,凡参加科考的士人难免都要拜读,今天有一个曾静被蛊惑作乱,今后就可能有十个、百个曾静。这样想来,曾、吕案就不单是一个湖南人受吕氏思想的影响而去策动别人造反的偶然事件了,它关系到以"夷狄"为皇帝的清王朝对中国的统治是否有理论根据这样一个根本性的大问题。对雍正本人来说则更为严重,关于他用鬼蜮伎俩篡夺皇位,以及谋父、逼母、弑兄、屠弟之类的流言传到了像曾静这样具有反清思想的汉人耳朵里,愈发印证了"夷狄"确实是"禽兽"这样的传统观点,这对雍正是否有资格作为人君,是个多么尖锐的挑战。无论是出于为大清王朝统治合法性进行辩护的"公愤",还是为维护自己至高无上的尊严的"私愤",雍正都觉得忍无可忍。他不能不正面出击了!

请看雍正对"夷夏之防"、"华夷之辨"的批驳:

"在逆贼之意,徒谓本朝以满洲之君,入为中国之主,妄生此疆彼界之私,遂故为讪谤诋讥之说耳。不知本朝之为满洲,就中国之有籍贯。舜为东夷之人,文王为西夷之人,曾何损于盛德乎?

自古中国一统之世,幅员不能广远,其中有不向化者,则斥之为夷狄。如三代以上有苗、荆楚、狁,即今湖南、湖北、山西之地也。在今日而目为夷狄可乎？

逆贼吕留良以夷狄比于禽兽，未知上天厌弃内地无有德者，方眷我外夷为内地主。若据逆贼等论，是中国之人皆禽兽之不若矣，又何暇内中国而外夷狄也？自骂呼，骂人呼？"

他认为，所谓华夷，是有不同时间和地域的概念的。远古时代，虞舜是东夷人，文王是西夷人，指的是其出生地而言，犹今人之籍贯。由于那时候的中国，幅员不广，三代以上，今湖南、湖北、山西之地的人，就被看做夷狄。那么，如今还能把这些地方的人看做夷狄吗？现在大清的国土幅员广阔，满洲、蒙古都归入版图，如何还有华夷之分呢？此其一。其二，也是更重要的一点，舜与文王，并不因为他们是东、西夷人，就不能做古代的贤君。圣贤经典中不就说过吗？"皇天无亲，惟德是辅"，"顺天者昌，逆天者亡"。有德者就有资格做皇帝，民族、地域并不是决定性的因素。其三，吕留良等把夷狄比作禽兽，而上天现在恰好让我夷狄之人做了内地的皇帝。依吕留良之论，那么，内地的中国人岂非连禽兽都不如了吗？你还谈什么华夷之分呢？你这是骂别人呢，还是骂自己呢？

应该说，在吕留良的时代，借"夷夏之防"、"华夷之辨"的命题，提出"华夷之分，大过于君臣之伦"的主张，目的在于激发人们的民族感情，反抗清王朝的民族压迫。其实，"华夷之辨"的观点，也并非吕留良所独钟，明末清初思想家王夫之、顾炎武等都持有此见，这成为当时清军入关后蓬勃发展起来的抗清斗争的思想基础。但平心而论，用这样的思想武器号召抗清，毕竟是有其历史局限性的。相比之下，雍正对"华夷之辨"的认识倒显出其见解的精辟。他并不回避异民族的事实，坦率地承认自己是"夷狄"之人。但他同时以"德贤"的观点,摒弃狭隘的民族偏见,作为有资格做皇帝的理论依据。他还客观地道出了中国是统一的多民族国家的事实,古代的"华夷之分"已不适用当前。这样的观点,即使在今日看来,也还是有不少合理可取之处,无疑是有积极意义的。因此,他的驳辩也就显得有理有据,颇为理直气壮了。但是,雍正帝是满族封建统治者,他用地域观念偷换民族概念,掩盖清朝贵族对包括汉族在内的其他民族实行的民族压迫政策,借以消弭汉族人民反对异族统治的斗争。这一阶级压迫的实质是雍正帝决不愿意承认的,也正是抗清思想家的理论中弱点之所在。因而恰恰在此,让他钻了空子。雍正帝的对骂本事,这种对骂式的上谕在历代帝王中也真可谓绝无仅有。

在狠狠地驳斥了吕留良排斥清王朝合法正统地位的思想后,雍正帝就要指责吕留良目无清王朝大一统之尊的行为了:

"吕留良于我朝食德服畴,以有其身家、育其子孙者数十年,乃不知大一统之义。其日记所载,称我朝或曰'清',或曰'北',或曰'燕',或曰'彼中'"。而对于南明政权,则留恋亲昵之情溢于言表。如记载南明"永历帝被执时,满汉皆倾心。东宫勒马前行,以鞭梢东指,则东边满、汉兵皆跪;西指,则西跪。弑之日,天地晦霾,日月失光,百里之内,凡关壮缪庙,皆被雷击"等等。

清初许多故明遗志、名士,凡著述清代入关前史事,多写明朝年号。记入清以后,则不书年号,仅记干支;称明朝,则直书年号,或曰"本朝"、"先朝"。称明故都"南京",则曰"旧京",或曰"京师";对清朝的北京,往往称曰"燕中"。此种事例,比比皆是,这并不奇怪。至于写南明政权永历帝被处死时,天昏地暗等自然现象,这种描写多见于明末遗老的笔记、文集中,也不是吕留良所独创。当然,百里内关公庙全被雷击之事是不可能的。但所有这些,只不过是对"明亡之恨"的情感寄托,此乃民族气节的流露而已。雍正帝借此谴责吕留良,无外乎是鸡蛋里挑骨头罢了。

雍正帝还从吕留良的《答友人书》中,引摘出吕排斥清朝合法正统地位的文字。吕在书中云:"有人行于途,卖饧(即麦芽糖)者唱曰:'破帽换糖!'其人急除匿。已而唱曰:'破网子换糖!'复匿之。又唱曰:'乱头发换糖!'乃惶惑无措,曰:'何太相逼?'留良之剃顶,亦正怕换糖者相逼耳。"吕写这个讥讽故事,是想说明人们之所以剃发,并不是甘心臣服清朝,不过是为了保全性命而已,这无疑是对清朝统治的大不敬。雍正帝对这些文字,不顾忌其会起反宣传的作用,也一件件地公开出来进行批驳。

不仅如此,雍正帝还罗织了吕留良与吴三桂叛乱有关之罪。说吕"与逆藩吴三桂连书。初曰'清',曰'往讲'"。"吴三桂、耿精忠乃叛逆之贼奴,人人得而诛之。吕留良与其称兵犯顺则欣然有喜,惟恐其不成。于本朝疆宇之恢复则怅然若失,转形于嗟叹"。谴责吕留良"处心积虑","助虐迎寇","残忍凶暴,至此极也"。

吕留良是否勾结过吴三桂?是否有过书信往来?即使有书信往来,是在吴三桂叛乱之前,抑或在其叛乱之后?因吕留良《日记》及有关书信被查抄禁毁,至今已无从寻找证实。不过,吕留良之晚年,正处于三藩之乱年月,他居住浙江,南边福建被耿精忠叛军所据,西边吴三桂叛军打到湖南。吴三桂与他有何联系？从幸存的吕留良诗、文集里，看不出蛛丝马迹。而雍正帝虽然给他冠之以"勾结叛乱"这种弥天大罪，却仅仅指出他在答吴三桂书信中，把清朝称之为"清"或"往讲"，这实在是有故意栽赃或小题大做之嫌。

据《吕晚村诗集》记载，吴三桂叛乱期间，从湖南方面来一衡阳人叫周士仪，与吕有过交往。又据吕留良的弟子严鸿逵称，周士仪乃明永历进士，吴三桂于滇中作乱，欲召周士仪，周拒不往。吕留良就周士仪来浙，先后写了三篇六首诗，写作时间记为乙卯，即康熙十四年（1675）；而严鸿逵的注则记周士仪见访吕留良的时间为康熙十七年（1678）八月。如果在康熙十四年，则是吴三桂叛势全胜时期。从叛乱开始，仅两年时间就席卷四川、贵州、广西、湖南数省。此时吴三桂忙于指挥征战，甚至命令将留在云贵的外省读书人暂时看管起来，不准他们走动。如果在康熙十七年，则是吴三桂全线衰败时期。三月，他在衡州称帝，八月即病死。此时的吴三桂自顾不暇，惶惶不可终日。无论这两个时间是哪一个，吴三桂在两种相反的状态下与一介书生吕留良在书信中谈古论今的可能性都很小。但从吕诗中，又隐约看出周士仪似乎携带过什么人的书信。如《衡阳周令公见访村庄》诗写道："君山南望家犹远，湘水西来人未知。"另《衡阳周令公同孟举过村庄小饮赠句次韵奉酬》诗又云："锦囊投甓分门品，别为狂迂置一函。"不过，吕留良似乎拒绝了周士仪此行的目的，而且还规劝周士仪不要回归湖南："世总非吾土，君今何以家"，"姑少安无遽，宁愁楚道迟"。不论周士仪是否是吴三桂的说客，但吕没有离浙的打算，并请周也暂缓返湘，这就足以说明吕留良没有同吴三桂相勾结。

吴三桂叛乱期间，正是吕留良生活的晚年。他同黄宗羲从深交到产生个人恩怨、成见，从志趣相投到立身、观点的分歧，延至全面决裂，甚至反唇相向，这对他生活历程和治学道路不能不是个严重挫折。于是世事沉浮，他心死如灰。原来"为我破墨重作图，收拾残山与剩水"的气概消匿了，原来"天下几家忘主客，此身今日系存亡"的抱负也没有了，"平生心事消磨尽"，管什么"槛外风烟未有涯"，我自"床头干挂归青鞬"。这时，只能自命清高，孤芳自赏，与世隔绝。从他的处境和心境来看，都不可能同吴三桂的叛乱有什么联系。何况吴三桂叛乱与恢复明室不是一回事，吕留良与明遗民中著名学者王夫之、黄宗羲、顾炎武等一样，对此不屑一顾，抱超然态度。雍正帝欲加之罪，何患无辞，但勾结吴三桂，看来不是事实。

似乎吕留良还有一点是让雍正帝暴跳如雷、无法容忍的，这就是吕留良的文字中"遂敢于圣主仁皇帝任意指斥，凭虚撰造，公然骂诅"，就是说有直接中伤他的父亲康熙皇帝的地方，而在这方面声讨吕留良是最能体现自己的大敬大孝的。那么吕留良是如何中伤康熙帝的呢？雍正指其一例。吕留良《日记》云："康熙甚吝。吴中顾云理者，写真甚精，供奉内廷，不许其遍游公侯之门。一日入朝，仓遽用旧服，康熙曰：'此要银子也'。荐之一王子，王子送元宝二百两及缎，康熙收之。临行辞，康熙只许二十四两而已。"在此，吕留良不过写了一件日常小事，说康熙帝克扣了对画像人顾云理的赏赐而已。雍正帝则大动肝火：先帝不轻加厚赐，你吕留良凭什么来说三道四，还开口一个"康熙"，闭口一个"康熙"，"其悖逆无状，何太甚矣！"简直到了"尤其令人痛心疾首，不共戴天"的地步。雍正帝找碴整人，真可谓无所不用其极了。

吕留良及其弟子严鸿逵还收集和记载了不少自然灾异和种种奇闻。在封建社会里,人们迷信这样的看法,凡统治不稳,社会将要发生大变动,此先必有反常之怪事发生,叫做上天示警,如彗星出现、地震等。因此认定吕留良等人记载这些自然现象,就是要说明清王朝时运不济,统治岌岌可危。这还了得,雍正帝咬牙切齿,逐条批驳,且指为丧心病狂。

凡此种种,雍正帝尚觉言犹未尽,指其"猖狂悖乱之词,令人痛心疾首者,不可枚举"。归根到底一句话,吕留良拒绝与清王朝合作,且在文字上表现出对清王朝统治的藐视和不满,这就够定他的罪了。

尽管如此,雍正帝对处理吕留良文字案,还是颇费了一番周折,时间也拖得较长。这并非因为把吕留良从坟墓中拉出来定罪是一件难事,而是雍正帝有他自己很深的考虑。早在捉拿张熙、曾静时,雍正帝就表示对此案会"另有上谕"。雍正帝是怎么想的,我们当然无从臆断,但从他的行事上可以窥见端倪。

曾静谋反案仅一年就结案,曾静等免罪释放,雍正帝并嘱地方官及将来子孙不得追究加害于他们,还让曾静现身说法,到处宣讲《大义觉迷录》,使之家喻户晓。这在当时满朝上下论斩声中,真乃石破惊天之举。不管别人怎么看,曾静是感恩戴德,俯首犬马犹恐不及,是彻底的反悔了。这对于雍正帝来说是十分满意的,这比曾静宁死不屈,或杀了曾静,留个杀人灭口的嫌疑,让人继续猜测、议论他的十大罪状,不知要强多少倍。"朕赦曾静,正欲使天下之人,知朕于改过之不罪,相率而趋于自新之一途。"这既能证实我皇帝的清白,又显出了我皇帝的宏量。雍正帝对他的高明之处，自然是得意非凡的了。

那么，吕留良案又要达到一个什么样的目的呢？

雍正八年（1730）十二月十九日，刑部等衙门秉承雍正帝的旨意，奏议惩处吕留良等犯的意见。奏折说：吕留良身列本朝子衿，诋毁朝章，造作恶言，妄行记撰，猖狂悖乱，罪恶滔天。甚至敢将圣祖仁皇帝诬蔑指斥，悖逆已极，允宜按律定罪，显加诛灭，以扶人纪，以绝乱源。吕留良应锉尸枭示，财产入官。伊子吕葆中曾叨仕籍，世恶相济，前此"一念和尚谋叛案"内连及吕葆中，逆迹彰著，亦应锉尸枭示；吕毅中应拟斩立决；伊子孙并兄弟伯叔，兄弟之子及女，妻妾姊妹，子之妻妾，应行文该督查明，按律完结，并行知各省府州县将大逆吕留良所著文集、诗集、日记及他书已经刊刷及抄录者，于文到日出示遍谕，勒限一年尽行焚毁。

雍正帝没有立即批准刑部等衙门廷臣们拟议的判决，又来了一招"出奇料理"。他说："吕留良怀悖逆不臣之心，假托先儒，糟粕馀论，欺世盗名，以致人心陷溺，为其迷惑已久。愚昧之徒称其为夫子，几谓其驾乎程朱之上，甚至奉祀书院以尊崇之。今其逆谋秽行无不败露，天下焉有丧灭伦常犹得托名于理学之林而著作尚有可取者乎。今内外臣工等合词陈奏，朕思吕留良之罪从前论旨甚明，在天理国法万无可宽，然天下至广，读书之人至多，或者千万人中尚有其人谓吕留良之罪不至于极典者。朕慎重刑罚，诛奸锄叛不合乎人心之大公，以昭'与众充之'之义。至其所著书籍，臣工等奏请焚毁，复思吕留良不过盗袭古人之绪余以肆其狂诞空浮之论，有识见者固不待言，即当日被其愚惑者，今亦自然窥其底里而嗤笑之也。况其人品心术若此，其言更何可取。今若焚灭其迹,假使毁弃不尽则事属空文,毁其尽绝则将来未见其书者,转疑伊之著述实能阐发圣贤精蕴而惜其不可复得也。即吕留良书籍中有大逆不道之语,伏思我圣祖仁皇帝圣德神功,际天蟠地,如日月之照临宇宙,万古为昭,岂吕留良所能亏蔽于万一乎。"

这一大段上谕,无外乎一个意思:山中之贼易防,而心中之贼难防。把吕留良拉出坟墓,锉尸枭示,将其诗文毁焚弃绝,这并不是什么难事,真正难的是肃清吕留良反清思想的恶劣影响。如果天下士子在思想上不能与吕留良划清界限,那么大清朝的江山就难以长治久安。出于这样的考虑,雍正帝明确谕示:"著将廷臣所议,行文直省学政,遍行询问各学生监等,应否照议将吕留良、吕葆中锉尸枭示,伊子吕毅中斩决……著秉公据实作速取具该生监等结状具奏。"并特别谕示:"其有独抒己见者,令其自行具呈,该学政一并具奏,不可阻挠隐匿,俟具奏到日再降谕旨。"

很明显,这是要人人表态,个个洗脑,雍正帝是要把吕留良案变为一场清理读书人思想的政治运动。而所谓"独抒己见"云云,不过是雍正帝布下的一个诱人的陷阱,引蛇出洞的圈套,为的是让吕留良第二、第三……自己跳出来。

读书人就是读书人,还真有人敢跳将出来。

首先跳出来"独抒己见"的是唐孙镐。这是一个正在湖北汉川知县那里作幕的浙江人。所谓作幕,即作官吏的幕友是也。幕友,又称幕客、幕宾、夫子、西席、师爷。在清代的政治体制中,幕友是极其特殊的阶层。他们多是读书人出身,只因不得以身出仕而只好佐人为治。所谓"作幕实在不得已,读书只为稻粱谋"是也。作为有特殊身份的人,幕友有几个特点:第一,幕友不是国家官吏,而是官员的私人师友和宾客,非在官之人而理在官之事,以布衣入幕府;第二,幕友是主官私人名义聘请的顾问和帮办,接受主人赠予的束脩,没有品秩俸禄;第三,官与幕不是上下级僚属关系,而是宾友关系,来去自由;第四,幕友学有专长,特别是官员所不擅长的刑名律例、钱粮会计、文书案牍,幕友以自己的专业知识服务于官府;第五,幕友与胥吏的性质不同,胥吏是衙门"工作人员",而幕友是主官的宾客,因而更能得到主官的信任,幕友在衙门中的声望也比胥吏高得多,还代主官察核胥吏。可见,幕友的身份是"佐官为治",但实际的作用是"代官出治"。清初社会动乱,新王朝草创,急切间向全国派出大批文武官员,特别是满族官员,需要许多的辅助人员,于是给幕友造成了很好的发展机会。清代浙江绍兴一带很多读书人都作幕佐治,云游天下,所以有"绍兴师爷"之称。雍乾时期,突兀间社会上出现了许多游幕之人,致使绍兴师爷的趣闻轶事在社会上广为流传。幕友活跃在各级地方官府,对地方的政治生活产生过很大影响。

　　唐孙镐就是雍正八年间在地方作幕的一个绍兴师爷。他秉性耿介,一身正气,当他看到谕旨后,很为吕留良抱不平。为此,他上书"独抒己见"。他说道:唐虞之世,君臣交赞,所以治化臻于极隆,而"今也不然,皇上曰'可',臣亦曰'可';皇上曰'否',臣亦曰'否'。上有忧勤之圣,而下无翼赞之贤,此其所以逊于唐虞也"。他以吕留良的事例为证,指出雍正帝降旨之初,疑信参半,假如群臣举留良之正而力争,皇上之心必油然而动。无奈中外臣工"恐干批鳞之咎,甘作违心之谈,此曰'锉骨',彼曰'扬灰'；此曰'焚书'，彼曰'灭族'，举朝同声附和，而宸衷益增其怒矣"。

在这里，作为万千绍兴师爷中之一员，唐孙镐表现出其政治上过人的精明，他第一次把封建专制与文字狱联系在一起。尽管他的认识是感性的、直观的，但却首先敏感地觉察到雍正帝反朋党、搞集权，已经又走上了另一极端。他认为像明末那样朋党纷争，大闹无政府主义，诚然不足为训，但大整朋党而绝对集权，也就取消了统治阶级内部一定的言论、结社自由，科道谏官监督皇帝和政府的有限权力也随着朋党的绝迹而消灭殆尽了。唐孙镐无限向往的"唐虞之世"那种开明专制下的一点民主权利将不再存在了。为此，他坚决反对对吕留良的处理，在上书的结尾，他慷慨激昂地说："呜呼！仲山甫之不作，魏郑公之已亡。朝廷已无诤臣，草野复生孽畜。后之修史者不讥笑我朝无人物乎？虽然，莫谓无人也，犹有不怕死的唐孙镐在！"从唐孙镐面对专制淫威拍案而起的举动和他掷地有声的言词中，我们看到了一个为坚持真理而刀锯鼎镬在所不惧的志士形象。

无独有偶，像唐孙镐这样坚持正义、有独立政治见解、憨实的几乎到了偏执程度的不怕死的硬骨头士子并非绝无仅有，雍正九年在山西就又冒出了一个。

雍正九年（1731）二月初的一天早上，山西夏县县学西角门外人头攒动，一个个伸长着脖子，满脸严肃地观看着墙上的一张匿名揭帖，只见上面开头便是一首小诗：

走狗狂惑不见烹，祥麟反作釜中羹。
看彻世事浑如许，怒发冲冠剑欲鸣！

诗后还附着一句注解:"曾静可杀不杀,吕晚村无罪坐罪,真古今一大恨事!"

围观者们窃窃私语,不停地议论着,这"走狗"当是指曾静,"祥麟"必定是指吕留良了。这匿名帖的作者可真是吃了豹子胆,竟敢非议朝廷对曾、吕案件的处置,而且对现实的不满已到了"怒发冲冠剑欲鸣"的程度,可真够狂的,难道他不要命了不成。这究竟是什么人呢?

发现匿名揭帖的事很快报到了巡抚衙门,山西巡抚罗石麟觉得事态严重,一面密饬司道及该州县作速将贴帖的"逆贼"察实拿获,一面具折密奏。雍正帝接奏阅览之后,深感意外。就在天下士人望风披靡,全国上下舆论一律的时候,竟然一而再地有人敢公然与吕留良同流合污,为其辩护,不仅腹诽朝政,还敢书之于帖,公之于众,蛊惑人心。雍正帝立即在罗石麟的奏折上批示道:"悉心根究,务令奸匪莫致漏网。"

这山西匿名帖的作者最终是否察实拿获,史料不见记载,我们不得而知,但几乎与此同时,在雍正帝最感头疼和厌恶的浙江又冒出了一位不屑于隐姓埋名的读书人,他单枪匹马地要和朝廷进行光明磊落的论战。他就是浙江台州府属天台县生员齐周华。

齐周华,字漆若,号巨山,幼年颇负文名,与堂弟齐召南有"二齐"之称。他与唐孙镐相似,生性耿介倔强,天真而又自信,很有点读书人的正气和硬气。雍正九年,天台县训导王元洲奉命询问该县生监对朝廷处分吕留良的态度时,他的心里就有不同的看法,充满着矛盾。一方面,他对吕留良有同乡的桑梓之情,更重要的是他对吕留良的文章气节佩服得五体投地,而朝廷的处分,于情于理于法,都有大谬不然之处,一个正直的读书人岂能作违心的随波逐流之举?但是另一方面,他心里又明白地知道,此次朝廷要士子们出具甘结,绝不是要博采众议,更不是仅仅表达对一个人的看法,实际上是一次区分顺逆、鉴别全国读书人的政治立场的大考验,顺者昌,逆者亡,这是毫无疑义的。齐周华想到自己已三十五岁,上有父母,下有妻儿,何况自己已经才名远扬,猎取更高的功名并非难事,又何苦为仗义执言而招祸呢?抱着这种矛盾的心理,在犹豫不决之中,便随着在学生监一起,敷衍了一份书面保证,同意朝廷对吕留良的处置。

但是,以齐周华的性格,违心地、被迫地去做一件事,心里总是不安的,这种不安一天天地折磨着他,他感觉到了良心的谴责。一个血性男儿为保全自己而行违心之举,还有何面目立于人世。他整日地想不通,吕留良已经作古五十载,为何非要将其刨坟锉尸扬骨,将其子孙充军流放?吕留良的《四书讲义》阐扬圣道,既精且详,为人所共睹,又为何要将其付之一炬,化为灰烬?廷臣拟议的判决,皇上谕示准许"独抒己见",学政亦不可阻挠隐匿,为何天下士子就无一人敢坦诚具呈,以闻当道,以感圣心,挽回刑罚之误?越想,他越难以抑制其要有所为的强烈欲望和冲动;越想,他心中的热血越是汹涌澎湃。终于,齐周华执笔在手,撰写了一篇《独抒己见奏稿》,毅然呈交训导王元洲,并请其代奏当今圣上。

王元洲接到奏稿,翻阅之下,满篇都是为吕留良剖辩之词,非议廷拟,并请皇帝加恩释放吕留良的子孙。身为一县之训导,王元洲真没想到属下还有一个如此不识时务的狂生,人们避之惟恐不及的事,他还偏要往里钻,这太骇人听闻了,王元洲拒绝代奏。

读书人还是读书人。齐周华看到王元洲拒绝代奏,越发坚定了自己上奏的决心。他认定自己是遵旨陈情,独抒己见,并无越轨之处。于是打点行装,只身北上京师,径赴刑部控告王元洲违旨阻抑所属生监独抒己见。刑部官员问明原委,深感事关重大,更害怕为此而与吕留良案纠缠在一起,于是采取尽量消弭的办法,以齐周华违律越级控告,把他押解回省,交浙江巡抚程元章、学政帅念祖处理。

程、帅二人决定化大为小,化小为了,开导齐周华放弃"独抒己见"。不料好话说尽,齐周华不为所动;继之以威胁,齐周华还是坚持要遵旨陈情。软硬兼施无效,百般无奈,既然齐周华要敬酒不吃吃罚酒,那么就只能成全他了。程元章和帅念祖诬指齐周华呈控王元洲系挟嫌妄告,把他打入牢中,严刑伺候,竹杖打得他皮开肉绽,重枷压得他死去活来,但齐周华就是不屈服,最后只好以诬告罪问拟充军,具呈请旨。

正在等候部文之际,齐周华听说闽浙总督郝玉麟来到台州巡视,就让其长子齐式昕前去诉冤。郝玉麟遂会同程元章将此案原委具奏禀报皇帝。雍正帝批交刑部并案审批,刑部经会议之后覆奏,请将齐周华提至省城,严加锁锢,永远监禁,雍正帝批示立即照此执行。

因为坚持上书对吕留良案"独抒己见",结果落了个终身监禁,这是齐周华所未料到的。原来凭着读书人的正直、硬气和几分天真,以为上书只要能上达天听,就可能使皇帝了解真相,拨乱反正,于大局有所补救,现如今肩扛沉重的枷锁,身囚杭州大狱之中。齐周华似乎明白了,但似乎又没有彻底地明白,他仍然大惑不解的是皇上究竟为什么要坚持如此颠倒黑白、混淆是非、良莠不辨地判决呢？他感到迷惘，苦不堪言。他感到的不仅仅是枷锁刑罚造成的皮肉之苦，更是一种心灵深处的难以言状的痛苦，他感到在皇帝的意志面前是太不自量力了。尽管如此，齐周华深感庆幸的是自己经受了一次严峻的考验，自己没有丢弃人格、放弃信念，到底还是实现了为人坦荡、正直不阿的信条。

在狱中，齐周华又撰写了《祭吕留良文》，他把吕留良极力推崇，比之为夷、齐、孟子。伯夷和叔齐在亡国之后，不食周粟，饿死在首阳山上，成为历代中国士人心目中完美的楷模。孟子号称"亚圣"，最讲臣节，但对诸如桀、纣一样的暴君，主张毫不留情地加以诛戮。吕留良和夷、齐、孟子一样，其文章气节与现今匍匐于君权之下，廉耻荡尽、气节沦丧的庸碌学子形成鲜明对比。齐周华的《祭吕留良文》表达了对先贤哲人的深沉悼念，也表白了他自己的矫矫志节。

监狱之中，齐周华还是如此不识时务，热衷世事，不思改悔，这引起了闽浙总督郝玉麟的注意。一天，他写了一副对联送给齐周华，对联写道："物外有人闲始见，山中可乐老方知"。意思是劝齐周华凡事看开些，作个超然物外的闲人。狱中时光漫漫，齐周华渐渐地有点动心了，在那极度消沉之际，他也曾想过：如有蒙恩赦还的一天，一定作个驾鹤云游，浪迹天涯的黄冠道士。

唐孙镐、齐周华的表现，在雍正帝看来不过是跳梁的小丑，挡车的螳臂，无碍于大局。不久，各省督抚学政纷纷奏称"所属生监，各具结状，并无一人有异词者"，都认为吕留良之罪罄竹难书，罪迹昭彰，普天共愤，"律以大逆不道之罪，实为至当"。

雍正帝终于强奸了民意。

结案:"出奇料理"

雍正九年十二月,帝谕内阁,不必毁书。因为,无论怎么毁书,国家如有可谤之处,即使禁书焚书,也未必能彻底做到"绝无留遗天下后世";国家如没有可谤之处,吕留良之辈捏造妖妄,肆意攻击又有什么用?何不当做凭据,"以辩其道学之真伪乎"。故除未刊刻之《备忘录》、日记、抄藏残稿、信札等外,皆勿焚毁。同时命大学士朱轼等,将吕书《四书讲义》、《语录》等逐条摘驳,纂辑成书,刊刻颁发学宫,与《大义觉迷录》一起宣讲。务必要使"远近寡识之士子不至溺于邪说"。这实际是在全国掀起了一场对吕留良思想——对全国反清思想的大批判和大清算。

在雍正帝看来,这场大批判是非常必要的。用一个曾给他定下十大罪恶,后又悔过自新的人作为活教材,以其叛逆行为的思想来源、理论依据,经过整理作为反面教材昭示全国,宣讲批判,这就可以从理论到事实彻底击败汉族源远流长的"华夷之识"的观点,表明清朝夺取天下之正当。不言而喻,当然也就表明了自己治下的"海宇承平,万民乐业"的国势无懈可击,继统问题当然也就顺理成章而无可非议。那么还有什么别的形式能比现在的作法更有说服力呢!由此我们真不能不佩服雍正帝的魄力和胆识。

不过,另外一点也不能不承认。雍正帝把这两个案子扯到一起,以曾静案为导火线,以谋反书为突破口,很快击倒曾静,而又不纠缠在有没有"谋父"、"逼母"、"弑兄"、"屠弟"等具体问题上,摆脱被告地位,迅速将论战扩大到"华夷之辨"的大问题方面,把吕留良当做谋反的幕后策划者,使文字案升级为政治谋反案,对吕留良自上而下、自下而上、再自上而下地反复折腾几年，以充分论证清朝统一中国的合理性和合法性。用吕案转移人们对"十大罪状"的视线，有什么比这样的做法更天衣无缝呢？由此，我们也真不能不佩服雍正帝的煞费苦心了。

该宣讲的宣讲了，该批判的批判了，曾静因痛改前非被从轻释放，连吕留良的诗文书籍也不屑于销毁，皇帝真够大手笔和宽宏的了。是否就此对吕留良也再放一马，那可就真是宽宏到家了。

不，决不！吕留良是惑乱之根源，是真正的背清逆顽，岂能像曾静那样轻易放过！"曾静止讥及于朕躬，而吕留良则上诬圣祖皇考之盛德；曾静之谤讪由于误听流言，而吕留良则自出胸臆，造作妖妄。吕留良之罪大恶极诚有较曾静为倍甚者也！"你看，只是"讥及于朕躬"，而且是"误听流言"，就"大人不计小人过"了，多么宽厚仁慈！可是，"上诬圣祖皇考之盛德"，这就不是我这个皇帝的私怨了。为了肃清"惑乱之根源"，以巩固大清王朝，为了显示对皇考圣祖皇帝的孝心，吕留良思想必须深刻批判，吕留良案必须重办。你看，这位当今圣上是多么"胸怀坦荡"啊！

这样，到了雍正十年(1732)十二月，最后正式定案，雍正帝以"顺从民意"之名裁决如下：

命将已故吕留良、已故其子进士吕葆中、已故其学生严鸿逵俱戮尸枭示；另一子吕毅中、严鸿逵之学生沈在宽斩立决；吕、严两家子孙辈人数众多，"从宽"发配宁古塔给与披甲人为奴。倘有顶替隐匿等弊，一经发觉，将浙省办理此案之官员与该犯一体治罪；吕氏财产则令浙江地方官变价充本省工程之用。另外，案内"甘心附逆，私藏禁书"之黄补菴已死，其妻妾子女给功臣家为奴,父母祖孙兄弟流二千里;"刊刻逆书"之车鼎丰、车鼎贲,"往来契厚"之孙克用,"阴相援结"之周敬舆等,俱应斩监候,秋后处决;吕之门徒房明畴、金子尚等偕妻流三千里;陈祖陶、沈允怀等十一人各杖责一百;朱霞山、朱芷年从学严鸿逵时年尚幼小,张圣范、朱羽只令伊等幼子从沈在宽启蒙,又无交好,应无庸议,俱著释放。被牵连的还有吕留良的同乡、广州府同知,因曾供奉吕留良牌位,被革职严审,最后死于狱中。

一场由曾静谋反引发的文字大狱的历史剧终于落下了帷幕。雍正帝在这场较量中,宽待了曾静,严惩了吕留良。前者有谋反行动,后者仅仅是思想文字问题,两者的性质完全不同,也没有必然的联系。吕留良只是"著邪书","立逆说",不仅没有像曾静、张熙那样的现行谋反行动,也没有指使曾静、张熙谋反,大不过是个"思想犯"。但在雍正帝的"出奇料理"下,对吕案的重惩竟远远超过了曾案,可见,他对读书人的思想禁锢是多么重视,其手段又多么酷毒、残忍。

雍正帝的思想统治当然取得了成功,他终于转移了一代士风,大大加强了全国士子的奴性。而其流风余绪,波及后世者,可谓源远流长,实在令人嗟叹不已!可惜的是,雍正帝并没有认真研究过吕留良的学术思想,也不敢正视他提出的颇有见地的经世治国的观点,也就并没有从思想上真正批倒吕留良及其学说。从这个角度说,雍正帝是否打了胜仗,还是值得怀疑的。

至此,雍正帝的"出奇料理"可作一总结,计有三奇:

一奇就奇在该杀不杀,谋反重犯免罪释放,从宽发落;无罪坐罪,"思想犯"从重惩处,株连后人。

二奇就奇在"反面材料"印发全国,《大义觉迷录》广为宣讲。一国之君不惜屈九五之尊而作出与曾静、吕留良公开辩论之类逾越封建制度常规的事情。

三奇就奇在口含天宪的皇帝在定罪量刑之前装模作样地广泛征求官吏士人的意见,以示其"大公至正","慎重刑罚"。

最后还奇在老子定案,儿子翻案,即雍正帝定案,乾隆帝翻案,由此而使本案的结局来了个奇中出奇。

尾声:"断难宽宥"

雍正十三年(1735)八月二十三日,本来是极其平常的一天。

深夜子时,京郊的圆明园在夜幕中显得那么诡秘和恐怖,死一般的静寂中让人预感到似乎要有什么难以预测的事情发生。

突然,宫门洞开,哀声大作,园中一片慌乱,只听一个怪异的嗓音颤颤巍巍地唱道:

"大行皇后帝龙驭殡天了——!"

雍正帝暴亡于圆明园中。

雍正帝的突然暴亡,使得八月二十三日成为历史上极其不平常的一天,而且由这不平常的一天更引出了许许多多不平常的传说。

有的说雍正帝是中风猝死的。

有的说雍正帝是服丹中毒而死的。

更有的说雍正帝是被侠客行刺而死的。有人对此还作诗咏道：

> 重重寒气通楼台，深锁宫门唤不开；
> 宝剑革囊红线女，禁城一啸御风来。

据此诗意，行刺雍正帝的侠客是女侠无疑，或说这女侠乃吕葆中之女，吕留良之孙女。又有诗道：

> 文字原为祸患媒，不情残酷尽堪哀。
> 独留侠女高飞去，他日应燃死后灰。

说的是吕留良的孙女吕四娘遭流放之后，学成一身好武艺。在江南八侠中排名第二，为报父祖不共戴天之仇而潜入宫禁大内之中，手刃雍正帝之首。所以又有说河北易县清泰陵中的雍正帝是个无头之尸……

雍正帝暴亡，已成为历史之谜。

雍正暴亡，乾隆继位。

乾隆帝不愧为其乃父的孝子贤孙，继承了雍正帝"出奇料理"之血统，行事处世有过之而无不及。

雍正十三年十月，乾隆帝已经继位，尚未改元，即迫不及待地又将曾静谋反案"出奇料理"了一番。

尾声:"断难宽宥"

十月初八日,乾隆帝颁发上谕:"曾静大逆不道,虽置之极典不足蔽其辜,乃我皇考圣度如天,曲加宽宥。夫曾静之罪不灭于吕留良,而我皇考于吕留良则明正典刑,于曾静则屏弃法外者,以留良谤议及于皇祖,曾静止及于圣躬也。今朕绍承大统,当遵皇考办理吕留良案之例,明正曾静之罪,诛叛逆之渠魁,泄臣民之公愤。著湖广督抚将曾静、张熙即行锁拿,遴选干员解京候审,毋得疏纵泄漏,其嫡属交与地方官严行看守候旨。"

十二月,一俟曾静、张熙被押解到京,乾隆帝即命刑部严加审讯,并拟奏处置意见。

十二月十九日,乾隆帝谕刑部:"曾静、张熙悖乱凶顽,大逆不道,我皇考世宗宪皇帝圣度如天,以其谤议止及圣躬贷其殊死,并有将来子孙不得追究诛戮之谕旨。然在皇考当日或可姑容,而在朕今日断难曲宥。前后办理虽有不同,而综诸天理人情之至当则未尝不一。况亿万臣民所切骨愤恨,欲速正典刑于今日者,朕又何能拂人心之公恶乎。曾静、张熙著照法司所拟凌迟处死。"

接着又谕令将《大义觉迷录》列为禁书,全部收回,严禁臣民收藏,违者治罪。

同一个案子,雍正帝将曾静、张熙免罪开释,而乾隆帝将其重新逮捕,凌迟处死;同一部书,雍正帝欲令天下无人不知,乾隆帝则惟恐天下有一人知晓,父子俩的识见和手段不啻有天壤之别。乾隆帝认为,《大义觉迷录》流行民间,危险异常,副作用极大。一是书中刊载过多过细有关雍正帝弑父逼母夺嫡自立的传闻,二是罗列了过多的"华夷之分大于君臣之伦"的"谬论"。这不仅有"此地无银三百两"之嫌,更为吕留良做了反宣传。同时,留着曾静、张熙两个"反面教员",只能时时提醒人们不忘皇考雍正当年的"失态"。是故,此二人必杀,此书必禁。这样不仅维护了皇考至尊至上的威望,也树立了新君乾隆帝的威严,显示了乾纲独断的魄力。

乾隆帝的"断难曲宥"终于要了曾静、张熙的两条狗命。

想当年,曾静、张熙二人在投书谋反时慷慨激昂,自恨"但有虹贯日,竟无轲入秦",他们要做入秦的荆轲。曾静甚至在身穿的大褂上书写"曾静死于此"的字样,抱定必死的决心。可是案发后,却惶惶然成了丧家之犬,乞求饶命,成为无行文人的可厌可恶的典型,为人们所不齿。因此,他们二人被乾隆帝处死,丝毫没有得到士林对他们的同情。

乾隆朝,曾静的案子终于了结了,而吕留良及其受牵连的人的悲剧还在延续,乾隆帝对此仍"断难曲宥"。

前文说到雍正年间,浙江天台有一学者齐周华,字漆若,号巨山,幼年颇负文名,与堂弟齐召南有"二齐"之称。他于雍正九年曾草疏独抒己见,为吕留良作辩护,但被天台县教谕王元洲所阻,未能上达。他不甘心,又亲自到刑部衙门投递,又被押回,交浙江学政处理。入狱五年,吃尽苦头,至乾隆元年(1736)始被释放。

俗话说:"大难不死,必有后福。"齐周华被加恩开释后,心里还真的一直念叨着这句话。在雍正朝蹲过了漫长的一千八百多个日日夜夜的监狱之后得以重见天日,等待着自己的是什么样的"后福"呢?他想命运应该是公平的,时局的发展似乎也在向他昭示着这一点。

首先是曾静反清案很快起了反复。新即位的乾隆皇帝很果

尾声:"断难宽宥"

断,他将先帝的遗训置之不顾,重新把曾静、张熙抓起来,凌迟处死,这一举措有着明显的拨乱反正的意味。而且在朝中还陆续起用了素孚天下士人之心却又在雍正朝遭遇坎坷的正直大臣李绂、孙喜淦、谢济世等人,自己也得蒙恩开释,大概是真的要平反冤假错案了。新皇帝的如此作为,使齐周华感到振奋和欣喜,虽然他已经年逾不惑,秀才也已被革去,但走出狱门,在蓝天白云之下,面对青山绿水,自由自在地呼吸着新鲜的空气,齐周华难以按捺住那颗曾经涌动过的心。他觉得唐人白居易的那首《赋得古原草送别》一诗,说出了自己此刻的心情:

> 离离原上草,一岁一枯荣;
> 野火烧不尽,春风吹又生。

自己这颗曾如死灰般的中年之心,似乎感到了春风的吹拂,又出现了复燃之势,不时想有所作为。特别是乾隆元年与他齐名的堂弟齐召南得中博学鸿词科,点了翰林,供奉内廷,更使他的入世之心常常不由地躁动起来。

命运是不可捉摸的。

命运又一次捉弄了齐周华。

新皇帝的新举措是有限度的。对曾静、张熙谋反案的重新处理也不过是将二人处死了事,但顺理成章的吕留良的千古奇冤并没有得到昭雪。齐周华一天又一天地等待着皇帝大赦的恩诏就如泥牛入海,始终没有任何消息。查嗣庭等人的家属都蒙恩从关外放还了,惟独吕留良的子孙仍在冰天雪地的戍所里,啼饥号寒,甚至流放得更远。新皇帝仍然认为吕留良是个永世不得翻身的叛逆贼子。齐周华那重燃的热情渐渐冷却了,对新皇帝的幻想渐渐破灭了。牢狱生活的磨炼和煎熬,并未使他的政治嗅觉减退,反而更加敏感了。渐渐地,齐周华感到雍正年间的压抑又让人重新体味,新恨旧怨又重新涌上了心头。

不久,朝中重新起用的几位士人的境遇又有了变化,李绂左迁,孙嘉淦外放,谢济世则以母老乞求归养。乾隆六年(1741),谢济世将其所著的《大学注》、《中庸疏》刊刻印行,被人参奏其私著经书。乾隆帝为此下旨严厉谴责,说谢济世是"自逞臆见,倡为异说,肆诋程朱,足以为人心学术之害"。并令将其所注经书即行烧毁。这件事给齐周华很大刺激。一叶落而知天下秋,他深切地预感到了严酷的日子又要来临。他在狱中时的种种念头又重新浮上心头,尤其是浪迹天涯,作个黄冠道士的狱中夙愿又被重新唤起。他决心离家出世,远远地躲开这喧嚣险恶的尘世,寻找世外桃源,到大自然中去求得心灵的安宁。

带着无尽的失望,怀着满腔愤世嫉俗的心情和对现实的不满,齐周华于乾隆六年离家出走了,从此开始了他十余年间浪迹天涯的漂泊生活。他听凭一颗破碎而痛苦的心的指使,四处狂游,足迹遍布全国名山大川。一天,他来到了武当山,随道而行,拾级而上,进入了琼台观。这里古柏森森,林木参天,远离尘嚣,一片寂静。在这里,他穿上了青衣道袍,束发修道,得到了暂时的超脱。

他是否从此就离群索居,隐身于世外山中,优哉游哉以求得道成仙呢?旁人以为齐周华的举止已证明了这一点,但是从他这一段时间里给自己起的一些怪异名号却可以看出,并非完全如此。他把自己称为"忍辱居士"、"懵懂道人"、"尚古先生"等等。这些名号传达出的信息是他心中多么的痛苦、孤独和不情愿。他真正地体会到了什么叫"难得糊涂"！真个是"聪明难、糊涂难,由聪明转入糊涂更难"！面对着黑白颠倒、是非混淆的现实社会,齐周华感到了无能为力,感到了害怕。强大的世俗权威,崇高的皇权能在神圣和正义的煌煌旗帜下,毫不留情地摧残和碾碎士人们最宝贵的信仰和骨气。更让人害怕的还在于,当它做这一切时,不再有人拍案而起,不再有人振臂反抗,人们只能是违心地唱着颂扬圣明的赞歌。这个社会,这样的现实,齐周华看透了。看得越透,他心里就越痛苦,真是"难得糊涂"呵！即使是离群索居,肆意山水,也难得心中的圣洁和安宁。

人的心呵,怎样才能求得超然物外的彻底的宁静呢？

齐周华仍在痛苦地求索。武当山不能使他得到心境的宁静,他又萌发了到华山去的念头。

乾隆十年(1745),齐周华离开武当山,迤逦而行,来到了陕西长安县,准备到华山寻个去处安歇下来,做个华山道士修养延年。一日,齐周华正在长安县一家小饭馆里吃饭,碰到一位浙江德清人房明畴。交谈中,互相了解到二人不仅是同乡,而且还同是吕留良一案的罪犯。房明畴的罪是"听闻逆犯吕留良邪说不首",为此而被流放到了长安县,如今二人在异乡相遇,颇感亲切,更有一种同罪相怜的苦涩。二人觉得这是一种特殊的缘分,当晚齐周华就投宿在房明畴家中。二人举杯论交,借酒浇愁,互叙衷肠。齐周华把自己游太白山的诗给房明畴看,说自己将来上华山后还要做诗,并拟合为一集,题为《过秦草》,让房明畴趁着酒兴作序一篇。房明畴当即挑灯握笔,从二人萍水相逢的机缘写起:"东庄(指吕留良)之祸势若燎原,一时学士大夫非不欲维持挽救于其间……"洋洋洒洒,一篇直抒胸臆的序一夜作成。次日二人相别,互道珍重。齐周华难以抑制澎湃的心潮,作了一首《访房演于长安》的诗。起句即写道:"往事不堪回首忆,嗟予一臂似螳螂。"一石激起千层浪,与房明畴的一日之交,又勾起了他对昔日遭遇的记忆和热心入世的耿介情怀。华山依然不能让他的心情平静下来,修道华山的初衷被放弃了,他又回到了湖广武当山,一住便是十年。

十年磨一剑,十年难成道。

十年的光阴,依然没有消磨掉齐周华的一颗尘俗之心。乾隆二十一年(1756),齐周华的母亲派遣她的长孙上山接齐周华回家。他毫不迟疑,随子下山,重新回到了尘世。

这一年,齐周华已年逾花甲。

道士们或以为他不耐山中寂寞,静极思动,或以为他是年高体迈,叶落归根。

齐周华为何忽然下山归世,人们不得而知,只是常听他说自己是东方木星,"木不斫不成器,岂能朽烂于深山?"

此话意蕴如何,齐周华究竟要干什么?

谁也没有料到,回到天台家乡的齐周华,竟让乡人感到惊骇莫名,简直不可理喻。

他先要变卖祖上田产,以筹资刊刻生平著作。老妻几次苦苦相劝,他非但不听,反而视若仇人,恶语相加。继而又独自一人搬到离县城二十余里的一座楼上居住,闭门谢客,四无邻友,使自己完全成了孤家寡人。齐周华变得性情古怪,行为乖张,以致遭到家人厌弃,阖族公愤。本族中的族长齐长庚见他忽而逐妻,忽而离子,忽而讦告亲戚,事事狂诞,罔顾伦纪,于是径告县里,呈请将齐周华逐出宗族。

齐周华不但不予收敛,反而反咬一口,说是七旬之妻,老而奇淫,通奸引盗,几乎人尽皆夫;长子齐式昕、次子齐式文将他毒害殴打;亲族们庇护淫妻逆子,合谋对他陷害。

齐周华真是要自弃于家人亲族,自绝于当今世吗?

乾隆二十六年(1761),齐周华将过去的《独抒己见奏稿》及所著的《名山藏》、《华阳子诗稿》等十余种书籍寄往杭州陆续刊刻。书成之后,他在住处门上贴出对联一副:

> 恶劫难逃,早知不得其死;
> 斯文未丧,庶几无忝所生。

这无疑是齐周华一贯心志和信仰的明白表露,更是他宁死不屈于社会专制的宣言。士人儒者的傲然正气、铮铮铁骨,一表无遗。这副对联贴出后,齐周华随即走上了一条不归之路。

这条路就是齐周华的选择。这样的选择,并非出于一时的冲动,而是他修道十年的结果。他从走下武当山,重新入世返乡的那一天起,便已抱定决心。为了自己的信仰,为了那做人的尊严,他愿意杀身成仁,毁躯殉志。为此,他不能无声无息地死去,他又不愿牵累无辜的家人亲族,他只能苦心孤诣地为亲人们安排开脱之计。他想方设法、煞费苦心地装疯佯狂让自己最亲的人骂自己、恨自己,不认自己而远离自己。这是多么难受、多么残酷的选择?这是齐周华迫不得已的违心选择。这一切,都是为了不要因为自己而使亲朋至友们受到株连,期望以此保全无辜的人们。

下山返乡后,又是十年过去了。齐周华做好了各种准备,一句话,就是必死的准备。

乾隆三十二年(1767)十月,浙江巡抚熊学鹏到天台县盘查仓库,半道上,齐周华将其轿舆拦住,献上了自著的《名山藏》等书籍,又呈上《独抒己见奏稿》及告发其妻犯奸、堂弟齐召南诈伪的呈状,并将本族、外姻、邻右之人一并牵告。结果是可想而知的。熊学鹏以为书中"语多悖逆谬妄",将其立即拘押,随即搜查了齐周华的家,将其已刊未刊书籍悉数抄没,并从速奏报了乾隆帝。同年十二月,乾隆帝有旨:齐周华著即凌迟处死,伊子齐式昕、齐式文及伊孙齐传饶、齐传荣,俱著从宽,改为斩监候,秋后处决;伊妻妾儿媳及幼孙五人给付功臣为奴;堂弟原任礼部侍郎齐召南因"近族有此逆犯",原籍禁闭,家产抄没。齐召南这个著名的地理学家不久就忧惧而死。受到牵连的李绂、谢济世虽已死去多年,仍令抄没家产,销毁所著书籍及版片,同时还查办了吕抗等二十余人。房明畴也因《过秦草》序及"访房演于长安县"一诗而被查出,以"与匪徒交结"罪,发往伊犁给种地兵丁为奴。

齐周华求仁成仁,以死明志,总算遂了一生之心愿。但他身后的寂寞,甚至以恶名流传于世,却是他生前未曾预料的。精明的乾隆帝和他的鹰犬们使用的手段是缜密而毒狠的,他们不仅在肉体上消灭了齐周华,还从精神上去玷污他。齐周华其人,从档案到野史,乃至于墓志铭中,已成为一个十恶不赦的逆犯、乖张的族匪和怪民。他欲藏之名山以待来者的著作,更被付之一炬而灰消烟灭了。

因曾静案而及吕留良案,又吕留良案而起的齐周华案,给世

尾声:"断难宽宥"

人留下了一出出历史悲剧,这是一个全民族的悲剧!

对齐周华如此,对吕留良的后裔们,乾隆帝更是"断难曲宥"。

吕留良诸孙遣戍宁古塔后,出现过不少波折。

雍正十年,吕留良案结案时,仅吕氏发宁古塔者共十二户,男女大小及家人仆妇共一百一十一人,至戍所后本已发遣为奴,但至乾隆二年又均分编入旗,各自谋生。其中吕留良诸孙之一的吕懿兼,由于善医,至戍所后充宁古塔医官,后因旗人不准充医官,被革退。但他仍然行医,生计还较充裕。其堂侄吕衡先、吕念先、吕敷先,由于在戍所从事贸易,贩卖参貂,开设药铺与烧锅,甚至还放较低的"每两利银二钱"的高利贷,因此生计比懿兼更为富裕。尤其是敷先、衡先"挟资独厚","饶有余资"。仅敷先就有"房一百六十五间,地四百一十四垧,烧锅铺一座"。

发遣之人,每五日要点一次卯。为了避免点卯,懿兼想捐纳个监生,但银两不够,他就向衡先、念先各借六十余两,共得银一百二十五两。捐纳监生,需到北京办理,而按规定发遣之人不许出境,懿兼无法去京。恰巧乾隆三十七年(1772)有一个从兰州来宁古塔贸易并在吕衡先铺内当伙计的辛金善突患噎症,经吕懿兼治愈。他为了答谢懿兼,就主动承担此事,携带银两和懿兼的三代履历表,于乾隆三十八年(1773)四月至京师户部,代懿兼捐了个监生。

吕敷先见懿兼捐纳成功,也凑了一百二十五两银,托另一个在宁古塔贸易的客民朱尚周于进京之际,也办了个监照。

按照清朝法律规定,一般案犯可以用资捐监,免其为奴,避免点卯,但是真正反叛或强盗免死减等的人犯是不可以的。因此宁古塔官员对吕懿兼、吕敷先所谓之监生不予承认。懿兼不服，即于乾隆三十九年（1774）十月遣敷先私至盛京刑部告状，并以国子监于同年二月颁发的执照为凭。此事上奏朝廷，乾隆帝闻讯大怒，认为户部办理此事错谬，于乾隆四十年（1775）正月下旨，将懿兼、敷先"二犯及其家属，俱发往黑龙江给与披甲人为奴"。衡先、念先由于是出资人，均于宁古塔枷号三个月，再佥妻子往黑龙江充当苦役。辛金善、朱尚周于宁古塔枷号两个月，各责三十板，解回原籍看管。同时还外分了户部有关官员，从此吕氏子孙又有四个支族改徙于黑龙江之卜魁（即今内蒙古自治区的齐齐哈尔）。

百余年后，改徙卜魁的"吕氏族日繁，以诗书世其家，子孙多循谨之士，故宅在城西，榜其门曰姜水宗风亦海滨邂世之意也"。

至民国元年（1912），章太炎先生有事至齐齐哈尔，曾"释奠于用晦（吕留良）影堂"。他曾记道："吕氏后裔多以塾师、医药、商贩为业。土人称之曰老吕家，虽为台隶，求师者必于吕氏，诸犯官遣戍者，必履其庭，故土人不敢轻，其后裔亦未尝自屈也……齐齐哈尔人知书，由吕用晦后裔谪戍者开之，至于会用'夏变夷'之功亦著矣。"

至于留居宁古塔的吕氏后裔，至清末民初，有二十余户散居宁安县城、葡萄屯、石河、大岭、花脸沟等处。

一句"断难曲宥"，使历史的悲剧，上演了一幕又一幕。由曾静、吕留良案作为转折点，清朝统治者找到的一种抑制人民思想、推行文化专制政策的有力措施——文字狱，开始向社会纵深处蔓延，一而再、再而三地接踵不断，花样百出，越演越烈。从此以后,"天下告讦不休,士子以文为戒",文人士子们"避席畏闻文字狱,著书只为稻粱谋",人人噤若寒蝉,万马齐喑,趋于一片静寂了。

但,真的趋于一片静寂了吗?……